U0081359

申緣結 著

我愛，不愛你

當愛情從漫天煙火的熱情，凋零成枯枝殘葉的孤寂，

你不明白我的心碎成片片，儘管多努力拼湊，也永遠不會完整——

誇張而且接近懸在半空中的吊燈，讓坐在底下的我雞皮疙瘩像泡泡一樣不斷冒上，不時還要分神和身旁的朋友們交頭接耳，假裝很用心聽的樣子，其實也是很累人的。

「這間餐廳啊，是我特別挑的，它最大的賣點就是從一樓可以看到二十一樓的天井，還有現在掛在我們上空的大型吊燈！不用怕，它不會掉下來。」佐安拍拍我的肩膀，用著彷彿安慰小朋友的溫柔語調，沒預料到會被點名的我一驚，旋即拿出隨身鏡，認真的關心起自己是不是真的看起來很害怕。

佐安是學校的校花，不過我們並不熟，幾乎從確定同一班開始就註定是不同族群的人，現在會說話完全只是因為一件我不願再提起的事，或說是一個人吧。

她如數家珍的開始解說這家飯店的設備，還有吧檯的酒有哪些待會喝了可以回本，而哪些不能，餐前餐後酒該點哪個等等。

「這家飯店的設施很安全喔，所以大家都放輕鬆點。」佐安露出一個美翻眾人的微笑道，但手還是勾在我的肩膀上。

我僵硬的給了一個乾到不行的微笑，對她做出這種故意想要讓大家以為我們很好的行為有些難以忍受，但是一巴掌拍掉似乎又過頭了，等一下該好好拿捏力度帥氣的打滑才行。

我不知道為什麼她要把我的位置安排在她的旁邊，又或者她沒有安排只是我剛好入座，她也剛好就跟著坐在我旁邊，反正我們是坐在一起了，而且是很不甘願地坐在一起。誰知道是不是只有我不甘願？

「佐安，聽說妳跟這家飯店老闆的兒子在交往，所以才會選在這家飯店舉辦同學會嗎？」坐在整張長桌斜對角的黃毓珊忽然拔高嗓音，意在吸引所有人的注意。

聽到她這麼說，先不提她的問句其實很怪，我和藍藍互看了一眼，心裡猜想的都是同一個，這應該是有人故意先說出來的消息，好讓這個同學會有點話題。

「……哦這個啊，哈哈，事實上我並沒有跟這家飯店的兒子交往，我們只是好朋友，我男朋友另有他人啊，你們知道的，就怕某個人知道以後受傷，所以沒有清楚交代，讓大家誤會真是不好意思。」佐安一邊乾笑一邊將頭髮給勾向腦後，臉上掛著滿滿的自信。

藍藍很擔心的扯扯我的衣袖，因為她覺得廖佐安就是為了要讓我難堪，才在兩個月前就逼我今天一定要參加。

「啊，對了，黔黔呢？」佐安突然將自信的臉龐朝著我的方向一轉，「我記得大二下學期的暑假，妳好像終於答應跟顧孟然交往，現在還在一起吧？」

提起顧孟然我心一頓，旋即又恢復以往的僵笑到，「是、是啊……」

「那也在一起好久了耶，有五年了吧？想當初我一直誤會妳也喜歡學長，還因為這樣跟妳冷戰，現在想想真的好對不起妳喔。」佐安撒嬌著說。

不是冷戰，是排擠，號召所有她的加油團們對我排擠。

早就有準備她會提到那個人的事情，所以也不怎麼意外。

當年的廖佐安可是打著校花的名號在追莫亦海，校花追校草，其實也就是剛好而已。我和莫亦海是高中學長學妹的關係，高一那年我也追過他，當他的粉絲，只是和他對到眼的瞬間我也徹底覺得沒希望，所以放棄罷了，沒想到當年那個高二的學長又和我讀了相同學區的大學，陰錯陽差的會面也只讓我和他的距離不這麼陌生，僅此而已，卻被廖佐安誤會了。

當然我的反應是否認，完全否認。

「我沒放在心上。」我聳聳肩，認真的回答。

雖然我已經很坦白的這麼說了，但是女生總是這樣，她們只願意相信自己相信的，所以在她們的認知裡，都覺得我只是表面說說，其實心底還是在意的。

「沒放在心上那真是太好了，那我們來交換名片吧？妳有名片吧，聽說妳在我公司附近的企劃公司當業務呢。」她俏皮的將頭歪向一邊，露出一種很違和的笑容。

就是明明看起來是在笑，但眼神就是感覺不到笑意的那種。

「嗯……可以。」對上眼又是一股胃液翻騰，我很快的自皮包裡拿出一張名片遞給她。

她接過我的名片認真的打量了一番，接著直接將上頭的號碼給輸入進手機裡，看到她打上我的名字那刻，心裡真是五味雜陳。

在場的人都不自覺嚥著口水聽我們的對話，看我好不容易挨過這個話題以後，藍云妮立刻就跳出來替我解圍，將話題快速的帶開到工作上，我不著痕跡的喝水喘氣，默默祈禱永遠沒有下一回合。

「服務生可以上菜了！」輸入完電話的佐安開朗地笑，接著高舉手機，「各位各位，這場萬眾矚目的同學會要正式開始囉！今天的主角其實不是我，只是為了要掩蓋真相製造驚喜的謊言而已，大家都能接受這種善意的謊言吧？真正的主角告訴我他已經到達現場了，現在大家開始倒數期待吧！」

「誰啊誰啊？真正的主角是誰？」

氣氛開始熱絡，所有人紛紛交頭接耳、緊張興奮的交談，就我一個人意興闌珊。

「該不會是校長吧？肯德基爺爺？」

此話一出，所有人紛紛捧場的大笑起來。

是誰？誰來對我來說都不重要，上班族當久了，年紀漸漸上漲開始，我每到一定的時間腦子裡的內容就只有「回家」兩個字，其他什麼也不想。

眼角餘光，我默默的撇到屋外似乎正在下雨，這家飯店走一個巴洛克式的風格，連窗戶也做的很有異國風情，雕花的大理石牆上一幅幅天使浮雕美得令人屏息，周遭還佇立了很多天使的雕像，加上背景環繞的純鋼琴樂音，整個氣氛是放鬆的，讓我打定主意下次再約藍云妮來喝下午茶。

餐廳外的門廊跑進了一個人，因為忽然闖入我的視線，讓我不自覺就聚焦在他身上。那人甩甩自己手上的外套，還順手撥了撥自己微濕的頭髮，帥氣的麂皮大衣掛在手臂上，擰著好看的眉毛瞪了瞪外頭的雨，似乎是在怨恨雨下得太突然，害他沒來的及準備雨傘，接著才打開餐廳的大門走了進來。

門開了，而我卻懵了。

……是莫亦海。雖然穿著打扮跟髮型我都不再熟悉，但他的臉可沒變過，他就是莫亦海！

一發現是他，我馬上就收回視線，卻意外發現佐安閃亮亮的大眼睛正盯著我瞧，還有藍云妮一臉苦瓜的對著我。

門上的鈴鐺清脆響亮，佐安對我露出一抹意味深長的笑容，然後才從容不迫的站起身迎接來人。

原來，他們還有在聯絡。

「黔黔，我踢妳的腳踢到都快把我的腳踢斷了，妳怎麼就是無法回神啊？」藍云妮非常生氣的說。

「妳剛剛有踢我？我怎麼沒感覺啊。」我愣愣的看著自己的腿，還沒完全回神。

「妳該不是看著莫亦海看到忘記回神了吧……」她頗無言的看著我，在我要回嘴的時候用手堵住我的嘴，「就是！」

咕，都已經認定了幹嘛還要問我啊？真是的。

「各位，Surprise，這是我今天特別準備的驚喜，相信不用我說，大家都知道他是誰吧？」佐安親暱的勾著莫亦海的手臂，笑的滿臉幸福洋溢。

「是莫亦海學長！」

眾人齊沉默了三秒，坐在對角的黃毓珊首當其衝的站起來指著他，驚訝程度恍如找到自己失散多年的兄長，但氣氛也因為她的尖高嗓音而被帶起，大家都興奮而且愉快的對望歡呼，讓原本以為是一場宣布婚訊的飯局提高成一場粉絲見面會！

莫亦海本人面對這麼熱情的歡呼與歡迎倒是沒什麼反應，視線和我對到了一起，微微勾起一邊唇角朝我的方向走來，問也不問一聲，便坐在佐安剛剛落坐的位置上。

我渾身僵直，正在猶豫到底該不該跟他說我旁邊這個位置是佐安的，佐安已經自己跟服務生另外要了椅子，還直接請人坐旁邊一點，好讓她可以坐在莫亦海身邊。

藍藍坐在我的對面，不安的看著我，我輕咳了一聲，並且將頭撇到一邊去，發了封簡訊告訴藍藍我即將要先離開。

「大家都認識他吧？莫亦海學長他剛剛從美國留學回國，這次舉辦同學會的時間很巧就是他歸國的時間，所以我就『順便』約了他一起來，雖然有點突然，但應該沒有人會介意吧？」佐安一臉就是寫滿了就算有意見她也不在乎的樣子，但周遭的人視線全聚焦在莫亦海學長身上，沒人發現這樣的小細節。

莫亦海也沒打算要跟別人招呼的意思，坐在我身邊沉默的讓我快窒息。

我還寧可他說點什麼或者酸人的話，都好過現在的無言啊。

藍云妮見我似乎很尷尬，也飛快傳了封簡訊要我可以現在離開，她會幫我善後。

於是我鼓起勇氣，咳了一聲道，「那個佐安，我想先……」

「佐安，有沒有水。」莫亦海忽然出聲在我之前，宣布完消息就坐好的佐安像是收到什麼命令般，快速的重新確認一次後，很快地找服務生要水去了，完全對我置若罔聞。

「胡依黔？」莫亦海對著桌面叫了我的名字，我渾身一僵，想著應該要怎麼面對才好，他就忽然說，「妳好像踩到我的腳了。」

害我下一秒就立刻跳了起來，連到底是有沒有真的踩到都不知道！

那一跳，撞翻了幾張椅子還撞到人，在我連連賠不是的低頭時，眼角餘光又再度撇到他戲謔的笑。

嘖，這是在玩什麼貓捉老鼠的遊戲嗎？

班上的人以及即將回到這個座位上的佐安，都看到了這一幕，我現在沒心情管她們會怎麼想，只想要快點離開！尤其是看到他的笑臉以後。

「佐安我想……」

「好久不見了。」

正當我才剛又抓到機會要說話的同時，莫亦海既刻意又不那麼刻意的說，語氣是一貫的微揚。

「妳現在是做什麼工作？」他放下佐安給他的水杯，轉向我的方向。

「她現在是在企劃公司當業務。」藍藍搶著說。

「就一間公司的小業務而已！在我們公司對面。」佐安的語氣明顯就是在說「這沒什麼好探究的」但如果是莫亦海有疑問，那她當然還是願意回答。

我手指敲著大腿，隨著話題為什麼不結束的疑問，節奏越來越快。

「那應該也在我公司附近。」

話落，眾人好奇的開始詢問莫亦海「學長」現在到底是做什麼樣的工作。

佐安撥撥頭髮，帶著一抹驕傲的笑，「阿海學長現在是以製作人的身分回國的喔，而且還會編劇，在國外已經小有成就了呢！」

「是、電影公司嗎？電影公司的製作人？」藍云妮結巴的語氣充滿了不可置信，她的眼神漸漸發光，轉成崇拜。

「他這次回來台灣並沒有很長的時間，只是因為有部好萊塢的片子要在台灣取景，他才跟著回來的，拍攝時間一過，他也得要跟著回去美國。」

我漸漸的發現，佐安的驕傲並不是莫亦海的職業，而是她對莫亦海的了解勝過我們，所以她覺得很驕傲。

「也不是那麼一定。」原本一直沉著臉聽著佐安說自己事的莫亦海，突然出言稍微反駁，「不一定會回去，如果有什麼好玩的事情發生的話。」

他看著我的眼神仍然像貓，而我就像老鼠一樣不自在。

「柳橙汁！有沒有人要喝柳橙汁！」一旁有服務生遠遠的端來了幾杯柳橙汁，我焦急的想把話題給轉開，於是認真的對著所有人詢問有沒有人要喝柳橙汁。

「來這種地方喝什麼柳橙汁啊？」佐安非常的不屑，好像在這裡應該要點紅酒，柳橙汁是小孩子的玩意兒。

「我！」藍云妮第一個表示贊同，她也想幫助我快點轉移話題。

見藍云妮都如此捧場，我有種鬆了口氣的感覺，在座幾個人也零星的舉起手來說她們想喝，我開始清點人數，然後看見不知道跟著舉手舉了多久的莫亦海。

當人數清點到他的時候，他揚起了虎牙笑，「加一。」

我承認那笑容對外是很難得一見，但就因為這樣，不知哪來的快門非常快速的閃了我們好幾下，我被不知道從哪裡發射的閃光燈嚇了一跳，跌出自己的座位不說，還不小心勾到就往我方向走來，端著柳橙汁的服務生。

他也嚇了一跳，手上的柳橙汁就這麼全數飛了出去，不偏不倚的全落在了我和莫亦海身上。

一瞬間，美好的氣氛破壞殆盡，眾人傻眼之餘，閃光燈便剩下了零星的一兩盞，看也知道是因為傻眼，但手還落在快門上，茫然按下去的。

他臉色微暗，很明顯就把帳通通都算在我頭上，因為他盯著我的眼神就是寫滿了「煩躁」兩個字，跟他剛剛盯著外頭忽然下雨的表情如出一轍。

「對不起！」三個字莫名其妙的衝口而出，身後好不容易站穩的服務生也還沒回過神，我已經先認錯了。

自古以來，先認錯的就是輸啊，不是嗎？

果不其然，莫亦海沒有放過這個機會，他再度勾起唇角，慢條斯理的將自己身上的外套脫下丟給我。

「拿去洗吧，洗完再給我。」

話落，他順手抽了幾張紙巾，一邊擦著頭髮一邊轉身走人，佐安心急如焚的瞪了我一眼，從包包裡也

拿出條手帕及一包衛生紙，快速的跟在莫亦海身邊離開了。

一場才剛開始沒多久的同學會，就這樣被幾杯柳橙汁給搞砸了。經理趕忙過來道歉，並且詢問需不需要幫我們送洗外套，他們願意承擔洗外套的費用。

我看著他們離去的方向愣著，藍藍就代替我答應了。

他們雙雙離開以後，大家都在猜測，佐安一開始說的「男朋友」就是莫亦海，而怕她傷心的人，就是——我。

說起為什麼我跟莫亦海會被人誤會，其實也不能完全怪我，因為莫亦海有病，真的有病。

他那個病說簡單也很簡單，說複雜也滿複雜的。

——他有嗜睡症。

我也是陰錯陽差才發現的。

他總是在學校裡容易睡到不省人事，所以他會勉強自己不要睡覺，但他就是有那樣的病，要不睡覺是很難的，於是他養成了一個習慣——在中午午休的時候，直接到廢棄的舊大樓那裡睡到天荒地老。

在他有習慣到廢棄大樓以前，他的爸爸特地到學校替他說明，由於他沒辦法在校內跟自己同學午休，擔心被同學異樣看待，希望校方允許他在午休的時間以及下午第二節課以前，能夠回到家休息，並且保密。

我知道的情況其實就是這樣，只是他睡覺的地方一直都很多變，就連我自己，也只是想要去廢棄大樓做個戀愛的小魔法，才會不經意遇到他……

咳咳，OK，不要用異樣眼光看待學長，更不能因為我用小魔法就異樣看待我。實在是因為我被那群女人閃到沒辦法，大家都有男朋友看到我眼睛好痛，所以才會在翻雜誌的時候「不小心」發現那個戀愛小魔法，當下就想到有靈異傳說、就連白天都查無人煙的廢棄大樓去試試看，說不定，有飄兄看我太過可憐，就幫我增加魔法的靈驗度呢？

人說意外就是這樣，睡死在廢棄大樓角落花圃裡的學長，加上學校的靈異傳說，兩個搭在一起就非常美妙的變成一個「兇殺現場」！

誰叫就在我按照書裡寫的，買了幾個小蠟燭跟廣告顏料，畫好了兩顆愛心跟一支箭，點好蠟燭照著雜誌裡唸完咒語沒多久，花圃裡突然掉出一隻腳！

別的不說，唸咒語的時候那氣氛就夠詭異了，周圍開始刮冷風，刮到我渾身都雞皮疙瘩，才剛結束想要快點閃人就掉出一隻腳，還是半掛著的人腿！任誰都會毫不猶豫地以為花圃裡躺著的，是屍體啊！

就在我很認真的放聲尖叫，想著我都叫這麼大聲，那人還是無動於衷，那不就是肯定西歸了嗎？雜誌被我無力的雙手弄掉在地上，我一邊倒退著想離開這個角落，跑到外面求援時，在空無一人的舊校舍中庭，響起了立體環繞的古典音樂。

當時還完全不懂古典樂的我，一直到很後來才知道，當時學長那首歌，是貝多芬的月光奏鳴曲，是催眠師給學長在腦內安置的「起床曲」，還是學長自己選的。

那首歌，搭上那個氣氛，那個場景，完全只能用哀戚來形容！

雖然學長非常討厭我用「哀戚」兩個字形容他的起床曲。

結果就在我大大聲的喊著「對不起」以後，我也因此變成了學長的「鬧鐘」，每天下午的第二節課以前，就算用爬的也要爬到舊校舍，配合古典起床曲，把學長搖起床，否則他就會到處跟同學們放話我在校

內做詭異的儀式。

是的，莫亦海起床的時候正好看到我擺在他面前，還來不及收的「陣法」，很自然地以為我趁他在睡覺的時候對他「下降頭」？在我千萬般解釋我只是在祈求功課順利，國家風調雨順，為了我爸公司怎樣怎樣的謊話以後，他才狐疑的偏頭，用一貫不屑的笑臉要我答應他那個無恥的要求。

我在很開始的時候就說過我討厭他那張跩臉吧？如果不是礙於跟他的利益關係，我倒是很樂意四處散播他的醜態給大家知道！

我曾經問過他，如果真的這麼需要睡眠，為什麼不回家睡就好？睡過頭也有媽媽可以叫他，莫亦海當時沒有表情的要我不要多管閒事，結束這回合。

莫亦海回來了，但他還會像以前那樣，動不動就要我叫他起床嗎？如果公司在我附近的話。

「喂黔黔，妳怎麼同學會過後心情就這麼不好啊？」藍云妮提著包包站在我身邊，看她又想要扯莫亦海的話題，我飛快的放空自己腦袋，發呆著說：「為什麼要下雨啊？」

藍云妮這孩子雖然很聰明，但是傻里傻氣的又很溫柔，這樣把話題帶開，她就會轉而認真思考妳的問題，而不會追問剛剛她自己的問題了。

「水氣增加了啊，笨蛋。」她笑著打了我的後腦一記，「顧孟然會來載妳吧？」

「會啊，我剛剛有打電話給他，要他快點忙完來接我。」我抓著手機的手緊了一點。

「喔，那好吧，我要先走了喔。」

看見自己男友開車來了，她還不忘邊跑邊回頭要我回去時候小心點。

我笑著揮手跟她說再見，但卻轉個方向開始移動，往捷運站的方向走。

「抱歉黔黔，我今天工作會晚一點，看妳要自己搭車回去還是等我？」——顧孟然。

「那沒關係，我們各自回家吧。」我快速的回傳訊息，而他，已讀。

這是剛剛我們的對話，平平淡淡，沒有濃鹹。

嘆口氣舒舒背，我認真的覺得這樣也可以，也不錯，他是個很老實的人，長相憨厚，保證不劈腿，因為他話天生就少，加上他的外型讓人很放心。

這些都是當初，決定要和他在一起的主要原因。

當然，依照我選人的高標準，顧孟然也絕不是長得醜的類型，相反的，他還是績優股，就是有可能會翻紅的那種，只要他稍微再瘦一點。

從八十公斤瘦到七十應該就可以稱得上是型男了。

只是當時我一直都對他保持普通友好的關係，他喜歡我，人人都知道，只要不說破，那我們就能保持那樣的關係，畢竟他對我來說，只是個突然出現就說喜歡我的學長，和我真的沒有太深的交情。

而最後促使我們在一起的，就是佐安。

佐安喜歡莫亦海的事情也是大家都心知肚明的八卦，她成天跟在莫亦海身邊，約他吃飯做報告，為他翹課，還一起到圖書館念書，雖然大家都說其實莫亦海根本就沒陪她做那些事，經常看到她一個人坐在圖書館乾等，不論如何，對外，她就是莫亦海的代言人，大家不明說，但只要有需要找莫亦海的時候找不到，找佐安就對了。

不過就算是黏人如佐安，也會有不知道莫亦海在哪的時候。

中午到下午三點的那段時間，莫亦海肯定都會給我一封簡訊，要我一點一到就到哪棟大樓或者哪間沒人的教室去找他，守著那間教室別讓任何人接近。

這件事，我做到大學了還在繼續做，就只是因為我知道他有這個病，而他也不打算再讓更多人知道，所以就繼續威脅我。我根本已經無所謂了，什麼做法不做法的小孩子玩意兒，到大學大家也只是當作笑話看看，無傷大雅，但是叫他起床也不會少掉什麼，於是我繼續假裝受制於他的威脅之下，每天都到他指定的地點去叫他起床。

沒想到最後，這件事情還是被當作一則見不得光的謠言，傳得滿天飛。

人人都知道的「校花佐安男友」莫亦海，下午私會其他學妹。

我沒想過這會帶給我什麼影響，畢竟，我跟莫亦海都清楚我們不是那樣的關係。

但是一個人一旦開始忌妒，就是不管妳說什麼她都聽不進去。

莫亦海知道這件事，但他一點也不在乎，甚至連安慰我的話都沒有說，仍然照常傳簡訊給我，要我到哪裡準時叫他起床，而我往常只是負責接收，沒有回傳過訊息，這次我回傳了，內容當然就是詢問我們有沒有結束這段關係的必要。

他回傳給我的答案是：沒有必要。

簡簡單單的四個字，透露他對這整件事情最簡單的想法。

雖然我跟他除了叫他起床以外，沒有任何私下接觸，但幾乎天天都會見面的我們，其實也不是完全不了解他。

他沒有什麼真正在乎的事，對他而言，被女生喜歡也更加是家常便飯，就算對方美如廖佐安，他還是可以說不要就不要，說放棄就放棄的。

但是佐安呢？她可沒這麼好打發。

首先，我們同班，其次，她在班上是女王。

我原本在班上就是一般般，朋友只是沒有佐安多，但也不至於沒有朋友。

那件事情原以為可以以「誤會」結案，不過也許佐安在莫亦海那也得不到什麼安慰，所以她將糟糕的心情全數轉嫁到我身上。

她整天在班上哭鬧，趴在座位上啜泣，班上同學都非常的捨不得，畢竟，佐安是班花也是校花，被劈腿還得了？更不用說莫亦海的劈腿對象小三在下我，長的又不是天仙，不比佐安，怎麼可能篡位成功？

「妳到底喜不喜歡莫亦海？」終於有一天，佐安身邊的小粉絲一號來到我面前，帶著二號跟三號，氣勢如虹的站在我面前雙手叉腰的問。

「我沒有喜歡他。」我老實說，而且眼神也帶點挑釁。

好吧，我有點說謊，如果說高一剛入學的時候花癡過他，這我是有，但是現在沒有啊。

「那妳就不要跟莫亦海見面啊。老實說，我根本一點也不相信莫亦海會喜歡妳，憑什麼他要放棄漂亮又是網拍模特兒的佐安選擇妳啊？」她咄咄逼人，還以為這樣講我就會傷心，但是我沒有，我只覺得啼笑皆非。

「我也這樣覺得，所以妳還是叫莫亦海這輩子都不要再聯繫我吧。」

我亮開簡訊，裡頭一整排都是莫亦海的名字，訊息多到她們看傻眼，面面相覷不知如何是好，最後只能用跑的跑回教室去，宣告這個驚人的消息。

莫亦海，我為什麼要為了你受這種罪？

晚上的時候，顧孟然傳了封簡訊問我要不要一起吃飯逛夜市，這次我沒有再拒絕，答應了他，到他約定的地方一起吃飯。

他看起來很高興，而且很熱情的替我張羅吃飯用的筷子湯匙，還起身幫我倒紅茶。

那是我們第一次聊天，也是我意外發現，顧孟然除了有張憨厚的臉以外，還有一張幽默的嘴，講的話意外很中我的笑點。

見面以後的隔天，他傳了封簡訊約我在宿舍門口見，接著帶我到學校裡的一棵超大櫻花樹下，親了我的臉頰，問我願不願意交往——我記得那天，是很冷很冷的陰天不是晚上，仍吹著刺骨的寒風，櫻花開滿了樹梢，澎澎的像極了可愛的小澎裙，很可愛。

雖然不是真的喜歡他，雖然說在一起還有點牽強，但我還是答應了，答應和他在一起。

為什麼呢？我想是因為他並不討人厭，而此刻的我也不反對交個男朋友，外加，如果現在跟他在一起，佐安他們就沒有理由繼續拿著那些事情來煩我，整天說我是第三者了。

也可以就此跟莫亦海斷得乾乾淨淨。

在覺得自己思考的很周全以後，我也就更加覺得自己這個決定沒有錯。

原以為沒錯的決定，卻在真正以情侶的姿態相處後有了巨大的變化。

一開始只感覺是小小的不同，相處後才發現，我和顧孟然從個性到各方面都不適合，他和我的想法是天差地別，完全不一樣的。

我以為不一樣的我們是互補，就是剛開始可能會有些摩擦，只要過了那段磨合的時間，也許我們可以走到永遠。

但是我錯了，認真的錯了。走到現在五年了，同年齡的我們，除了剛開始的相處和樂以外，其餘時間幾乎都在吵架。

他喜歡一次花一筆很大的錢買一個很想要的東西，卻很省小錢，我很喜歡買便宜又實惠的東西，對大錢謹慎，在這點上，因為小錢比較容易輸出，所以他自覺認定我就是很愛花錢。

而大學生們，最缺的，永遠都是錢。

三天一小吵，兩天一大吵，一個禮拜過後又和好一天，接著又繼續吵。

從金錢的問題吵到觀念，從觀念吵到家庭，每一次的吵架都讓我更加了解，我們到底有多麼的不同，是個實實在在，絕對不相同的兩個人。

他是個很安靜的人，卻因為那段時間的頻繁吵架，對我開始不耐煩，進而越來越沉默了。

我是個不安靜的人，本來只要稍微輕哄一下就可以結束的小事，因為他的沉默，越燒越劇烈了。

吵架，和好，吵架，和好，久而久之，我對他也有了一種莫名隔閡，而且深刻的開始懷疑我們該怎麼走到最後，在愛與不愛他之間徘徊。

也許有人會問，既然這麼討厭對方天天吵架，那為什麼不分手呢？

這也是我的疑問，為什麼不分手呢，就這麼傻傻的在一起了好幾年，哭了好幾缸的眼淚，絕望了好幾回。

直到真正開始想釐清我們的關係，是從某年冬天，跟他同事一起去吃薑母鴨玩真心話大冒險的時候開始。

他喝醉了，真心話大冒險他選擇了真心話，認真的轉過來對著我說：黔黔，其實妳一定也清楚，在剛開始我們兩個交往的時候，只是為了交往而交往，我們都沒有預先設想過會在一起多久，甚至還以為，也許就像其他人一樣畢業就各自散。但我們還是走過來了，妳知道嗎？現在的我，很愛妳。

旁人開始尖叫，大笑，拱著要我們兩個快點結婚，好生個美麗的寶寶，有了結晶，就真的可以共度一生。

也許我是個怪人，因為我在這段話裡，聽不到半點感動的成分。

相反的，我開始回想，回想起自己在每次吵架都得要自我懷疑一次，回想起當初原來的自己，本來就不是因為很喜歡他所以才在一起。

而他也是一樣的。

走到五年後的現在，我卻開始不明白為什麼我會在這裡，就好像睡了一覺突然醒來了一樣。

妳問我愛他嗎？

我的回答肯定是愛的。相處了那麼久的時間，磨光了彼此的脾氣，從一開始的完全不了解到現在甚至看了他一個眼神就知道他喜歡與否。

那現在的疑惑又是什麼呢？

我是愛他的，但也是不愛他的。因為從大學就開始交往的關係，導致我們非常清楚彼此的喜惡，卻也有某個部分非常清楚的知道，他，是永遠都不會變的。

我指的是，我永遠都無法忍受的那個部分，說穿了，其實就是他的固執個性。

每次的吵架，對我都是種折磨。

但後來漸漸的，我也不懂得生氣、對他大吼大叫了，我們維持著表象的和平，對彼此的生活保持一定的距離。如果他愛上了別人，我一定會心懷祝福，而且是最真摯的祝福，讓他離開的。

踏進捷運站內，乘著電梯，默默的戴起口罩跟耳機，把自己丟進擠得像沙丁魚的車廂，忘掉剛剛自己正在回想的一切。

「妳在說什麼啊，傻子！」突的一陣爆吼，嚇的我趕緊摀住自己耳朵。

對我爆吼的，就是跟我待在同個辦公室好幾年時光的男上司，鬼秀。他的名字就是曾經瘋迷很多少女的那本漫畫男主角沒錯，因為他很喜歡那本漫畫，而且深愛男主角，所以把自己的綽號取叫鬼宿，但我老是把宿念成「秀」所以久而久之就真的叫鬼秀了。

「什麼叫做希望他愛上別人，妳這樣不是在傷害自己嗎？」

鬼秀咬著自己中午買的麵包，一點也不文雅的吸著奶茶，滿臉責備的把眉頭擠成川字看著我。

「我只是覺得，從很早以前只有我單方面說分手，他一直不願意，我不想狠狠的傷害他讓自己離開，那樣我也會很難過，所以除非他愛上了別人，我們才可以真正的有個結束啊。」

看我講了這麼長長一串，鬼秀似乎一點也不認同。

「妳以為他會感謝妳嗎？蠢豬。」他翻個白眼，一口吞下那塞滿嘴的麵包。

我認真覺得那口如果是塞進我嘴裡我一定會噎死。

「我也不想他感謝我，只希望他可以快樂，至少不像跟我在一起的時候，很無聊。」

恆溫，我們之間的溫度不管怎麼調都是一樣，不冷不熱。

「男人都喜歡做自己的事，妳不干涉就是最好的存在，跟妳在一起說不定他才不覺得無聊，很自在呢。」

「但是我不愛他。」垂下視線，我發誓，我有時候也很討厭非常了解自己要什麼這件事，就因為知道的太過清楚，清楚到完全無法欺騙自己，我才會這麼痛苦。

「難道在你們之間，都沒有快樂的事情發生嗎？」

……快樂的事。

「就是有能夠為那些回憶微笑的時候。」

我落寞的垂下頭，「都在一起這麼久了，當然有啊。在大學的時候，我們租了一間小的單人套房兩個人住，那時候的我們其實現在想起來還挺幸福的。尤其晚上睡覺的時候。」

「這應該是大學時期才能體會的幸福，這樣睡覺的話，我們就不會吵架了。」顧孟然抱著我說。他的下巴靠在我的頭髮上，閉著眼睛陶醉的說以後不想買雙人床，永遠都想跟我睡在單人床上，因為就算我不願意，也得要跟他抱在一起睡。

我們每天都靠得好近好近，近到熟悉彼此的呼吸。自從搬到這間套房以後，睡前吵架根本沒法吵，他轉個身就可以抱到我，然後順勢磨蹭我的頭髮，放軟語氣和我說話，雖然還是沒有道歉，直到睡著。

那段時間的我，雖然還是會跟他吵架，但是，吵得也滿幸福的。

「那現在呢？睡雙人床啊？」鬼秀臉上的表情真的很經典，一臉難以置信的樣子。只是我不知道他難以置信的點是因為我們一起睡單人床，還是因為這樣就和好很神奇。

我臉紅的點點頭。

「那妳還想跟他睡單人床嗎？」

聽到他這麼說，我當下就脫離甜蜜的回憶垂下臉，「那只是回憶，只能證明我們愛過彼此，卻沒辦法讓我以此覺得可以過一生，我們的個性還是不合。」

個性不合到哪都還是一樣，雖然我們甜蜜過，我也想過我是不是無法脫離他，才會一直拖拉到現在還沒分手，任由吵架的內容一再重複上演。

「妳就靜觀其變吧，我覺得，他會愛上別人的。」

聽到這裡，我一愣。

「如果妳持續抱著這樣的想法的話，也不會太熱情應對或經營這段感情吧？那他會愛上別人的。」

我不知道該怎麼說我現在的心情，其實，微微泛疼。

吃完麵包的鬼秀一臉放鬆的撐著頭，白皙沒有皺褶的皮膚彎起一個好看的弧度，伸出單手捏住我的臉頰逼我直視他，看得我嚥嚥口水收回視線，什麼一瞬間的難過通通都消彌。

不得不說啊，鬼秀如果是個喜歡女人的男人的話，肯定就是株天菜，會有很多女人追在後面跑的那種。只可惜，我到現在都還不清楚，有時會表現出女孩子嬌嗔的鬼秀，究竟是喜歡男孩子還是女孩子，還是都喜歡？

想起當初認識他的時候，因為他脾氣很差，又是主管，所以很多案子都得要交給他過目。原以為只是交個案子沒什麼，沒想到他那天心情很不好，我要把案子給他他卻開始大罵我為什麼要站在那，破壞他視野內的風景，於是我就哭著跑離他的座位。隔天，收到他的道歉咖啡以及巧克力，並且約我出去吃飯，跟我解釋因為私人問題所以帶了情緒到工作上很抱歉。

不過我沒說的是，我當時根本沒有原諒過他，只是不討厭他了而已。冷淡的對待他似乎沒有效，他越挫越勇，所以我們後來也在不知不覺間，越來越好了。

此刻坐在我對面的他沉默了一陣，最後才站起來說：「妳打算怎麼做之前都要跟我說，別讓人擔心了。各自回公司啊，妳懂得的，我們是不能影響工作上的關係。」

朝我拋個自以為帥氣的媚眼，然後頭也不回的轉進大樓與大樓間的小巷，消失在這個空間當中。

對面的街道上傳來越來越靠近的吵雜聲，那群人像觀光客一樣猛講著英文，我雖然英文沒有很好，卻也略懂他們正在討論到底哪裡有好吃的，猛問其中一位疑似就住在台灣的台灣人，但那人表明，他也只是剛回來台灣而已，這附近變化很大。

剛回來台灣？

偷偷的斜瞥了一眼望過去，果然看見站在人群裡的莫亦海，正好證實了自己的猜測。他似乎已經先看見我了，只是像看見又好像沒看見的轉頭回答問題。

視線在空中交會的那瞬間，我很快的收拾好桌面的東西，裝作剛剛沒瞥那一眼打算離開，又猶豫，如果揮手的話會怎樣？不打招呼很奇怪吧……

再望一眼，莫亦海已經像個陌生人似的，跟著人群離開了我的視線。

我以為他先看到我會跟我打個招呼，沒想到，過了幾年後的現在，我還是隨便就把主導權給別人。

其實我想說的事，到底他憑什麼忽視我啊！

雖然他衝過來要跟我打招呼也會讓我不知道該怎麼辦，但我就是這樣，看到認識的人不打招呼，直覺認定就是討厭或被討厭。

想到這，我忽然沉默了。重新回到椅子上，抿抿唇，覺得嘴巴上的皮有點乾，索性直接拿起包包抓出護唇膏塗一塗，順便照照鏡子看妝花了沒有，省得回去又被鬼秀嫌的一無是處。

嗯，說穿了，其實莫亦海不是沒有討厭我的理由。那時候，我的決定讓他變得裡外不是人，回去佐安身邊也不是，強求我也不是，不知不覺間，我居然真的和他斷了聯絡——

在我放了消息，讓全校都知道不是我糾纏著莫亦海不放，而後又火速的交了一個男朋友闢謠以後，莫亦海就真的沒再傳任何訊息給我了。

晃眼過了一個月，廖佐安在走廊的那頭一見到我，立刻快步的朝著我走來。

「妳到底憑什麼？為什麼阿海要休學！」

她不再像往常一樣柔柔弱弱，反倒是氣呼呼的朝我直奔而來，身旁沒帶半個人，單槍匹馬的，似乎要跟我決一死戰。

她氣勢磅礡，我卻只聽到那五個關鍵字，「莫亦海休學」？

「我什麼事也沒做。」雖然心裡很亂，好像做了什麼虧心事，但我還是很冷靜的跟廖佐安談。

「妳長得這副模樣，要胸沒胸，要身材沒身材，要氣質也沒氣質，我不相信妳沒跟阿海說任何逼退他的話，他會突然休學！」她咄咄逼人，臉上的表情除了難過沒有再多，她滿臉是淚的看著我，為了莫亦海的離開傷透了心。「我一定會查出來的，要是真的和妳有關，我絕對不會放過妳！」

看著佐安焦躁不安的離開，我喃喃的說：「那應該是我對妳說的話吧。」

真的很冤枉。佐安難道不知道，這個世界上是沒人可以威脅的了呼風喚雨的少爺莫亦海的嗎？為什麼她會以為我有那通天的本領，隨便和莫亦海說句話他就會休學呢？那應該是，身為女朋友的佐安，才會有

的權利吧？

這讓我想起曾經問過莫亦海的一個問題：「讓你跟一個人交往有這麼難嗎？」

他清清淡淡的回答我：「嗯，很難。」

「有多難啊？」

「比數學還難。」

我眨了眨眼，他會這樣說，應該就是拒絕吧？想完後，我默默將偷偷萌芽的那份喜歡給硬是壓了下去。

「胡依黔！胡依黔！」

站在辦公室的正中央，穿著以他年紀來說略嫌年輕的西裝，梳著整齊的西裝頭卻看起來很像染得過黑的假髮，他就是我們公司裡長得像小丸子的爸爸，人稱臭老頭的白添德經理。

坐在我身邊的同事羅媛甄很快速的踢了我一腳，我立刻回神。

「啊，右！」邊喊還邊舉手邊站起來，鬼秀坐在前面掩嘴偷笑。

「我還左呢！我剛剛說什麼了？」經理微瞇起眼，對我鬧的笑話一點也笑不出來。

「請問經理、你剛剛說什麼……」我頭垂的很低。

「妳還有臉問我！」經理勃然大怒拍桌子，「妳就是這麼散漫，比妳還要晚進的同事都已經完成幾份資料了，妳還在剛睡醒！」

這下不止頭垂的低，更想把自己給埋進這棟建築物裡。

老經理白眼一翻，開始說教了。他的視線不完全放在我身上才讓我可以好好把頭擺正，不再彎的這麼低。

我看了眼剛剛經理手指的那位新進同事，好奇為什麼自己不知道有這號人物存在。她此刻正睜著自己的大眼睛，因為話題牽扯到自己而不知所措。

我也不是什麼很容易跟人熟的人，有我不認識的同事出現，大概就能反映我的資訊容易斷好幾節，不過端看那小妹妹真的一副怕得罪到我的樣子，忽然好想送杯茶給她，要她稍微平穩一下呼吸，因為姊真的沒有這麼容易動怒的，更何況真的得罪我的人並不是她，是臭老頭。

出了會議室，我看了眼手機，發現顧盂然打了兩通電話過來給我，過了會，確定真的沒什麼雜事以後我才又按了回撥。

「喂？」

「黔黔，今天晚上想吃什麼？」

晚上想吃什麼？

「不是、都各買各的回去我那吃嗎？」我有點遲疑的問。

「今天是二十四號。」

二十四號。

我這才想起今天是我們每年的大日子，以前我老吵著要慶祝，他卻嫌煩的那一天，漸漸變成偶爾想到才突然出現的紀念日。

想到這，我噴笑道，「想到要慶祝啦？剛好我今天心情不是很好，所以我們吃大餐吧！」

「又發生什麼事了？」他的語氣帶著淺淺的關心。

「還有什麼事呢？」我嘆了口氣，「見面再說吧。」

我發現臭老頭人就在前面不遠的走廊上，正在跟剛剛那位被點名用功努力的小妹妹講話，所以我果斷的把電話掛了，極盡低調的要走過他們身邊。

老頭果然就是老頭，眼力一等一的好，很快就發現我了。

「胡依黔，過來！」

過來？喊你家養的Puppy嗎，真的是！

「這是我們公司的新進員工，袁妍。」老頭勾起一邊嘴角世故的笑，單手撫在袁妍的背上，袁妍很乖的彎腰打招呼：「妳好，黔黔姊。」

她笑容漾滿臉，看起來很活潑可愛。

「妳好，袁妍。」我主動的伸手握了握，她嚇了一跳，但還是保持著弧度不變。

「妳記得我剛剛在會上跟妳說的那些話吧？要向袁妍看齊，別老是這麼散漫！聽見沒有？」

我一愣，沒想到他居然還真的這麼不給我面子。剛剛在會議室不留情面就算了，現在居然還直接讓我下不了台？果然是臭老頭！

說完這段莫名其妙的話以後，老頭就走了，徒留我跟那個叫袁妍的女孩子在原地，氣氛瞬間凝結。

「黔黔姊，要不要、喝杯咖啡？我幫妳泡。」在沉默了一陣，不知道該不該開口先說有事要離開的時候，她開口了，而且還是這麼溫順的開口讓人不忍拒絕，於是我就跟著她進了茶水間，開啟了我第一次和同事間的閒嗑牙。

男人忽然莫名其妙的訂了間高檔餐廳，吃一客餐點就要價上千元的乾式熟成牛排，看店內的裝潢跟氣氛，為什麼我一點也高興不起來？想起前陣子還在跟我吵要存錢買車子的他，現在又是什麼情況！

「這裡很貴吧？」我拿著點單，不悅的攏起眉頭看他。

「妳點，我請客。」他笑，笑的老謀深算。

雖然這很像是他的作風，一次就是得要花個夠本才叫花錢，但對我來說，奢侈只在一念之間，這錢我花的手很抖。

本來想點個最便宜的了事，但這種餐廳就是統一價格，只有主餐不同，剩下的附餐都是固定的。還想問可不可以單點湯就好了，如果阿然問我為什麼，我就回他我最近減肥，吸空氣也會飽。

但顧孟然很顯然就猜到我想幹嘛，叫來了服務生，連讓我開口都不用，他直接就替我點了，還正中我想吃的那道主菜。還想他點完我一定要發個牢騷，他居然還看著我竊笑，硬是點了一瓶紅酒說要配著喝！

「顧孟然。」我惱聲提醒他，要他別太過份，他笑著跟服務生說這樣就好，還塞了小費。我氣不過，「你錢多是不是？不是前陣子還跟我說要買車？」

「今天公司發了獎金，特地帶妳來的。」

「是嗎？不是你自己想吃？」

雖然聽到他說「特地」兩個字有點想翹尾巴，但我也不是真的這麼好打發，他可是顧孟然，我猜想十之八九是因為他聽見同事說很好吃。不過至少他是帶我來，不是帶那個誰或哪個妹。

「不是。妳今天在電話裡說的是什麼？妳們公司的經理又欺負妳了嗎。」講完，他默默的替我把店家的餐具拿過去他那擦，邊等著我的回答。

「對啊，他今天很誇張，當眾說我比一個新進還不如，要我努力點。」

店家送上了前菜跟湯，我一聞到味道立刻就毫不猶豫的動手，誰看了也會知道我是從餓死鬼地獄爬上來的。

「他這麼常這樣，妳不會想換工作嗎？」顧孟然慢條斯理的喝著他的湯，很難得沒有拿手機出來滑，玩遊戲。

「想換又有什麼辦法啊？現在又不好找工作。」鏟起湯裡一顆超大的蛤蠣，我扎實的一口咬住往後拖，滿足的嚼著這口人間美味。

吃到好東西心情都飛起來了，還管的了那臭老頭嗎？哼。

「之前不是聽妳說很羨慕那種自由工作者？代購服飾的那種工作，經營社群網站之類的。」

「你還記得啊？對啊，我是很想做，但是要去哪代購？現在市場都飽和了。」

「誰知道呢？妳可以試試看啊，為了未來要結婚做準備。」

聽他這麼說，我喝到一半的湯不由得緩慢從我嘴裡流回碗裡，一臉懵的看著他。

他看到我傻眼後的樣子笑了，抽了張紙巾要我好好把嘴擦一擦，又繼續說，「如果未來我們結婚有了孩子，妳會在家顧小孩吧？倒不如找一個可以在家就有錢的工作，經營網拍啊什麼的，那不剛好也是妳的夢想嗎？」

他看起來做了些功課，講的是我想做的工作沒錯，但我的目的不是為了要顧小孩方便，而是可以出國遊玩。他好像搞錯方向了？

「誰說我一定會在家裡顧小孩了……」抿了抿嘴，我實在不想跟他在這種大庭廣眾下又犯吵。「這話題我不喜歡，下一個。」

我全神貫注在我自己的那碗湯，完全沒打算要繼續這個話題的意思，平常他都會嘆口氣，裝作沒這件事就把話題帶開，但這次不同，他笑了，坐在我對面輕笑出聲。

「黔黔，嫁給我好嗎？」

「啊……」我再度傻眼的抬頭，看見他不知何時掏出的絨布盒。

那盒子由於出現在電視裡太多次，常見到我看見那個就差不多知道發生什麼事，只是沒想過真的輪到我看那只絨布盒的時候，我的反應卻是傻在原地。

身旁出現各種夾著「求婚」的字眼，表示已經有很多人注意到顧孟然站起來，拿著盒子向我靠近這件事。

「我們不是一直都很順利，但還是很努力的走到今天，有妳，我很知足，今天這樣坐在對面看著妳吃東西，越覺得妳怎麼看怎麼可愛，我很確定我永遠都看不膩。所以，嫁給我，讓我一輩子都能看著妳——」

這時候如果臉頰邊還沾著濃湯的湯渣會不會很煞風景？但我就是這樣。

腦中飄過上萬則以往的對話，好的壞的都有，吵架吵的不可開交的樣子，相擁入睡的樣子，想著未來其實永遠在一起也無彷，當下就想開門走人永遠不見的時候也有，但，就是沒有感動。

「阿然阿然，我可不可以買這個包包？才兩百多塊耶，超便宜的。」

我帶著楚楚可憐的面容抓著一個粉紅色鉚釘的包包，對一旁早已對我逛街逛這麼久不耐煩的顧孟然撒嬌，想要他破例，讓我這個月少繳一點「儲蓄費」。

「不行。」他看著剛買的鳴人漫畫，頭也不抬就直接說不可以。

「鴝，拜託，我們每個月都存了這麼多錢，少存個幾百塊又沒關係。」

「不行就是不行。」

他這會兒終於肯抬頭看我了，只是那眼神之嚴厲，讓當時有點傲骨的我看了非常不順眼。他很固執我知道，但我想讓他也清楚的是，固執不是他的專利，我也可以。

我執意的拿著我看上眼的包包到櫃檯去結帳，他見我講不聽，故意要惹怒他、頂撞他，於是他追了上來，非常大聲，用著幾乎整間店的人都聽的到的聲音對我喊著：「我們沒錢了妳知不知道，還要花錢！」這一喊，當下整間店的人都在看著我們，跟著我們一起逛街的朋友們也看到了，他們的臉全綠了一半，我臉一紅，愣了三秒以後丟下包包跑了出去。

不知道都這種時候了，為什麼我的腦子裡浮現的，還淨是這種畫面。

他單膝跪在我面前，捧著裝戒指的絨布盒等著我點頭答應，我卻皺著眉頭。越皺，眼底的酸楚越盛。

「為什麼不再給我多一點時間，偏偏是現在？」

眼淚湧出，我木然的看著他。

「嗯？」

顧孟然抬起頭，不知道哪個環節出了錯。

「戒指收起來。」眼淚一滴一滴的滴到地板上，偶爾幾滴，落在顧孟然的手上。

「為什麼？妳不是也愛我嗎，我想跟妳過一生。」他臉上笑容收斂了點，但還是無損幾分，戒指又抬得更高了。

太突然了，一切真的太突然了，我怎麼一點都沒想到。

「戒指先收起來！」我焦急要他先收，因為很多人在看，如果我當面拒絕他會害他很難下台。可偏偏，他的固執毛病卻堅持要在這裡爆發。

他皺眉，對我兩次要他收戒指很不高興。

「妳不說我就不收，今天是我們的紀念日，很久以前妳就說想要一個求婚，我現在給妳，妳又為什麼不高興？」

「我、我還沒準備好。」我一急，眼淚更是如雨下。

「妳不愛我，還是不想結婚？」

也許我錯估了，讓他這麼堅持要個答案的原因，就是他已經感到羞愧下不了台了，如果我不在這裡跟他說清楚，他肯定也不會放我走。

「孟然，我們出去說，這裡人很多。」

「我只想知道妳是不愛我，還是不想結婚！」

他語氣認真，認識他這五年來，這種語氣我再熟悉不過了，只是我好面子，既然他這麼無所謂，堅持要在這裡說，那我又有什麼好怕的？

我開始說服我自己，總有一天是要面對的，攤開吧，把一切，通通都攤在陽光下——這傷害，應該勉強可以算是他要的吧？

「其實我思考了好久，關於我跟你之間的問題。」

「……」

周圍開始躁動，在場的客人都已經準備好要站起來拍手了，連站在一旁的服務生蛋糕都已經準備好，

還有幾個拿著氣球準備好衝出來，阿然的同事。一瞬間，大家在看到我的眼淚以後都開始不安的左顧右盼，氣聲問其他人：現在是什麼情況？

「你覺得可以這麼看著我、愛著我到永遠，但我好像……沒辦法，沒辦法想像未來的好幾個十年都得這樣忍受你。」

他拿著戒指的手終於放下了，看著我的眼神既受傷又帶了點憤怒，好像我這麼做不只毀了他的計劃還讓他徹底難堪了。

看到他這副受害者的姿態，又看見周遭人竊竊私語的樣子，不好的回憶湧現，一股怒意油然而生，我推了他一把站起來，邊擦淚邊控訴。

「我好討厭你，真的討厭……我討厭你總是讓我在大庭廣眾之下下不了台，我討厭你總是堅持己見不顧我的意願，我討厭你總是按照自己的步伐不管我跟上了沒有！我很努力很努力的想要試著愛你，但是我發現，我真的真的做不到——」

我哭得泣不成聲，抓起包包奔出餐廳，慌張、焦急的情緒在瞬間閃過他的臉，他站起來想要挽留我，但是被一旁的朋友拉住，說他如果現在抓著我談肯定沒好話，要我們都冷靜一點再說。

我才剛跑出餐廳，藍云妮忽然出現在我身後，拉住我的手。

「藍藍？妳怎麼在這？」

「我是受到顧孟然的邀請來見證的，因為他要我保密所以才沒跟妳說。」她說完便抱緊我，「怎麼一個好好的求婚搞成這樣。妳怎麼都不說，為什麼不告訴我！」

講沒幾句話，也許是我的淚水鼓勵了她，她居然也開始哭。我很難受，因為不想走到的這一步，最後還是來了，面對的感覺很複雜，既是解脫，抑是疼痛。

互相折磨的戀情撐不久，磨合是好的面向，它是人與人之間因為相愛所衍伸的探索，應該是在爭執過後，悄悄的變化，讓彼此能夠更適應對方的存在，而不是傷害。

「謝謝妳沒告訴我。」我反覆思量以後，只覺得還好我不知道，「如果我知道，我們今天就不會走到這一步，那一切就不知道要拖到什麼時候了。」

「妳還說這種話！」她氣惱的揍了我一下，「我陪妳走回家。」

「我自己回去就好，妳快點讓妳男朋友帶妳回家吧。」

「不要，我今天有重要任務，需要平安送妳回去。」

「什麼任務？」

我疑惑，她卻仍堅持不鬆口，「反正我就是要帶妳回去就對了。」

藍藍很快的打了通電話給她男朋友徐浩宇，要他改在我家那會合，在把我家的地址告訴他以後，她將電話丟進口袋裡。

「好了，妳家離這不遠吧？我記得。」藍藍勾著我的手，掛著淚痕的側臉揚著笑。

「不遠，只是走路要十五分鐘。」

「十五分鐘啊……」她本來還揚著笑臉，聽到十五分鐘就垮下，「難道、難道我們真的不能搭個公車什麼的嗎？」

我笑道，「沒有公車啊，白癡喔。如果妳害怕就快點把妳男朋友叫回來，乖乖搭他的車走。」

「不要！我就說送妳回家是我今天最重要的任務了，我還打算要睡妳家，陪妳喝個通宵耶！」

「妳又不會喝酒。」藍藍的酒量可是出了名的差，跟她喝和我自己喝其實是相同道理。

跟著我回家的路上，她不斷的問我跟顧孟然的經過，還一度想著我們會真的步入禮堂，但在聽到我聲淚俱下的控訴以後，她才驚覺自己多麼天真，居然從來沒發現過我總是愁容的原因。

一邊埋怨我的隱瞞，一邊笑說還好我勇敢。

「我不像妳這麼聰明，還能統整他對妳的事蹟。如果是我啊，肯定會傻傻的就答應，然後過著跪婦的生活，也許當他開口要跟我生個孩子，我就乖乖聽話生個小孩，然後因為孩子更加不能離開。」

「貴婦？」

「是下跪的跪。家庭主婦不是每天都打掃家裡嗎？我記得我媽是這樣說的啊。」

「剛剛顧孟然也是這樣跟我說的，要我生個孩子，找個可以在家裡就有錢的工作，專心顧家。」

現在想想還滿生氣的，他怎麼可以擅自決定我的未來。

「其實這段時間，我跟浩宇也經常鬧矛盾。」

不知不覺間，我們已經走到我家了，耗費了二十分鐘，比平常我自己走路還要慢個五分鐘左右。

斜眼撇到一台非常顯眼的黑色轎車，那台車子強硬的放在道路上，讓這條原本就小的小巷子被擠的水洩不通，我惡劣的踢了一腳，不管它，因為這裡的鄰居明天發現以後絕對比我還看不過去，他們會主動叫拖吊車的，不需要我費心。

到了我家樓下，藍藍不曉得為什麼變得很興奮，她開始左顧右盼，跟我說話的眼神非常言不由衷，還死要拉著我在樓下繼續聊，看起來很像是在等待什麼。

「明天假日，我們就去上次佐安辦同學會的地方喝個下午茶吧。反正我心情不好，就當慶祝我恢復單身。」

藍藍聽到我這麼說，從她找人的視線中回神，「當然好，但是顧孟然真的願意就這樣放妳走嗎？」

「我以為我跟他講到這個階段已經夠清楚了，不是嗎？」從包包裡撈出鑰匙，我很快的打開樓下的鐵門。「好了，妳男朋友不是在巷口？快點去跟他會和吧。」

「等等黔，我我、我還有事情想跟妳說。」她抓著自己的衣服邊緣扭捏，一副欲言又止的樣子。

「什麼事啊？」

我腦子裡還在盤算，顧孟然有我家的鑰匙，我應該要想個辦法把我家鎖死，讓他進不來，然後隔天快點換掉。

忽然，不知道哪裡來的阿桑爆出驚人的尖叫聲，我跟藍藍愣了一下，很快的便跑往聲音的方向，第一眼，看見阿桑手拿著澆花器，疑似在這個時間打算澆花，而澆花器的水仍不停的澆灌，澆灌的方向正掛著一隻非常明顯的人腿！

藍藍放聲尖叫，藍藍這一叫，周圍都開始騷動，甚至原本待在巷口待命的徐浩宇都跑了過來一探究竟。

藍藍嚇得趴在徐浩宇身上哭，徐浩宇則是冷靜的把橫在花圃裡的人給拉了起來，住在附近的鄰人都紛紛出現，而當我看見那一頭栽在花圃裡呼呼大睡的人時，不曉得為什麼，我居然鬆了口氣，笑了。

莫亦海這人，居然這麼大方的躺在我家樓下花圃睡覺？

讓莫亦海就這樣待在那裡也不是，但是帶他回家似乎又怪怪的，這時候天色已晚，我家附近沒有什麼可以借住的地方，我原本想到的是鬼秀，但鬼秀這人就是這樣，他非常不會害羞的跟我說「他今天家裡有伴」意即：別打擾我。

心裡暗自罵了聲髒話，抽抽嘴角掛掉電話。反正人不犯我我不犯人，我認識莫亦海近乎十年，當然知道他有多討厭我，一早醒來看到我後，他肯定比我還要受不了，然後就會自己滾了。

於是在經過多方審慎的考量，我還是讓徐浩宇把莫亦海給扛進我房間。

「黔黔，這樣好嗎？妳確定學長真的不會突然醒來？」

我非常壞心的直接戳了根手指進他的臉頰，扭啊扭、揉啊揉，面露笑容，「妳看，睡得跟死豬沒兩樣，真的不用擔心。」

藍云妮對我敢這樣「弄」莫亦海感到非常震驚，她原本一直都保持很好的大家閨秀風範，一瞬間消失殆盡，張得大大的嘴巴，一臉下巴要垮下來的樣子。

沒辦法，誰叫莫亦海以前在學校的形象實在太壞了，臉臭的沒人敢靠近所以沒什麼朋友，他又缺乏交際細胞，完全沒人敢這樣跟他玩。當然，現在有我，而且應該只有我，莫名覺得與有榮焉。

徐浩宇帶著藍藍離開了，雖然在離開前藍云妮還非常小心翼翼的，偷偷戳了莫亦海一下，戳久了還上癮一陣子才被拖走，但總歸是走了，沒說要留下來，否則我這個小套房真的沒地方可以走路了。

當初決定租這裡，說是有一房一廳一衛一陽台的單身貴族房，價格又實惠的漂亮，可實際上就是一間特別大的套房，用兩個有點復古的木頭屏風擋著，一邊放著床，一邊放著電視跟小沙發，還有一個衣櫃跟電腦桌。

看到房間的實景我其實有點失望，不過衝著價格，我還是租了，房東雖然騙很大，但至少牆還是我喜歡的蒂芬妮藍，陽台也是真的有，而且挺大的，加上我自己一些小傢俱點綴，這裡也溫馨又舒適。

可床只有一張，莫亦海，當然是睡在沙發上。

只是這個夜晚，因為有他的關係我睡得特別不安穩。

就好像一開始發現他時那狼狽樣，他被澆花器澆滿全身，所以身體是濕的，但是他又睡著了，我除了顧孟然的衣服可以借他，其他沒什麼可以幫他，在天人交戰個幾百回以後，我決定拋棄全部的羞恥心，把莫亦海的衣服換掉。

我脫掉了他外套，心裡猶豫了一下。「我這樣是在吃你豆腐？」我開始看著他自言自語，「不是啊莫亦海，如果你在這裡穿著濕衣服待著肯定會感冒，到時候你感冒要我負責我怎麼辦？倒不如我現在就趁著你不省人事趕快幫你換了，省時省力，沒有後面的煩惱，很棒吧！」脫完外套以後要幫他解扣子，解扣子這步驟真的讓我臉頰開始紅了。

也不是沒看過男人，畢竟這個男人是莫亦海，是莫亦海啊！那毫無防備的睡臉，活像我現在真的是個十惡不赦下藥迷昏男人的女人！

「我是嗎？我是又如何！」我突然壞笑了起來，自導自演，「我就是個壞員外啊！哈！哈！哈！你個賤婢！」空中甩了莫亦海幾巴掌以後我還玩開了，笑得不亦樂乎。

扣子全解開了，上衣脫個精光以後發現，莫亦海這傢伙……真的有料。我不是真的變態要盯著看，而是看著看著就恍神了……一回神，我立刻真實的甩了自己幾巴掌。

「醒醒胡依黔！他可是莫亦海啊！他是那個狠心無情、誰都不愛的莫亦海啊！妳快醒醒啊！不能著迷在他的肉體，要醒著要醒著。」我用力的捏捏自己的臉，眼神不敢在他的身體上繼續流連，就怕自己真的一個克制不住，幹出什麼流鼻血的壞事！

只是流鼻血啊，流鼻血這件事本身就夠壞了，肝火旺啊，肝火旺不壞嗎！

換完衣服，我委屈一點把厚棉被借給他，自己則蓋著單薄的浴巾。但是這天氣說熱不熱說冷不冷，蓋著浴巾我居然睡不著，還有點冷？腳是冰的，渾身都是冰的，偷偷的看他一眼，他還是睡得很安穩，我卻開始咒罵聲連連。

就算知道他睡得跟豬一樣，我換衣服還是要進去廁所換，不方便。雖然知道他睡得跟死豬一樣，我睡覺還是壓力很大，怕打呼，不方便。雖然知道他睡得像個死豬而且絕對不會醒，我還是不敢把他的棉被扯過來讓我自己蓋，不方便的不方便N次方！

最後我索性起床泡了杯熱牛奶，蹲在莫亦海旁邊的地板上看了會電視，踩著我自己買的大地毯，身上裹著那件浴巾，不知不覺間，睡意居然就這麼襲來了——

我走在一大片的荒原上，覺得有點淒涼，四周圍的草木枯竭，風呼呼吹過，冷得我縮起肩膀抱著自己，看著沙地上偶然出現的青草，微微搖晃。

嗯？搖晃？

接著那震盪越來越大，越來越大，大得我覺得好恐怖，恐怖到無法抑制尖叫出聲！

當我從床上彈起來的瞬間，額頭很明顯的撞到了一個很硬的物體，那物體被我撞飛，然後狼狽的倒向我的床，壓到我的腳上，不時發出痛苦的呻吟聲。

我看到莫亦海人就倒在我的床上，撫著額頭咬著下唇面容猙獰，好像很埋怨我沒事做那什麼噩夢！隨著時光匆匆的過去幾秒，我的瞳孔越睜越大，越睜越大，最後我尖叫了，大大聲的，打算要震破莫亦海那可恥的耳膜！

「你幹什麼啊，王八蛋，給我滾下去！」

我像是在掃什麼討人厭的垃圾，直接把棉被啪的蓋到他臉上往底下捲，想把他捲成某種關東煮的捲心菜，然後踢下床！

當他被我一連串超快反應踢下床時，伴隨著一聲悶哼，接著就安靜的靜止在床底下，動也不動。

我一愣，疑惑，他不會就這樣摔死了吧？

心裡默默祈禱他沒有這麼脆弱，但是誰有這麼脆弱摔下床而已就死了？又不是在演連續劇，況且我還有幫他裹著棉被耶！

「冷靜點了嗎？」他包在棉被裡的聲音傳來，低沉而好聽。

「你、你怎麼醒了？」

「妳要不要看一下現在幾點了？」

他還是包在棉被裡，也許是擔心掙脫出來還是會被我打，所以他很乖，但我相信事實應該不是這樣。

「十點。」他獨自接完話後要我把臉轉向窗外，「然後看看外面。」

嗯，太陽很大。

「所以別問那種需要掛急診的問題。」

我臉上橫了三條線，很清楚的知道他是在說我腦袋破了一個洞，需要進急診室緊急治療。還是沒變啊，那張嘴巴仍然討人厭。

「好啦，那你幹嘛爬到我床上！」真沒想到他是這種人，從以前到現在還不知道他有這種癖好。

「我也不知道妳幹嘛要睡在我旁邊。」

他冷冷的拋下這句話，之後我的記憶瞬間回到昨天晚上，我泡著一杯牛奶，蹲在他旁邊看電視。沒辦法，他把沙發睡走了，所以我只能蹲在那，而且只有靠近沙發的地方有地毯，我知道他絕對不會醒來才大膽的靠在那的，只是沒想到，就這樣睡著了。

嗯？那我現在在床上是因為……？

「才沒有，那不然為什麼我在自己床上？」我開始裝傻。

「……妳知道妳很重嗎？」

我無言的看著那捆棉被，他疑似低低的嘆息，嘆息我的智商低，但我真心不認為他有可能真的這麼做，除非他不是莫亦海。

「別說廢話了。」

我白眼，「誰想跟你說廢話。」

「我停在樓下的車子不見了。」

「你開車來的？」

「不然我用飛的嗎？」

這問句真的有夠欠揍。

我忍不住趁著他被包在裡面看不到的時候朝他比了根中指，最後才又回歸到主題道，「你的車子該不會是黑色的轎車？」

「妳有看到？」

果然沒錯！是昨天那台白目的車子！

我就想是誰會這麼白癡停在那呢，這裡的鄰居可都是豺狼來著，專門抓違規，只要有任何問題就舉報，半夜太吵也是out，他們會集體圍在妳門口煩妳，直到妳搬家為止。

是的，就是這麼殘酷無人道，誰叫，他們都是一點點噪音、違背法規就受不了的老人家。

「應該，一大早八、九點就被拖吊車拖走了吧，依照那群老人起床的時間來看。」

五點應該就看到了，八九點是為了等拖吊車司機上班跟吃完早餐，就這點來看還有點人性。

嗯，我真聰明。

他沉默了，很安靜的倒在那裡一動不動，氣氛瞬間有點淒涼，還能搭配一堆黑線在他身上。

我的手機響了響，看了來電顯示一個「他」我默默的按下掛掉鍵。

「你現在是怎樣，還不起來嗎？」我默默的跟那坨沉默的棉被說，接著手機又亮了亮燈，顯示有簡訊，懶懶的開來看。

沉默的棉被開始鬆動了，興許是因為真的有點悶，但我看完簡訊以後眼睛不由得瞪大再瞪大，接著瘋狂的朝著那坨棉被衝，用盡所有力氣把他死死的壓在身下。

很快的，門口那邊有了動靜，明顯有人拿出鑰匙要開門的聲音，我的心一蹦一蹦，快要跳出來，接著我用非常快速，非常冷靜的氣音，帶著倩女幽魂的語氣說：「不要動，現在你亂動一下我們兩個就會妥妥的一起被丟下去，明白了嗎？」

莫亦海似乎就真的化成了棉被，我當時沒意識到跟他到底有多接近，門已經開了，而顧孟然提著一袋早餐，滿臉熱情的走進來，看我坐在棉被上覺得很奇怪。

「過來吃早餐了。」他又多看了棉被一眼，「為什麼坐在被子上？還把被子給捲成這樣？」

他總是有辦法這樣，在大吵一架過後裝沒事，殷勤回到妳身邊幫妳打理大大小小的事，讓妳以為他好像忘了，當初和妳吵得的有激烈，傷妳有多麼深。

假如我再度回去，日子肯定不會變，就像他一樣，從來沒變過。

一個招數使了五年，還不膩。

但是我膩了。

「你幹嘛要來？」我冷冷的看著他，雙手抱在胸前，「我以為昨天我已經說得很清楚了。」

他拿著早餐的手舉在半空中，僵硬的笑，「昨天？昨天我們有怎麼樣嗎？」

又來了，慣性裝傻。

「我昨天拒絕了你的求婚，而且我認為吵到那程度已經能算是分手了。」

面對我這麼不留情面的說詞，他顯然無法招架。因為我從來沒這麼對他過。

「為什麼？我、只是求婚失敗了，妳怎麼會說我們已經分手了？」

我不耐煩的嘆口氣，「我們都是成年人了孟然，難道未來你希望就這樣下去嗎？看著對方卻一點熱情也沒有，生活中沒有半點火花，吵架不是磨合而是容忍？你願意但不表示我願意，我一點都不希望繼續下去。昨天多虧你依然的固執我才有機會能夠告訴你，否則我真的不知道哪時候才能脫離這樣的環境。」

「胡依黔，妳說這些有點過份了。」他冷聲警告我。

「以後這裡是我家，我租的地方，希望你能夠好聚好散，好嗎？」我起身走到門邊，卻在經過他時被他握住手肘。

「黔黔，我們都已經走了那麼長時間，這當中我到底又做錯了什麼？我今天都已經拉下臉來買早餐要跟妳求和，難道妳就連一點情分也不給我嗎？」他怒喊。

「這是一個永遠不會結束的迴圈，你不覺得嗎？」我沉默的盯著他，眼底沒了情緒。

他憤怒的將早餐甩下，不曉得是因為噪音還是莫亦海那傢伙真的忍太久，不動受不了，一旁的棉被居然在這時候鬆動了！顧孟然很快的掃過一眼，但棉被又在此時動也不動。

原本以為事情要結束了，快點把顧孟然給推出房間，一切就可以恢復正常，沒想到……莫亦海被我藏在櫃子底下的皮鞋在這時候掉出來，我瞬間臉綠了一半。

顧孟然雖然偶爾會在我家睡覺，但他從來不放皮鞋在我家，所以這雙皮鞋絕對不會是他的，他很清楚。而且瞎子也知道這雙皮鞋是男用的。

「分手，是嗎？」他一臉狠勁的看著我，筆直的走向那陀高聳的棉被，卻被我一把抓住！

「你到底要幹嘛！」我死命的抓著他的手。

「我要看到底是誰！」他激動的喊，「妳他媽背著我偷人！才剛拒絕我的求婚，當晚就迫不及待把人帶回來睡！妳到底當我是什麼？」

莫亦海說也不說，一把將棉被掀起，起身就先給顧孟然狠狠的一拳。

「信任是什麼，你知道嗎？如果因為憤怒就這樣血口噴人，我看你水準也不怎麼高。」莫亦海揉揉自己的拳頭，臉上難掩不耐。

「你是誰啊！」顧孟然大吼。

「一個大男人，失戀就這樣鬼叫鬼叫的，學弟，你這樣很難看。」莫亦海皺眉。

聽到學弟兩個字，又認真看了看莫亦海的長相，他終於認出眼前的莫亦海是誰。

「學長……你什麼時候回來的？」顧孟然一見是莫亦海瞬間愕然。

「前幾天。」莫亦海冷冷的回，「我們現在的情況好像不是話家常的時候。願意跟我出去聊聊嗎？」

我從來不知道莫亦海跟顧孟然認識，也從來不知道顧孟然這麼聽莫亦海的話，他說出去就出去，一點也不想囉嗦的樣子。

當我面對空蕩的房間時，腦子還有點轉不過來。原本以為少不了一場大戰的，畢竟顧孟然的脾氣只要一上來就沒完沒了，結果沒想到顧孟然居然就乖乖讓莫亦海帶走了。

「妳說什麼？那天他也在！那他他他他……」

我驚訝的有點語無倫次，雖然因為莫亦海所以遲到了一點，但藍云妮非但沒有一點怪我，反而超認真的跟我說了一件嚇死我的祕密。

顧孟然對我求婚的那天，莫亦海全程都目睹！

那天原本是顧孟然循著我的臉書好友搜尋到藍藍，藍藍因為顧孟然要求所以對我保密，那天她有點遲到，因為下班時間較晚的關係，卻碰巧讓她遇見剛在這間餐廳結束餐敘的莫亦海。

他們兩個在廁所遇見，藍藍興奮的跟莫亦海說這個好消息，莫亦海二話不說就來了，剛好就是我跟顧孟然開始吵架的那時候。

「他那天看見那畫面什麼都沒說，只跟我要了妳的地址，還有要我陪妳回家，他會去妳家找我們。」

「所以妳說的任務就是他交代的？」

「沒錯！」

藍云妮非常狗腿的大點一下頭，我差點控制不了自己的血壓。

「妳怎麼不先想想他要我地址幹嘛啊？」

「笨蛋啊，當然就是要去關心妳啊！」藍云妮扯著我的手，接著又皺眉，「只是好奇怪啊，妳確定他真的不是被襲擊了嗎？否則怎麼會突然昏倒在別人家的花園裡？」

聽到被襲擊我內心裡笑歪了，還是擺著認真的姿態跟她說：「沒有啦，他今天早上醒來的時候好像有點發燒，確實是感冒了。」

忽然很慶幸他昨天沒感冒也悶到真感冒，早上要跟顧孟然出去的時候有很濃重的鼻音，我雖然有點擔心，但看他一點也不在意的樣子，等他真的來找我拿感冒藥我在給他好了。

「那學長身體真虛耶。」

「對啊，很虛，從以前就這樣了。」

莫亦海，不要怪我造謠，我也是為了要保全你啊。

「啊，真羨慕妳耶黔，跟學長感情這麼好。昨天學長看到你們這樣，他的表情看來很擔心。雖然不知道是因為妳還是因為原本一件好事瞬間變成壞事。」

她很快的從苦惱中抽身，激動的抓我手臂猛問：「怎麼樣？他醒來以後，妳們有沒有什麼互動？」

互動？我跟那傢伙哪裡會多餘互動了。除了他醒來的前三秒以外，我跟他的互動從來不能用良性來形容，應該就是一種視彼此為無物的那種態度，搖醒以後就各自離開，有說話，也是非常少見的情況。

我們一直都是沉默的路線，偶爾我好奇才會問個幾句，其他基本上我們就是沒交集到一個恐怖的境界。安靜的坐在彼此身邊，安靜的各做各的事情，總是這樣。

「沒有。不過今天早上莫亦海還在我房間裡的時候，顧孟然回來過。」

我扯了個話題讓剛剛的過去，藍藍果然快速的被抓住了注意力，露出擔憂的表情。

「那有沒有怎樣？他看到學長了嗎？」

「他看到了。」

「然後呢？」藍云妮嚇得倒抽一口氣。

「然後他們就出去外面談了。」

想到今天早上我把莫亦海捲進棉被壓著的事，我當然沒有笨到讓藍云妮知道，連跟顧孟然吵架的事情我也沒有說。她雖然不大嘴巴，但非常好套話，我怕同學間如果知道今天的事，那就大事不妙了。

「出去外面談？」藍云妮聽到這，眉頭就皺了起來，「我之前是有聽說他們以前都待過童軍社，所以是那時候就認識了嗎？」

「莫亦海待過童軍社？」我愣然。

「是啊，學長好像大一就待在童軍社待到大三，一直都是裡面的長老會員呢！」藍云妮笑說：「妳大學時跟學長這麼好，怎麼會不知道啊？」

我尷尬的嚥口口水，小聲反駁，「就是不好才不知道啊。」

和藍藍分開以後，我獨自去逛了趟超市，這裡是我和顧孟然以前最常來的地方。

有時候是為了買泡麵，有時候是為了買一些水餃、蔬菜或相關的日常生活用品，我們在裡面追逐過，爭吵過，笑過，覺得沒有他不行過，也有想要拿一旁的童軍繩勒死他過，各種各樣的回憶跟過程，因為一樣的空間跟貨架，我好像可以，因此感覺到溢滿我腦海的聲音。

五年，我耗費了五年的青春在這個男人身上，給過一次又一次的機會，想過一個又一個美好的畫面，絕望過，快樂過。

包包裡的訊息又亮了，點開，發現「他」又傳了一封訊息給我，提醒我記得吃飯。

記得吃飯？剛剛才吵過架，現在他又是什麼情況？

昨天因為莫亦海的關係，我知道他有傳訊息給我，但不想點開所以沒看。

好險那時候莫亦海在那，讓我可以稍微轉移一下注意力。

一連好幾封的訊息，我木著臉拉到最上層未點開的第一封，按下閱讀。

「妳怎麼這麼狠心，有這麼恨我嗎？為什麼過去還是不能讓它過去！」——下午8:34分顧孟然傳來訊息。

複雜的情緒洶湧，如果現在他就在現場，我一定狠狠跟他吵一架。

為什麼你給的傷害，卻要我過去就讓它過去？而我帶給你的，你卻老是要提醒我記牢，因為那是我欠你的。

「我這麼愛妳，妳卻讓我出這麼大的糗！」光看訊息我也能感覺到顧孟然一定非常惱火。

「我現在在同事家，我不想回去我家，不然我媽會問東問西。妳快點回我。」

「別不回我，我知道妳都有看！」

「黥黥，我愛妳。真的愛妳……妳不是真的要跟我分手對吧……」

他喝醉了，所以說話語無倫次。

到後來的好久我才知道，他是個睡一覺就可以忘記昨天發生什麼事的人，再大的過錯，天塌下來把他壓得再低，一覺醒來就沒有什麼事過不了。

他以為我也一樣，以為全世界都跟他一樣。

有時候我在想，他是不是一個善良的傻子？

在經過超可怕的暴風雨後還會笑著說：至少今天天氣不錯啊。

仰著頭還是沒辦法克制淚水滑落，所以我用力閉緊了雙眼讓它們滴在我的衣服上，讓衣服代我吸收它。

「黔黔，不要這樣對我好嗎——」——顧孟然於今天上午3:44分傳來訊息。

最後一封簡訊是半夜三點四十四分傳的，表示他整晚沒睡。

喜歡一個人是很玄的一件事，它會替妳將那段不知道怎麼過來的日子美化，當妳渾渾噩噩的不知道該不該接受道歉的時候，讓妳接受道歉，接著就是一連串的循環，端看妳醒悟的，是哪一天。

這段日子，我是喜歡他的，真的喜歡。

但是我好累了，我不想永遠都跟他吵著一樣的話題，永遠過著妥協的生活，永遠，持續循環這不知道何時該喊停的生活。

不知道為什麼，看到他的簡訊以後我的火更旺了，原本還擔心我無法狠下心和他分手，現在卻好像有了更充分的理由。

接著我很快的打了訊息按回傳，把手機收進褲子口袋，隨便抓了包餅乾就去結帳。

「我不想再回到過去了，放過你也放過我，對不起。」

我以前一直相信，時間，會帶走妳的傷。

但是現在，我要很誠懇的跟妳重申一次：這句話真他媽是狗屁！

愛情不應該是玩兩人三腳，非得要綁住自己的一隻腳，配合著對方，才能前進。

我假設過，未來失去他的日子，肯定是會有些不習慣的。

比方說，我獨自看書的時候沒有很吵雜的搞笑影片。坐著吃飯看電視的時候，不會有人突然尿急想要起身上廁所。玩電腦的時候，不再有人一直問妳玩夠了沒，半夜了，該睡覺了。甚至不會有人忽然打開妳的電風扇只因為他很熱。

然後當我推開大門回家的時候，面對一室的寂靜，肯定也會有一些失落。

比如現在，比如，不知道多遠的那一天。

然後我會習慣。

也許搭配了些許的沉默，但是我會習慣。

手機嗡嗡嗡的響著，是洗衣店打來的電話，僅是要通知我昨天送去洗的外套已經可以拿了。

接著手機又嗡嗡的叫了，這次打電話來的，是鬼秀。

「王八蛋啊——」我一接起，耳朵痛得我皺起眉頭，下意識差點按到掛斷，嚇的我趕緊收回那根該死的手指。鬼秀扯著喉嚨大罵，「妳現在是長翅膀了是不是胡桃鉗，還是妳以為妳真他媽是胡桃鉗變來的公主啊？居然敢遲到，妳想辭職是不是！」

「鬼鬼鬼、鬼秀，我我……」

「妳哪個？妳姨媽來我還是要把妳抓出來！記得上一次開會的時候老頭要妳交的報告嗎？做了沒！」

報告？哪個？

「妳死定了妳，妳絕對死定了，老頭會把妳的骨頭拔下來熬湯，還不趕快給我滾過來！Right now!!」

當我趕到公司，鬼秀已經站在門口恭候我的大駕了，他對於我忽然遲到抱著一種「一定有事發生的堅持」，一臉曖昧的看著我就算了，還幫我提包包，有夠諂媚，跟剛剛罵我的氣勢大相逕挺。

「作為妳今天遲到的懲罰，妳中午照實給我招來。」

「招什麼？」我不明所以。

「少來了，昨天有人睡妳家，而且還是個男的，妳以為我不知道嗎？」

我知道瞞不過他，與其讓他知道我想隱瞞，倒不如大大方方的答應還可以省點口水。我相信大前天我拒絕求婚這等八卦，此刻早就已經在公司蔓延了。

一進到公司裡，鬼秀的電腦檔案是開的，上頭已經有了我需要做的報告雛形，我只需要再添加一些東西進去，然後把內容背下來，這樣待會兒開會的時候我才不會被老頭電的太慘。

「你也太誇張了吧，我有這麼脆弱嗎？」

「還不是看在妳前幾天，帥氣拒絕結婚的樣子才幫妳到這程度的，妳該請吃飯了知道嗎？」鬼秀翻個白眼。

「確定不是為了套八卦？」我知道事出必有因，一板一眼的鬼秀是不可能突然當活菩薩的，這個肯定就是有內情！

「知道還問？廢話少說，做一做趕快在老頭發現之前丟他桌上，否則有妳受的。」

鬼秀端著一杯咖啡，臉上有著絕對的冷漠。

多虧了鬼秀，今天開會出奇的順利，老頭似乎心情不錯，也不太刁難我這份有點小缺失的報告，隨便揮手就讓下一組接著來，當我好不容易躲過老頭冷冽的凝視時，我偷偷繞了點小路經過鬼秀身邊，和他用力的握了握手，承諾待會兒一定一滴內容都不保留，他滿意的笑了，用著超級賊的笑臉對我挑挑眉，無聲的鼓勵我識相。

開會順利結束以後，我立刻就被鬼秀給抓來公司外面「還債」了。他像記者一樣，把每個問題都深入剖析過一次，我被問到筋疲力竭。

「所以你這女人從昨天開始就沒有闔眼到現在？」

鬼秀咬著最喜歡的菠蘿起司肉鬆青蔥麵包，一邊搖頭一邊難以置信的喝奶茶。

「對啊。」我點點頭，手上只拿了杯奶茶。

「那妳還能吃這種垃圾食物我也真是服了妳了！」他一把摘掉我的奶茶，要我進去店內在抓個麵包之類的東西出來。

「不需要，我現在吃不下。」

「妳想利用情傷減肥嗎？妳以為還來的及嗎！」他激動的朝我叫囂。

雖然知道他是故意要激怒我的，可我還是很沒用的被激怒了，「對啦對啦怎樣，我不只要情傷減肥，我還要去把自己送去非洲玩飢餓三十勒！今天就這樣，我還有事要先走。」

懶得再繼續跟他廢話，抓起我要來上班前順路去拿的外套，轉身就開始要找莫亦海的公司。手卻突然被鬼秀給扯了扯，「欸不對吧，妳要玩飢餓三十我是不能阻止妳啦，但不是應該還有事沒說？」

他咬著奶茶吸管，為了要抓住我還倒著頭掛在椅子上，死死的扯我手臂，就算頭髮都被地心引力給吸

到倒衝，他的臉還是沒有半點扭曲的跡象，活像在拍什麼了不起的海報。

「我哪裡還有些什麼事啊？」

「唉呦，別裝了，妳上次不是說妳有個男生朋友沒地方睡，要把他送來我這？最後根本沒來，妳以為我不知道妳會把他塞去哪裡嗎？」

他還敢提這件事？「還不是你這個王八蛋，在那邊變態找人睡覺，要不然我需要落到這步田地嗎？」

「妳就老實說吧，帥嗎？睡了？」

身為活到那二十幾歲的年紀，他說睡了絕對不是泛指睡覺的意思，而是更深入一層的黃色用語。就說過我最討厭人家這樣跟我說話，這人真是講不聽耶！

「睡你妹啊！」我怒的朝他大吼，下一秒，卻後悔的差點沒有鑽到地底去。

「胡依黔？」

佐安的聲音出現在我的後方，而當我轉過頭時，恰恰好就對上了莫亦海那欠揍的白目眼神。他們倆挽著手站在我身後，嗯，正確來說是佐安挽著莫亦海。

面對我忽然的破口大罵，佐安很明顯就被嚇到了，因為我跟她認識的期間在班上都扮演著好學生的角色，這種角色的特徵是比較安靜，我雖然也愛講話，但絕對不會當著眾人的面破口大罵。

「妳怎麼也在這？」佐安放開了莫亦海的手，朝著我走來，看了看鬼秀卻沒想打招呼的意思。

「我在這吃飯。」我指了指一旁的麵包店。

「在麵包店前面吃飯？」她難以置信的睜大眼睛。

其實也不能怪我，是鬼秀喜歡吃麵包，而我中餐沒什麼在吃，最多就是喝碗湯或喝杯奶茶，所以吃中餐的時間都不會待在餐廳。

「吃麵包不在麵包店前面吃，不然要去哪吃呢？」鬼秀默默的插了嘴，卻佯裝無意的撇過頭，語氣莫名欠揍。

看來鬼秀不喜歡她。

「喔，那我們就不打擾了，我跟阿海約好中午要去前面的西餐廳吃飯。」

說完，佐安走回莫亦海身邊，重新勾起他的手要往前。

「我今天有點想吃麵包。」他不著痕跡的鬆開佐安牽著他的手，走到我旁邊，「胡桃鉗，我的外套呢？」

我登時小倒退了一步，「在、在這。」弱弱的把裝著外套的袋子提到他面前，他很快就把外套給拿了過去。

佐安靠了過來，「是那天那件沾了柳橙汁的外套？妳怎麼現在才洗好啊？」

她非常不滿意的嘖嘖了兩聲，顯然就是想開始對我極盡挑剔，卻在莫亦海冷漠的眼神當中宣告結束。

果然還是只有莫亦海鎮壓的住佐安。如果他們兩個沒有在一起，又有誰可以跟佐安在一起呢？

我這句話絕對是褒獎，而且是對佐安來說是褒。

基於她想讓全世界都了解自己最清楚莫亦海的食性，於是她自信的頭一扭便往店裡頭去，進去之前還是不忘用她的眼神告誡我，要我別對莫亦海亂來。

天地良心，莫亦海別對我亂來就阿密陀佛了。

才一個不留心，莫亦海已經先行一步到我跟鬼秀的桌子落坐，一點也不會尷尬的拿起鬼秀剛剛看的報

紙開始翻閱，我噝噝口水，鬼秀則是一臉有趣的向我打暗號。

「是他嗎？」鬼秀的暗號一，讓我看了猛翻白眼，接著暗號二：「不回答就是默認。」

我白眼翻完便決定無視，接下來他就更加肯定那天「昏倒」的男人就是莫亦海。

「長得很帥啊。」鬼秀暗號三，滿意的微笑點頭。

「你別想了，快回公司去。」我打了自己的暗號一，要鬼秀立刻給我滾回公司。

「妳不是否認嗎？」鬼秀暗號四，滿臉賊笑，就是不打算現在退場。

「你們現在是當我瞎了嗎？」莫亦海冷冷的視線越過報紙朝我射來，語氣冷漠不帶一絲人氣，擺明就是想把我給殺了。

但是，關我屁事，打暗號的是鬼秀又不是我！

莫名覺得委屈覺得心裡苦。

「咳咳，我們還有事，可能要先走了。」我走過去扯了鬼秀的肩膀，要逼他站起來，沒想到他卻反將我一軍，「我沒什麼事，還可以繼續留下來一起看報紙。」

鬼秀這麼不配合肯定就是衝著莫亦海帥。怎麼?之前不是才剛帶了一個女的回家，現在又對男人有興趣嗎！

「花心。」我鄙視的看著他，他立刻笑著捏了我腰間一把。

而這一切，從莫亦海直勾勾的眼神中，我也看出他好奇我跟鬼秀之間的關係，但那眼神又詭異又複雜，一下子就消失，所以我也不清楚他到底想幹嘛。

「妳還是沒在吃午餐嗎？」莫亦海問。

面對他的問題，我實在覺得腦袋有點燒，因為聽到這個問題更加興奮的鬼秀，用著滿眼閃亮亮的金光在等我回應。

我心虛的眼朝旁邊一撇，不自然回應，「跟你沒關係。」

「中餐不吃聽說會越來越肥。」他自在的翻了一頁報紙，臉上表情沒什麼太大改變。

嘖，這人很顯然的從以前到現在就很不懂女人，講到肥不肥這幾個字女人都是很敏感的，他這個天殺的王八蛋，我一定要在我的紀錄本上狠狠畫他一筆！

「你沒事幹嘛挑這吃午餐！」

「我對這一帶很不熟，上次看到妳待在這，想想應該不錯。」

難道就特地來這找我吵架？有沒有吃飽這麼閒！

「所以就帶佐安來了？」

「是剛剛在公司門口遇到的。」

我還打定主意他就是來找碴的，但鬼秀可不這麼認為，他妥妥的覺得我跟莫亦海有姦情，所以回去我應該也不用休息了，等著跟他來回殺郵件就飽了。

佐安抱著四個麵包回來，還拿著兩杯奶茶，我不相信她會吃這麼多，但想到莫亦海那食量，我其實也不太意外佐安抱回這麼多就是了。

「我真的要先走了，你要留這就留這。」抓起我的包包，我不太想繼續管鬼秀是否要留在這，只想要在佐安用逐客的眼神看我以前先離開。

對，我就是不想再跟佐安有什麼牽扯，否則肯定又有沒完沒了的事情要發生。

下了班以後，我突然想散個步就默默的繞了比較遠的路回家，連晚餐也不想吃，只買了幾包餅乾跟飲料，打算要回家看個電影打發點時間。

說巧不巧，就因為繞了那個路，遠遠的就看到莫亦海和幾個外國人正站在一家店的外面，那群人打算要進去，但是莫亦海感覺就一直在婉拒，我看著他想著該不該繞路，他就先看到我了，看到我的當下眼神立刻就閃著光，那光閃到我離他有一百公尺都能被閃到，妳看那光源有多強！光源多強這個麻煩就有多大啊！當他打算往我的方向過來的時候，我居然下意識的轉身，打算來個溜之大吉！

別問我為什麼要這麼做，完全就是因為不想跟莫亦海那傢伙打照面，天知道他又會迸出什麼鬼話來？事與願違，莫亦海腿比我長，三兩下就立刻追上我，還根本不喘。

「跑什麼！」他語氣煩躁，好像一隻餓死鬼的貓，迫不及待要吃老鼠了。

「你幹嘛追過來！」我驚恐，這人一向靠近我都沒好事，有九成九都不是好事，所以我幹嘛不跑？

「幫我。」

「啊？」

「幫我！」

他的語氣從原本的顧左右言他到聽到我的疑惑改為強硬。

「幫、幫你什麼？」

媽的發客，早知道剛剛下班就不要繞路了，繞到這裡來找自己麻煩活受罪！

我恨不得敲自己腦袋一百下，好提醒自己下次記得不要亂繞路。

「我時間到八點半，八點半前妳要想辦法帶我走。」

那群外國人嘻笑著朝我們的方向走來，莫亦海沒再多做解釋，甚至還很自然的勾著我的肩膀要我跟著他走。

走？走去哪啊！

我像隻慌亂的老鼠，被逼得一直想要離開，無奈莫亦海勾著我的力氣奇大無比，擺明就是我逃的話就讓我無葬身之地。媽呀，為什麼我會讓自己捲進這樣的場合，欲哭無淚啊！

這是個派對，如果我眼睛看到的那些氣球、彩帶還有高疊的香檳酒杯的景象沒有錯的話，這就是個貨真價實的派對場合沒有錯。

但看裡頭的人五花八門，超多外國人在場內穿梭，一團一團的人聚集聊天，各個穿著打扮雖然不到正式，卻也是看起來輕鬆自在，像我這種穿著上班正裝的人根本就沒有！

想到這裡，我真的想走了，但莫亦海就是扯著我的手要我跟著。

「這裡到底是哪裡？」我氣呼呼，但還是頗有分寸的壓低音量，不想莫亦海太早砍死我。

「今天是劇組裡燈光師的生日，她邀請大家到這個地方來開派對，我不想來，但是他們堅持要我進來看一下也好。」莫亦海小聲的說，「不管怎樣，妳都不能離開我的視線。」

好霸氣的宣言有沒有？別誤會，這完全是針對他自己，假使我跑了，他肯定就沒有辦法脫身，到時候八點半一到，他就會化身為睡王子，說睡就睡，睡到不省人事還沒人有辦法叫他起床有木有？最後肯定是在醫院醒來，因為大家會以為他是昏倒了，而不是睡著了。

嗯，有點悲催。

「你打壞了我的計畫！」我氣憤小吼。

「反正妳不准走。」他勾著我肩膀的手轉往勾下巴，準備要掐死我。

「哦，Season！」一個穿著絲質小洋裝的女人性感嫵媚的朝我們走來，說也不說一聲就一把抱住了莫亦海，還在他的臉頰左右各印上一吻，「真高興你來了。」

當然，他們全程都是講英文，我只能聽得懂大概。

「梅薩爾，謝謝妳的邀請，生日快樂，妳今天很漂亮。」莫亦海露出微笑，十足的有禮貌，跟平常那樣子比起來，現在我比較覺得是在狗腿。

當然這只是我的想法，要是讓莫亦海知道我這樣想他，肯定眼刀就足夠讓我死千萬遍。

「我有收到你的禮物以及花，我真的好喜歡。」說完，又是一個擁抱。

不知道是不是我想太多，我總覺得這個女人正在把我跟莫亦海隔開，因為那手臂一直卡住的感覺，如果我不退開就真的太不好意思了。

正當我想要把跟莫亦海互勾的手放開，另一頭卻傳來絕對拒絕的拉力，死死的勾著不放。

「梅薩爾，讓我跟妳介紹一下，她叫胡依黔，妳可以叫她黔黔。」

梅薩爾微微笑朝我優雅的搖了搖她纖細的手指，「嗨黔黔。我知道那個黔字，是跟Money相同的字嗎？」

嗯？那兩個字從以前到現在就好多人都容易搞錯，一直笑我是田僑仔（台語，有錢人的意思。）所以我已經練就，有人搞錯就會下意識反應的功夫。

這時我忍不住插話，「No, no, no money.」

當我說到No money的時候，在場所有人都笑了。

其實我想說的是「不是錢那個字」卻意外的對她們說成「沒有錢」，好吧，我承認到這我有點糗，因為我口語的英文不是很好，除了聽力稍微可以以外，要我口說就是容易緊張還會講錯，所以要是早知道我會出這麼大的紕漏，我剛剛根本就不該開口說英文！

「你女朋友真可愛。」梅薩爾開懷的說，說完以後便說自己要去其他地方和人打招呼，所以離開了。

我臉紅得不像話，莫亦海看著我偏頭，勾唇問，「No money？妳是在什麼情況下想出來的怪招？」

「我、我只是想要稍微解釋一下……」汗自額角默默的滑了一滴，解釋我的無奈。

一旁的酒侍捧著一盤雞尾酒朝我們走來，五光十色的酒杯看起來好漂亮。

「這能喝嗎？」我問他，他則稍微自和他人的談話中回頭撇了一眼，「要喝就拿吧。」

於是我選擇了一杯紅澄澄的，上頭還掛著櫻桃的杯子，一飲而盡。

甜甜的，好香好好喝，好像是柳橙汁吧？

我還在好奇為什麼紅色的是柳橙汁的時候，莫亦海警告的聲音傳來，「別喝太多，雖然很好喝，但是基酒是伏特加，喝多會醉的。」

「喔。」我又嚐了幾口以後自顧自己的問莫亦海，「它不像酒耶，這是果汁吧？」

柳橙汁？一點酒味都沒有，當然是柳橙汁了。

現場還是熱鬧，震耳欲聾的音樂不絕於耳，我跟著莫亦海，不知不覺間居然也喝了好幾杯的柳橙汁，不知道是不是因為這樣所以我有了錯覺，我覺得，這裡的燈好像越來越暗了啊……

「莫亦海，你幹嘛關燈？」我皺著眉毛，努力想要把眼前的莫亦海給看清楚。

「是因為待會兒有人要跳舞，所以刻意調暗的。」他推開我有點太過靠近的臉，一點嫌惡。至少我看

起來是嫌惡。

「你開燈！」

四周圍的音樂越放越嗨，甚至還有人站在台上不停搖擺。

我被那群人晃的眼花，不知不覺，竟也忘我的鬆開了原本緊握的手。莫亦海很快的發現我鬆手了，回頭過來又把我抓回去。

「妳去哪裡？」

「我要去廁所。」

我打了他伸過來的手一巴掌，現在覺得膀胱好漲，就很想要去個廁所小解一下，但是莫亦海走不開，於是他找了一個女孩子陪我去。

女孩送我到廁所後，表情很奇怪的說了好長一串，原本就英文不好的我這時候不要說英文了，中文我都聽不太懂！

我推開了門，卻疑似回到了自己房間，腦袋也沒有任何覺得不對勁的地方，愉快的趴上了床，倒頭就睡。

嗯？這床有點硬啊。

過不了幾分鐘，我是真的覺得自己睡了幾分鐘而已，整個人忽然又地動山搖了起來，我睜開眼睛，睡眼惺忪的看著一臉就是嫌我麻煩的莫亦海正扛著我往外走，一旁的人響起了驚呼聲。

「妳真貼心。」搖搖晃晃的他笑著說，笑得沒心沒肺，像個偷心的賊，「妳一定是因為聽到我不想待在那裡才故意喝醉的吧？」

不是不是，才沒有那回事，是因為那裡的柳橙汁實在太好喝了！一點酒的味道都沒有，就跟他說加伏特加的是其他人拿的，不是我拿的，他怎麼都不相信我。

我被他輕手輕腳的放進車子裡，他還貼心的將椅子給放倒了些，最後才繞到了自己的位置，發動車子。我倒是很放心，因為莫亦海知道我家在哪，我應該不需要在重新跟他說一次，於是心安理得的我，又再度睡著，跌入沉沉的夢鄉中見周公去了。

在一片漆黑的道路上，只有幾盞朦朧的路燈，但都隔了好遠，我做著一個瘋狂的夢，夢裡我不斷的想要下車拿些柳橙汁，甚至不惜動手去轉莫亦海的方向盤！

這個夢讓我很驚恐，因為連我自己都控制不了自己，一切都不在可預期的範圍內，莫亦海的話模糊又不清楚，他被我折磨的精疲力盡，最後一次的加速，他一個超大的迴轉讓我差點撞上右上方的扶手，他立刻分心到我這，穩穩的護住我，下一秒卻又差點撞上電線桿，最後直接用力踩了煞車，我又一個搖晃要飛撲擋風玻璃，他一把拍上我的額頭，超不斯文的把我壓回去座位上。

我的眼睛就盯著他的臉頰上，因為剛剛的一切，我不小心劃傷他，留下一抹鮮豔的紅，破相了。

他沉默的看著我，我的意識稍嫌模糊，左搖右晃的撞擊讓我好想吐。

一想吐，就立刻表現在表情上，然後我親眼看著莫亦海在我面前的表情轉變，他知道我想幹嘛，很快地開了車門跑下車，我這的車門也開了，他就站在我身邊，嘴上念著什麼我聽不懂的話，我開始懷疑這王八蛋是不是又在跟我說該死的英文？

我大吼著：「別在他媽跟我說英文，我頭暈什麼都聽不懂！」

他一臉被打敗，嘆口氣，雙手叉腰的站在一邊，不知道該拿我怎麼辦。

眼前的他一個變成兩個，兩個又分裂成四個，四個他看起來都好疲倦。

晚上的時候在那場派對，我真的受了好大的委屈，覺得大家都在笑我英文不好，其實我只是一時心急講錯，那個帶我去廁所的女生也用英文跟我對話，她好像也覺得我英文很爛，所以懶得跟我講太多就跑走了。

一定是這樣，大家都不喜歡我……

我陷入了一個恐怖的迴圈當中，悲傷團團圍繞著我。我認得這個感覺，真的認得。這是仍在大學時，偶然間聽到莫亦海交往的消息，當下那感覺就源源不絕的自我心底湧出，我好像又回到黑暗中，自己坐著的模樣，沒有人，四周都沒有人能夠帶我逃離這個恐怖的境地。

最後，我循著微光，走進一片純白之中。

莫亦海呢？剛剛他還在這的啊——

「白癡。」

一聲嗤笑竄入我的耳膜，讓我默默的出現一絲不悅，「你才白癡，你全家都白癡！」

「妳醒著？」

那個笑聲靠近我，我勉強撐起眼皮，想看看是哪個王八蛋這麼大膽，敢在我家裡罵我白癡。

但是眼皮好重，隱隱約約，一個只圍了毛巾在脖子，穿著一件棉質運動褲的男人出現在我的視線，他的手很忙，忙著拿脖子上的毛巾擦頭髮，那笑得彎彎的眼角與微微勾起的笑容，很惹眼，讓我好想逃離，但是身體千斤重，我想要翻身背對他，卻翻了老半天連屁股都原地不動的鄙視我。

我很生氣，真的生氣。

「妳到底在幹嘛？」那笑聲又來，他繞到我面前，我死死的閉著眼睛不看他。「需要舒眠的歌嗎？」接著不知道從哪裡變出來的遙控器，輕輕柔柔的水晶音樂流瀉，環繞了整個空間，他溫暖的手按在我的眼睛上，手心傳來的溫度熱熱的很舒服，加上睡意席捲，我扭了扭，重新喬了一個放鬆的姿勢，打算重新回到夢鄉。

按在我眼睛上的力道很控制的加重，那是種有人正在往我的方向靠近的感覺，懵懵懂懂的，意識漸漸飄遠，眼睛被壓著睜不開，嘴唇，卻意外貼上了另一片柔軟的溫熱。

嗯？

是夢，吧？

如果不是夢的話那又到底是什麼？

我才剛分手啊……

腦袋慢了好幾拍以後，我的臉漸漸皺得越來越深。太慘了，太慘了，太慘了！真的太慘了，亂哄哄的腦袋配上看不見的窘境！

這到底是什麼慘無人道的瘋狂春夢啦啦啦！

當我一把掀開蓋在身上的毛毯時，映入眼底的落地窗正揮舞著柔白色的窗簾，我看著恍神了三秒，頭沉重的像甩不開的包袱，又好像拿著鈸用力在我耳邊敲了一陣似的，難受死。

我睡在純白色的沙發床上，前面有張純白的桌子，上頭壓著一張黃色的便條紙，顏色突兀到無法不注意到它。

便條紙上只寫著短短的一行字：早餐在餐廳的桌子上，已經替妳請假。——Sea

餐桌上果然擺著一盤疑似蛋餅的東西，白色的冰箱上同樣貼著一張紙條，寫著牛奶在這裡。一旁還用磁鐵夾著一封類似帳單的信，收件者就是莫亦海。

放在蛋餅旁邊的是一瓶蠻牛，貼著的便條紙寫著這是給我解酒用的。

解酒？我喝醉了嗎……

這裡是哪裡？真的是莫亦海家嗎？怎麼通通都是白色……

放眼所見，連地板也是白色混著淺咖啡色的大理石，純白色的牆壁，純白色的所有傢俱，毛茸茸的純白色抱枕。白的，像是沒有使用過，怎麼可能住人！隨便一摸都會髒吧？

而且莫亦海沒事把我送來他家幹嘛？為什麼不是回我家啊！

手機震了震，我點開，發現是臉書上有人加我的訊息。

Seame mon是誰？

頭痛加一連串的問題，導致我的頭像是被鎖喉一樣難受，脹脹的、悶悶的，有什麼不通的感覺，如果現在有一瓶通樂我一定毫不猶豫的喝下去，看可不可以清醒一點！

可惜通樂不能喝。

可惜我連自己現在處在什麼方位都不知道。

「起床了嗎？」——Seame mon於上午10:21分傳來訊息。

嗡嗡兩聲，我點開手機，看見一張長得很像莫亦海的照片，有點騙人的淡淡微笑，看起來很不像他。

「莫亦海？」

「……」

「我在哪裡？你為什麼是帶我回來你家，我要回去我家啊啊啊！」

「昨天的事情妳記得多少？」

昨天？昨天什麼……

「妳像瘋了一樣說不回家，現在又想回家了？」

「那我想幹嘛？」

「……」

我想幹嘛？這問題好像不應該問他，問我自己才對，但是我怎麼可能不想回家？

「……妳說呢？妳想幹嘛。」

昨天，昨天我到底他媽幹嘛去了？

死死的敲著自己腦袋，這不合理，莫亦海到底對我做了什麼？

「你到底對我幹嘛了!!!」用力的敲了三個驚嘆號，我不會上當的！

「是妳對我幹嘛了。妳真的不記得嗎？昨天，妳，跟我。」

我激動驚訝的快要把自己頭髮當假髮扯下，這人很明顯在晃點我，而且捉弄的意味十足，肯定就是知道我完全不記得所以要耍我！

提到昨天兩個字，我就好像是被催眠後聽到關鍵字的反應，瞬間聯想起昨天的某些片段，怒吼，我在怒吼——

但是怒吼什麼？

我現在就好像在大海裡撈針，這麼細微的回憶當真不好撈。

「還記得柳橙汁嗎？」——Seame mon於上午10:33分傳來訊息。

看到他傳的訊息以後，我想到了，我終於知道我在吼什麼了！吼著想要喝很漂亮的柳橙汁，吼著不喝到就不放手，所以拒絕回家——

昨晚。

「轉回去！我要喝柳橙汁！」

「那裡沒有柳橙汁。」莫亦海很冷靜，冷靜的讓人很火大。

「我說要喝柳橙汁！」

「就說那裡沒有柳橙汁了！」他輕斥，用眼神要我安分點。

「那我不回家！堅決不回家！」

「……那妳要去哪裡？睡路邊？」

「我要去有柳橙汁的地方！就是要去！」

接著一陣沉默，我的怒氣上揚，莫亦海他不理我，那副唯他獨尊的樣子令我生氣！

從以前就這樣，他那個樣子不知道嚇唬過多少想靠近他的女生，就我沒有，我一點也不覺得他那德行有什麼好怕的，我就是喜歡挑戰他，以前是，現在也是！

於是我撲向他的手臂，張口，咬下去！

他被嚇到了，方向盤開始打滑，一切忽然變得很危險，而這一幕，不就是我腦子裡的「夢」嗎？

我還是控制不了自己，就要他順我的意，繞回去替我拿杯柳橙汁回來。他極力的穩住自己的方向盤，我卻抓著他的手，拚盡全力氣的扯！只要他有要帶我回家的意圖，我就是不由自主想要把他的手扯去其他地方……

好扯，真的好扯，扯到我想要把自己的腦袋給扯掉啊啊啊！

「我要到了，妳到大門口。」——Seame mon於上午10:40分傳來訊息。

「你、你回來要幹嘛？」

「載妳回去。我到了。」

我現在陷入一種想死的糾結中，如果出去了，他看到我肯定是會笑我的，如果不出去，那我又待在他家幹嘛？我不論如何都要離開，但就是不想讓他接我！

「我可以自己去搭車。」

手整個抖得超厲害，像是剛剛做什麼壞事的歹徒，但不知者不罪，至少我在剛剛以前是完全沒有印象自己發生什麼事的啊！

「不然我進去接妳。」

意思就是不准拒絕囉？嘖。

當我看到這個回覆，輕閉上了眼睛深呼吸，如果讓他進來肯定更糟，早知道我就大方點走出去，他也許還不會知道我這麼在意。

我觀望了四周，確定自己東西都沒有掉之後，我開始找他們家大門在哪。白茫茫的一片，而且他們家大門居然還藏在這麼隱密的地方，我從來不知道我現在待的地方是地下一樓，因為落地窗出去還是庭院，而且是鋪有草皮、種滿花草、滿滿陽光那種特別溫馨的庭院。

這裡根本就是一棟超詭異的建築！很有設計感沒錯，圓圓的空間好像飛碟內裝，但沒有生活的痕跡，倒像是來到某個樣品屋，白的沒有一絲灰塵。

大門的入口處需要走樓梯上去，頭往右看才會發現玄關，最後的大關卡，就是那道門！那門該死的難開，我摸了很久，就是對他們家到底是用哪個三段鎖感到好奇。

從以前到現在，我最怕去同學家遇到三段鎖，它一定不只有一個鎖頭，連要開門都是個任務。

就在我苦惱的時候，清楚的聽見鑰匙插進鑰匙孔的聲音，接著門開了，莫亦海站在燦燦暖陽裡，笑容也跟著暖烘烘──

「我站在這裡看妳開五分鐘，感覺像等了五萬年這麼久。」

混蛋。

他這一路上都沒說什麼話，空間裡還是放著紓壓的水晶音樂，原來不是作夢，而是他真的有放水晶音樂的習慣。讓我汗顏的是他的臉頰，還真的貼了一塊OK繃，昨天被我咬的地方沒有明顯齒痕，卻仍清楚顯現異樣的紅色圓框。嗯，肯定是咬痕，只是淡了些，希望他有擦藥。

我小心的盯著他看，本來以為沒有被發現，結果他卻故意的往下撇了我一眼，害我嚇得瑟縮了一下，轉回正面不看他。

「妳家外面不能停車對不對？」

我點點頭，「那是條巷子，而且是類似防火巷，救火用的。」

「所以我車子可以停哪？」

我一驚，「你要上去？」

「嗯，我好像掉了東西。」

「掉什麼東西？我可以幫你找。」

「不想讓妳知道的東西。」他朝我一笑，擺明就不要我幫忙。

我咬咬唇，既然他都這樣說了，那我也不用熱臉貼他，就讓他自己找好了，反正又不關我的事。他放在冷氣孔前的手機亮了燈，來電顯示不是我故意要看，而是正常反應，任何人看到手機亮了燈都會下意識看來電顯示的。

——廖佐安。

他沒改什麼親密的暱稱嗎？如果誠如佐安所言，他們正在交往的話。

閃著閃著，手機的亮燈也滅了又亮重複兩次，打到第三次響了第五聲，我終於忍不住出聲問他為什麼不接電話。

「你們吵架了嗎？」這是我唯一能想到的理由。

「嗯？有什麼非接不可的理由嗎。」

他哈哈大笑，「為什麼會跟她吵架？」

「不然為什麼不接電話？」

他將方向盤輕輕轉了一圈半，轉進我們家巷子外面，開始找停車位。

「那我再說清楚一點，我跟她是什麼關係，讓我非接她電話不可？」

我微愣，幾乎從來沒想過這個問題，他跟佐安在一起是很「正常」的一件事，難道佐安當初說的男朋

友不是他嗎？

「佐安不是你女朋友嗎？」

「從來都不是。妳不是知道的嗎？」

他怪異的看了我一眼，又把我當成外星生物了。

好吧，我真的傻眼了，畢竟從來不覺得佐安會跟其他人在一起，「那佐安的男朋友是誰？」

他聳肩，「我怎麼會知道，她有男朋友嗎？」

我看著莫亦海，想著到底是莫亦海說謊還是佐安說謊，但沒個結論，畢竟我這幾年都沒跟莫亦海聯絡，到底他們兩個是什麼情況更是無從考證，所以我放棄，領著莫亦海往我家的方向走去。

當我走到我住的公寓樓下，拿出鑰匙要開門的時候，意外的看見一抹熟悉的身影就蹲在我家門前，那略壯的身影一見我來就開心的站起，卻在下一秒看見莫亦海後又深深鎖緊眉頭。

我們彼此對望了一眼，顧孟然氣憤的呼出一口氣，筆直的朝我而來卻經過我身邊，我以為他會停下來跟莫亦海說什麼，結果他沒有，倒是狠狠的從莫亦海的肩膀上撞了過去。

經過，就是經過而已，這果然很像是顧孟然的風格。眼睛看到的就認定是全部，不給人解釋的機會，他除了離開，沒什麼好說的。

就像是某種強烈的暴風雨雲系，讓路過的人都捏了一把冷汗。

莫亦海表情沒變，他用他一貫的態度面對這一切，在被撞了一下以後不僅沒有露出不悅的表情，甚至連表情也沒有。

「你那天，跟孟然說了什麼？」我拿著鑰匙開門的手躊躇著。他反問：「怎麼了嗎？」

「為什麼他看到我們就要走？不像以前一樣衝上來？」

「因為他沒有把我交代他的事情做好，當然要離開。」

「什麼意思？」

他沒有再回答我這個問題，「我還要開會，時間很寶貴，妳可以快點嗎？」

白眼。

也許顧孟然會想要跟我說點什麼，但是過了好幾天，他還是沒有半點音訊，他的臉書頭貼換成了黑色的大頭照，就好像關了燈，不存在。

我的班照上，工作照做，也不是沒有受到影響，只是受影響的程度比較少了。

大概在遇見顧孟然後的第五天，我看見他被標記在某個唱歌的場合，見他朋友PO出的照片，放眼所見都是一堆的酒瓶罐子，還有被塞滿的菸灰缸，他被擠在中間笑得很開心，開心到，很不像他。

也許他那群朋友可以帶他走出那些傷痛，只不過我很不喜歡他用的這種方式，感覺像在傷害自己而不是在忘記。

在經過好幾次在茶水間，袁妍都在對我透漏想跟我還有鬼秀一起吃午餐，於是我就只能一而再再而三的不停問鬼秀，鬼秀沒有說不要也沒有說好，所以我一直都不敢真的帶著袁妍一起來，就怕鬼秀會生氣。

「幹嘛要她來？如果她來了，我們又該怎麼好好說話？」

今天吃飯的地方還是一樣，只是鬼秀今天有愛的便當，所以沒有買麵包。

「她只是很崇拜你好嗎？」

「不必，又不是真心的，看了就覺得噁心。」

鬼秀很直接，而且自詡看人很準確，能夠一眼洞察別人的內心，他不接受虛偽的友情，偽善會讓他反胃。

「你又知道了？她那天因為你很傷心耶，說不定這次你的直覺失靈了。」

他白了我一眼，「失靈也好，反正我不喜歡她，妳要繼續跟她保持什麼鬼的好姊妹情誼隨便妳，到時候被傷害再找我哭就好。」

「我還以為你會叫我別找你哭。」

真是看不出來啊，正常不都是叫人家滾遠一點嗎？

他笑，「當然要找我哭，因為我想看妳被整得多慘。」

惡劣。

見他滿嘴吐不出的象牙，我還是少跟他說點話，快點結束這個午餐比較妥當，但是他不願意放過我，連著好幾天，他的話題永遠都只有一個，那就是莫亦海。

「他今天怎麼又沒有出現啊？去哪了妳知道嗎？」

「你當他很閒啊，只是公司在附近又不表示人一定在附近。」

「我那天接到他打電話來請假，二話不說就馬上答應的理由，就是因為他的聲音非常好聽，聽了讓人很酥麻～完全是我的菜！」

「我還真不知道你有這癖好，不過他的菜肯定不是你，你別妄想了。」

「難說喔，為了他我可以啊，怎樣？妳吃醋了嗎？」鬼秀曖昧一笑，「妳如果現在跟我說妳喜歡他，我馬上化悲憤為祝福，如何？」

啐，為了要釣出八卦，鬼秀還真是無所不用其極。

「我才不當第三者。」

雖然莫亦海說過自己不是佐安的男朋友，不管怎樣我到現在還是不確定這句話的真實性，那不然他們勾著手幹嘛？他們在他去美國的那段時間聯絡幹嘛？

「鬼秀，如果不喜歡一個人，會接受她的邀約跟她出去嗎？」

鬼秀咬了咬筷子，想了一下便回，「會啊，為什麼不會？」

「勾著手那種約會耶？」

他又再次認真的看著我回，「會，幹嘛不會！」

「幹嘛會？果然問你這個花心大蘿蔔、Play boy少年就是不準。」

他哈哈大笑，「什麼Play boy少年啦，妳講話好聽一點好嗎？我說會的理由當然不是這麼膚淺的啊，妳蠢喔？」

「那不然是怎樣？」

「給彼此一點機會啊，如果我沒有對象的話，出去又不犯法，難道出去就是要在一起了嗎？妳想太多。」

「那就是簡稱曖昧對象吧，那妳會跟曖昧對象報告行蹤嗎？」

他咬了一口滷肉，滿嘴油膩的說，「如果那個人有問的話就會回答啊，怎樣，很奇怪嗎？我看妳的腦袋比較奇怪，是在單純幾點的，都幾歲了還這樣。」

什麼都幾歲了還這樣，人不就該要專心一意的只想著自己喜歡的人嗎？雖說如果只是個曖昧的對象，應該也不需要特地花心思去在意，但是對莫亦海而言，佐安真的就只是個曖昧對象而已嗎？

才想到這，我的後腦就被鬼秀巴了一掌，「妳的小宇宙又在轉什麼了，別自己亂想好嗎，有嘴巴就要發問，嘴巴就是用來問問題的。」

我不屑的回，「嘴巴是用來吃飯的啦。」講完這句話，我樂呵呵的揹起包包火速溜走，不想給鬼秀回嘴的餘地。

回公司以後沒多久，袁妍帶著一份報告單來給我。

「黔黔姊，這是妳請假那天白經理交代的報告，我聽說妳似乎生理痛所以就沒有跟妳說了，今天才弄好不好意思。」

生理痛？是哪個白癡說我生理痛才請假的……

「哪有什麼不好意思，我才不好意思，妳可以直接跟我講，我生理痛又不是腦袋壞掉，還可以用啦！」

她呵呵的笑了幾聲然後離開，我看了看報告，整個就是條理分明優秀到一個不行，這種報告交上去老頭不會懷疑什麼才怪，但是如果改了不就很對不起袁妍嗎？

嘖，這時候我該怪誰？還不就是因為我平常太混太偷懶，要不然這報告的水平也不會差別這麼大。

但出乎我意料之外的，老頭並沒有發現，我本來已經想好一套說詞，表示這報告是袁妍做的，我只是在旁邊補強幫忙插花，如果有插花這個動作的話，老頭應該也不會太刁難才是，很可惜他沒問，讓我站了三十分鐘以後只是淡淡的要我可以先出去，這份報告沒有問題。

沒有問題？

我內心很是煎熬，因為老頭根本就是在打發我，我還站在原地想跟他解釋，他馬上就翻個白眼。

「還不出去做事在幹什麼？」

腦袋轟了一聲，所有的解釋改成想遁逃的念頭，於是我二話不說，立刻就開門溜出去。

既然老頭是真的沒有發現，那應該就沒事了吧？

完成這些，我心裡的大石頭又掉了一顆。

莫亦海從那天去了我家以後，好像就消失了，我沒再遇見他，沒在和他說話，點進了他的臉書才發現他其實也很少使用，上頭的照片少的可憐，除了一張大頭照有他，其他的照片是一張也沒有，都是被別人偷拍的背影。

詭異至極啊，誰會一直被偷拍背影？而且都是同一個人的自拍，只是場景全都不同，像是被故意拉入鏡頭的。這是在玩什麼行為藝術嗎？好像也不太像。

想到莫亦海這個人，雖然他不好相處時常臭臉，但是願意靠近他的人還是很多，而且是多到爆。多數都認為他是「有個性」而不是「難相處」，可我左看右看只覺得大家都是看他的外表，因為是帥哥，帥哥就是對的！

很難得的，鬼秀今天特地約了我一起晚餐，因為他擔心我太空虛寂寞會在吃晚餐的時候自殺，所以他大發慈悲的來陪我。

自殺這絕對不可能，他只是想找個自以為合理的理由和我吃飯。

「你幹嘛要擅自說我生理痛？」我一坐定就開始質問，連點單都還沒看。

「妳冷靜點，我們是出來吃飯的。」鬼秀是一臉悠哉，邊翻點單邊跟我說是莫亦海說我生理期來不舒

服，所以才用這個理由請假，最後居然讓他抓到把柄的問，「那所以，那天不是生理期囉？」

我一驚，還以為他早就知道，沒想到是連他也不知道！

完蛋，自己洩底，實在有夠白癡。

反正也肯定瞞不住了，我這人就是光明磊落，「是宿醉啦。」

鬼秀一驚，揚著臉捏起我的下巴威脅，「妳膽子大了啊，說！跟誰去喝的？」

我噘噘口水，「就是小菜菜啊。」

小菜菜是我跟鬼秀給莫亦海的稱號，鬼秀原本要叫莫亦海小帥哥的，但我嫌那稱號太噁心，所以硬是改成小菜菜，意即鬼秀菜的意思。鬼秀也不怎麼反對，反正他就是他的菜沒錯。

「妳把小菜菜吃了？」

這下直不了了，我就算吐出骨頭也得要把過程通通給交代清楚，否則他肯定不會放我走！

「吃？吃你妹啊！」我怒吼。

鬼秀皺眉，「我沒有妹妹，這句話我上次就很想跟妳講了，就算我有妹妹也不可能給妳吃。」

我閉上眼撇頭，「別講得這麼認真好不好，這只是語助詞。」

「那為什麼小菜菜會打來替妳請假，還是用妳的手機？我老早就覺得不對勁了，妳們不是在一起就是睡了，自己挑一樣承認！」

我實在很不想面對這個話題，但是鬼秀不肯放過我，於是我只得在等餐的過程當中裝忙滑手機。

我吸了吸鼻子，傻愣愣的望著亂入的小頭貼，閃閃的發著光。

「出來。」——Seame mon於下午6:32分傳來訊息。

他這個王八蛋到底又要幹嘛了？

我點開，忿忿的回，「沒空！」

他不知道在秒幾點的，居然很快的就回了兩個字，「別裝。」

我哪裡裝了？

不懂他又是哪條神經被打中，但我決定拋下一切別理他。把手機放到一邊，鬼秀一直用好奇的眼神觀望著我。

手機又亮了亮燈，我好奇的撇了一眼，發現莫亦海那傢伙傳了影片給我，轉過頭，還是在心裡覺得自己不該理，不過越是這樣想，怎麼就越想知道啊？

嘖了一聲，最後我還是點開了訊息。老實講，那個影片我真的不該點開的，因為一看差點沒暈倒。

一個女人橫躺在一張白色的沙發床上，嘴裡嗚咽著柳橙汁，手朝著空中爬啊爬的不曉得在幹嘛，忽然一個帶著笑意的聲音笑罵了句「白癡」，女孩揮舞雙手的動作停頓了，轉而生氣的皺起眉頭大罵「你才白癡，你全家都白癡！」接著畫面快速的靠近，他轉了鏡頭的位置問「你醒著？」，畫面到這裡就停了。

但是我很清楚這是什麼，我完全不知道自己被拍啊啊，這王八蛋！

我抓起包包，一個憤慨就要往外衝去。

鬼秀抓住我的手，「妳要去哪裡？」

我轉身，惡狠狠的發出低沉的決心，「我要去殺人！」

這時候是不是該配上一個閃電的光打在臉上，如果有那真是太好了，鬼秀肯定會嚇到不敢問，但敢情就是我太不恐怖了，背景還是間破舊的小麵店，所以鬼秀愣了一下以後也只是淡淡的回：「那好，妳自己

小心，別還沒殺到人就先被殺了。」

還真是關心我的好朋友，我靠！

走出店外後，翻出莫亦海給我的名片，我很快速的撥了他的號碼送出，在響了幾聲以後，那個笑聲喂了句，帶點抱怨的說：「怎麼這麼慢打來？」

還有那臉皮等我電話？

「你最好把那影片給我刪掉，否則！」

「否則會怎樣？」

「否則你在哪裡告訴我，我去把你骨頭拆了燉湯！」

他哈哈大笑，像是個剛剛聽完一個超爆笑笑話的樣子，但敝人在下我剛剛是認真的，可沒在跟你這王八蛋少爺開玩笑啊啊！

「我現在在松江路一百三十八號。」

居然還真的講在哪？完全就是不怕我過去殺他就對了！

人家都這麼大膽的講出所在地，身為一個勇敢的女漢子，還有什麼好怕的?!

於是我也很快的攔了部計程車，這次不管怎樣，都要莫亦海那小子把我的影片給刪了，否則我要鬧到他哭著叫不敢！

當我抵達那廣闊豪邁的飯店大廳時，著時發愣了至少兩分鐘，真沒想到莫亦海那傢伙居然吃這麼好，一個晚餐竟需要跑來飯店吃！

我再度撥了通電話，問他人在哪個廳。

「我在三十五樓，上來吧。」他簡短的說。

納悶的想著，果然這個臭家伙就是來吃景觀餐廳的，吃這麼好，怎麼嗜睡症這麼久還不好！

氣呼呼的打算前往按電梯，此時有位服務生走來問我要去哪一層，我頂著要臭不臭的臉說三十五樓，服務生看了下手邊的資料竟說，「胡小姐嗎？歡迎，莫先生已經在三十五樓等您了。」

我傻了一下，他非常親切的幫我按了樓層，到這裡，我終於有一種上了賊船的感覺。

莫亦海怎麼會知道我一定會來，還為此交代服務生？三十五樓是什麼地方，不是景觀餐廳嗎？靠，我現在到底能不能閃！

說時遲那時快，電梯叮的一聲表示已經到三十五樓了，我很快速的想要把門關上，然後往下，可一切都已經來不及，莫亦海人就站在電梯門口，微笑的像個服務生，單手插進電梯裡，阻止我的去路。

他笑容滿面，充滿磁性的嗓音開口問道，「想去哪裡？」

我頓時倒吸了一口氣，左右四處觀望，那是個非常特別的大廳我覺得，但除了過分單調以外，我找不出這個地方是餐廳的跡象。還是說，這裡根本從來都不是餐廳？

「過來吧。」他伸出手拉著我，以防我跑掉。

這下我很肯定了，這裡絕對是客房無誤，就是我自己白癡誤會他是來吃飯的。但他一個好好的台北人不當，跑來這裡住什麼飯店啊？導致我誤判也不能全怪我吧！

「要去哪裡！」我想扯掉他的手，但是他牽的很牢，我掙脫不了。

「吃飯。」他看了看手錶，「妳應該還沒吃吧？」

「幹嘛突然找我來吃飯啊！神經，莫名其妙！」我悶悶的嘟著嘴，左看右看都擔心會突然冒出一個

人，所以講話特別小心。

他轉頭朝我一笑，「我還是第一次請人家吃飯被罵的。」那一點也不生氣的模樣好像我很過分，於是我收起生氣的嘴臉，開始觀察他的手機擺在什麼位置。

「你的手機呢？交出來！」

「妳又喝醉了嗎？我怎麼可能知道妳的目的，還把東西帶在身上？」他牽著我的手走得自然，我是不自然到頭疼啊啊！

「你變態嗎，居然還偷拍那種東西！」

「我拍什麼了？」

他笑著，心情似乎很好。當他終於帶著我抵達他所在的那間房間，刷門卡開門的那剎那，我才終於知道「餐廳」到底在哪裡。

對，在他的房間裡。

「待會兒還會有個客人過來。」他說，坐在偌大的落地窗戶邊，看著在外頭煎著香氣撲鼻的牛排師傅大展手藝。

「誰，還有誰要來！」我一聽，當然不可能乖乖坐著。

你大爺啊，到底又有誰要來這個地方了？為什麼每次都不經過我同意就帶著我做些摸不著底細的事。

「佐安。」他笑，唇角微勾。

但這都不是重點，「你們約會為什麼要找我過來？」當燈泡嗎？

「當然不是，她有公事要找我，東西拿了以後就走了。」

「好歹也留下來一起吃飯吧？」我說。

「當然會一起吃飯。」佐安清麗的聲音在身後響起，她看來似乎是跟在我後頭上來的。「我才看到妳的背影而已妳就上去了，這麼急要幹嘛？」

她責備的望著我，害她多等幾分鐘的電梯我的確可恨，她可是佐安公主啊。

但我不好跟她說，我急著上來是因為我要把莫亦海的骨頭拆下來燉湯，她肯定不會同意。

「大概是因為要見到我了。」莫亦海靜靜的微笑。

我瞪大眼睛，佐安也瞪大了眼睛，聲音從牙縫迸出，「胡、依、黔！」

那瞬間我的腦袋閃過很多緊急的說法，不外乎都是「是他先偷拍我」、「我要殺了他才這麼急」之類的辯解，但不管哪個都行不通的！

「那我回家了。」最後我想一想，還是走為上策，總比在這壯烈成仁好。我腳一旋就要離開，手臂頓時間被莫亦海抓去，「去哪？」

說著說著他就把我抓到餐桌旁邊，壓著我坐下。這人千百年不會變的，大概就屬他的霸道了。

佐安眼神恨恨的盯著我，滿滿的不滿全寫在臉上，但她還是沒有走，反而直接挑我身邊的位置放包包。我看著她落座以後壓力反而更大了，莫亦海看了那位置一陣子，最後就選了我對面的位置坐下。

「可以上菜了。」莫亦海對著窗外輕喊了一聲，門外的廚師便立刻有了動靜。

誰說他不懂的？他果然懂！

廚師開始上菜以後，佐安也才記起有東西要交給莫亦海，所以起身拿著包包換個位置到莫亦海身旁，從包裡拿出要討論的公事夾在莫亦海面前打開，廚師一邊上菜佐安一邊跟他解釋，我就這樣被晾在一旁。

聽佐安解釋到一半，莫亦海分心的推了沙拉到我面前，我看著他皺眉，他則用眼神要我快點吃東西。

佐安停頓了一下，「要不然我們先吃飯好了。」

「嗯。」莫亦海說完也開始動手夾沙拉，首先就夾了一大堆到我碗裡。

這傢伙應該不知道我不吃青菜，尤其生菜，特別討厭！

「我不吃生菜！」說完我就很苦惱的看著那一堆，爸媽教我的餐桌禮儀可不准我把送到碗裡的東西丟掉。

「我知道，但是這種生菜很特別，甜甜的，特別好吃。」

這種菜的確在外面沒看過，不過吃沒看過的菜感覺更加排斥。

禮貌禮貌，不能沒有禮貌！

所以即使討厭，我還是勉強叉下一口菜送進嘴裡。

第一口吃下去真的沒有感覺到生菜的味道，嚼一嚼以後還真的有點甜甜的，跟一般沙拉那種青菜的味道很不同。

「這是什麼菜啊？好好吃喔。」

「我以前不吃沙拉的時候我爸也準備這個給我吃，從此後我就敢吃菜了。」他微微一笑。

我挑眉，馬上又叉下第二口來吃，佐安馬上說：「我以前也不喜歡吃生菜，不過我爸不像學長的爸爸這麼貼心，還找來甜甜的生菜給我吃，他對你真體貼。」

莫亦海微微一笑沒有回應。

廚師送上第二道湯，濃濃的奶香飄散，我已經吃完我自己的生菜了。

迫不及待的想要拿自己的那碗湯，吃著吃著肚子也慢慢餓了起來，莫亦海拿起湯匙稍微撈起湯看了一下，馬上不滿的皺眉。

「Rashy，我們不想要有西洋芹的湯，這個應該有跟你提過了。」

聽到湯裡頭有西洋芹我驚訝了一下，虧我剛剛才還很期待，好險莫亦海比我還在意湯裡的西洋芹。

「對不起，我馬上換。」Rashy很快的捧著湯離開，烤爐上的牛排滋滋作響，香味四溢，惹得我頻嚥口水。

「主餐先上吧。」他朝著後方說，接著才對我問：「有漢堡排，妳要嗎？」

「有漢堡排嗎？」我的眼神又亮了起來。

「嗯，我記得妳喜歡那種料理。」

佐安坐在莫亦海身邊不太開心的叉下一口生菜塞進嘴裡。

他怎麼知道我喜歡哪種料理？

「你怎麼……」我想著想著，嘴巴就自動問出口了。

「大學時候一起吃的聚餐可不少，中午我也很常在食堂看到妳。」說到這，他垂下頭開始吃生菜，沒再繼續回答。

「在學校，中午的時候妳的吃相從很遠的地方就能看到了，妳總是在食堂裡笑得最大聲，還很挑食，不喜歡吃的東西就會挑到旁邊，非常浪費呢。」佐安嘖嘖嘖的搖頭。

我臉一紅，「那是因為不好吃……」

「我也很挑食。」莫亦海意外的解圍。

佐安的不滿情緒越來越高漲，拉著他面向她，就是要他看著她。

「阿海，我昨天給你看的那個你喜歡嗎？今天這些資料算是齊全了，我們可以找你們正在合作的角色拍攝，為那部新戲宣傳，也可以宣傳我們公司的紅酒。」

莫亦海稍微向後看了一眼，確認菜還沒有要上以後才接著回答。

「詳細的細節我昨天已經看過一遍了，我這邊沒什麼問題，不過還缺個企劃，要上報用的。」莫亦海的眼神盯著我，「黔黔，妳可以負責嗎？」

我抬起頭，嘴上還感覺的到有些生菜醬汁的殘渣，腦子好半天轉不過來，三秒後自動導正才回了一聲：「蛤？」

佐安立刻不給面子的白一眼，莫亦海倒是很有耐性。

「案子交給妳，需要經過什麼手續嗎？」

我想也不想的立馬拒絕，「我、我不行。」

「為什麼不行？」佐安率先拋出問題。「連我們要做什麼都不先了解，直接拒絕很傷人耶。」

雖然我也看不出佐安真的想要找我幫忙的樣子，但莫亦海顯然是真的要拉我進到他們的計劃裡。

「很簡單的企劃內容而已，妳不用擔心。如果需要正式的委託妳才能接，那我明天可以找個時間到你們公司和妳主管碰面。」

霸道霸道，還是很霸道。

這擺明就是不讓我拒絕了啊！

「其實我也有認識幾家企劃公司，如果黔黔不行的話，不用勉強也行……」佐安細聲的提出意見，我還沒回答就聽見莫亦海說：「不用了，黔已經答應了。」

主菜這時上了，那位廚師非常會挑時間，我傻楞楞的看著自己盤子內的食物有點難以下嚥，想到之後要跟這兩位開始工作就有點坐不住！

「我、我去個廁所。」我拿起包包來要往廁所移動，還在左顧右盼想著廁所到底在哪裡，就看到佐安也跟著拿起她的包包往門口的方向走，用眼神示意我跟上。

我們兩個步出這個怪異的小房間，佐安率先發問。

「妳從沒來過這裡用餐吧？」

「呃，是啊，今天第一次來。」

她笑，「也難怪妳不知道廁所在哪了。這裡是他們劇組租的臨時場地，所以才會把房間布置得像西餐廳，既會應用在拍戲的場景上，也會當作真正的餐廳使用。」

「喔……」

「看妳似乎很好奇所以才告訴妳的。」

明明是她也很想說。

不過我不想戳破她，就讓她自個兒洋洋得意就好，我無所謂。

接下來是一陣沉默。佐安先轉進廁所內，從那之後都沒再跟我搭理半句話，直到我上完廁所出來，看見她在鏡子前面擦口紅、補妝，我稍微洗個手準備出去的時候她叫住我。

「黔黔，我有個問題想要問妳。」

「……嗯？」

「妳喜歡阿海嗎？」這問題來的太突然，我一時語塞，她又繼續說：「我可以告訴妳，我很喜歡他，從以前到現在都沒變過。大學的時候，我們發生的事情妳還記得嗎？」

「記得……」我嘆口氣，點點頭，其實一點也不意外她會開啟這個話題。

「都是因為妳所以害我們分手，現在這個時候，妳還打算出現來當第三者，破壞我們之間的感情嗎？」

第三……者？

雖然我們大學的時候沒有太多交集，但幾乎所有人都知道，佐安和莫亦海正在交往的事。

「我沒有那個意思。」

「他之所以會對妳好，是因為念在妳以前幫他隱瞞他生病的事實，現在還是這樣，並不是因為他喜歡妳，所以希望妳能夠搞清楚自己的立場。」佐安鄭重的對我說：「我現在正在央求他復合，不希望這中間出什麼差錯，從第一次見到他的時候我就認定他是我未來的另一半，即使我跟妳大學的時候關係並沒有很好，但看在我還是妳同學的這個份上，妳能不能不要靠近他？」

莫亦海告訴她了，他告訴佐安他生病的事。

「那妳希望我怎麼做？」

「雖然不希望妳接受企劃跟我們一起工作，但既然亦海喜歡妳做的案子那也無妨，等這個案子結束，希望妳就不要跟他再有交集了。」

從佐安看似很常到這裡和莫亦海用餐的樣子，到她居然也知道莫亦海生病的事，以及她所說的「復合」和我聽到的莫亦海說他和佐安並沒有在一起這件事，大致上都吻合。

所以他們，正在復合當中？

心底一抹異樣的感覺流動，像是有什麼深深埋在心底的塵埃被翻動了——我選擇無視。

「好。」我回答。

佐安在廁所跟我說的那些話，導致我那場飯局真心吃不下，於是只抓了些重要的東西，刻意將包包給遺留在現場好讓莫亦海不懷疑，我打算開溜。

「妳要去哪裡？」莫亦海問。

「買、買護手霜。」我很想要理直氣壯的說，但無法，心虛果真藏不了。

佐安看了我一眼，面無表情，我超擔心她一個燦笑就說「我借妳」，那我應該就當場吐血死給她看！幸好她沒有這麼做。

「買什麼護手霜？」莫亦海仍死死抓著我的手不讓我走。

「我、我手掌太乾了！」我邊甩他的手邊叫，佐安的臉色越來越鐵青。

「妳給我坐好！」他見自己坐著不好控制力道，直接站起來把我壓回椅子上，走到我旁邊坐下，把主餐的肉排推到我面前。「快吃，什麼事會比吃飯重要？」

我的媽呀！事情怎麼比什麼都不做還要糟？理想中我應該是要離開這裡，把空間還給佐安跟莫亦海的啊！

我覺得我快要被廖佐安給瞪死了，莫亦海就坐在我身邊悠閒的吃著他的晚餐，不時還要催促我吃快一點，一點也沒發現我此刻的窘境。

第一次想要成全別人，失敗了。

回到家以後，戴著居家的近視眼鏡配棉褲背心，蹲在小沙發前面嗑牛奶麥片，靠著靠著，腦子裡的莫亦海像小蚊蟲一樣嗡嗡纏繞，不知道為什麼我突然想起他睡倒在鄰居盆栽前的樣子，腳翹得高高的，頭整個埋在小樹底下，還睡到昏死不知道騷動，頓時間以前的回憶又湧上來……

噗哧一聲，笑得我湯匙滑進牛奶裡，傻眼。

明明才剛經歷過嚴肅的場合，我腦子裡還是淨是一些滑稽的畫面啊——

看著牛奶躺在碗底只露出一角，想撈又嫌自己手髒，著急想要起身找東西把湯匙弄出來，地毯卻不幫忙還往前進了幾釐米，一個重心不穩，牛奶灑了點出來，潑溼了我的背心。

我看著身上的背心嘆口氣。

今天，到底都幹嘛了我？房東的號碼在此時點亮我的手機，我很快速的擦乾自己的手，接起電話。

「喂？房東太太妳好。」

「哎呀，黔黔，不好啦！」

我臉一歪，「什、什麼不好了？」

「我聽社區裡的鄰居說啊，這陣子我們那裡不平靜，有賊，妳要小心啊。」

社區裡有賊？

「偷什麼？」

「我也不曉得，隔壁的張太太說啊，她小孫女的貼身衣物被偷走了，很生氣哪。」

「會不會是掉了啊？」

「我也很傷腦筋，掉的話應該不會掉這麼多件，而且張太太的內衣也被偷了呢。」

我眼神死的看著遠方，張太太都七老八十了，還要她內衣幹嘛？那賊真是吃得開。房東阿姨繼續說，「還有吳太太啊，她那個從越南來的媳婦，內衣褲也被偷走了，已經有好幾個案例。總之妳小心啊，如果發生什麼事情就快去隔壁跟張太太說，她先生是警察，一定能幫到妳的。」她說的那個警察是已經退休的那個老伯伯嗎？現在吃飯都只能吃稀飯，當社區裡義警的那個……

「喔……好。」好險我衣服都曬在房間裡，我房間又是靠裡面的，那賊偷的應該都是曬在外頭的那些，輪不到我。

雖然這麼想，但是多少還是不放心。

看了看自己放在窗前的衣物，想著要不要以後洗幾件就登記起來，不然哪天不見我可能也不知道。

掛完電話才發現螢幕旁邊有個小人頭亮著，Seame mon莫亦海傳了封訊息，大意是要我明天早上九點半叫他起床，像以前一樣。

閉上眼睛沉思了下，心臟怦怦亂跳的厲害，腦子裡的小劇場也跟著不停轉動，隨著時間過去，手機的燈暗了，我還是沒有回他。

大學的時候我也曾想過要問清楚他和佐安的事，到底是不是真的，但我們就只是互相利用的關係，他要我隱瞞他的祕密，我要他別把我的蠢事說出去，就這麼簡單。所以我從不過問他的私事，雖然那段謠言也曾經深深的困擾過我。

「你還是請佐安叫你起床吧？她不是也知道你的祕密了嗎？」我很快的打出訊息回覆，過了十分鐘他還是沒回我。

大概睡了吧？

又等了十分鐘以後我非常不耐的大翻白眼，把手機往後一丟開始碎念。

「就這麼自信我一定會叫他起床嗎？我們都幾年沒聯絡了？難道我還會怕他不成啊！」想到佐安今天這麼自信跟我說那些話的樣子，越想越生氣，「講啊講啊，現在也沒人會相信他那些鬼話了啦！什麼作法下降頭？我呿！老掉牙了，講出來也只是笑話，根本不會有人相信的啊！」

我捧著牛奶的湯碗往廚房走去，「如果他真的敢講，我就把他的祕密詔告全世界，還有他幾點前會睡到昏死，通通都講出去，反正佐安也知道了嘛，這個祕密也不再只有我知道了，我也不需要保密了吧？就看到時候，在那個時間點等著他侵犯他的人會不會塞爆他家！怎麼失身的都不知道呢～」我呵呵的笑著，越想越滿意。

熱水器有點老舊，每次洗澡都會轟隆隆的很大聲，平常都不怎麼困擾，怎麼今天聽了特別噪音。草草抹了點沐浴乳洗髮精，隨便洗洗我就出來了，經過了床鋪看了一眼，邊看邊擦頭髮，腦子似有若無的飄出某個人在我面前也有過擦頭髮的樣子，只是很模糊。

我翻自己一個白眼，忍不住想吐槽自己，就擦個頭髮也要想這麼多嗎？

把毛巾往旁邊一丟，煩躁的拿出吹風機看著鏡子，瞇著眼睛吹頭髮，眼角餘光不自覺往床鋪那飄去，還是一樣，黯淡無光。

最後我連吹風機也丟了，手機不帶，直接晃著一頭亂髮走去便利商店買東西。

現在這時間其實也不算太晚，便利商店的人大約四五個，我算是想也不想就出來，所以身上穿得衣服也不是太好看的類型，就是短褲加背心吧！

可為什麼，從一開始進來就感覺到一種很詭異的氛圍，好像所有人都盯著我看一樣不自在？是因為我穿得比較短嗎？但這種裝扮不就是大多數人外出會挑的扮相，我又哪裡奇怪？

不想想這麼多，我抓著餅乾往腋下塞，到冰櫃去看看有沒有想喝的飲料，結果就被某個不長眼睛的大屁股給撞到貼著冰櫃。

從冰櫃的玻璃上拔出來的時候，清楚可見那上頭屬於我的痕跡，頓時覺得有點噁心，很快速的抓出我口袋的衛生紙幫忙擦拭，一邊偷瞄旁邊那個穿著紅色工作服的身影。

「不好意思小姐，我不是故意要撞到妳的。」那個店員有點胖胖的，拿著籃子看起來像是在補貨。見到他真心不好意思的臉，我也不想怪罪，抓抓額角揚起一個笑容送他，「沒關係。」

「真的不好意思。」他看起來挺溫和的，沒跟我多說什麼就回去他的櫃台繼續工作了。

我看向門口，有個從我進門就看到現在的老男人，戴著灰黑色有點舊舊的鴨舌帽，看起來很兇，手上拿著一杯剛剛買的咖啡，見我發現他在看我以後，很快速的轉頭。

拉了拉我自己的背心，攏了攏頭髮，把褲子在往下拉一點，我想我開始後悔沒多穿一件外套就跑出來了。

警戒心一提高，對四周圍的人都變得超敏感，一個動作都很容易吸引我的注意。

現在傳什麼給莫亦海都沒用，他根本睡死了，那我還能找誰？鬼秀？他現在一定在某個酒吧排隊，等著進場。顧孟然？我一點也不想找他。藍藍？不可能，她來只是跟我一起發抖而已。

這晚上怎麼忽然讓我發現自己是多麼孤獨，居然連個朋友都找不到！

拿著餅乾跟飲料回家的途中，路上任何風吹草動都快要把我嚇死，終於半跑步的回到家，我碰的一聲大力關上門，也不想管會不會吵到鄰居明天會不會被罵什麼的，一路跑回房間，死死的壓著房門，開始怨恨為什麼剛剛房東太太要跟我講這些。

「蛤？變態！」

鬼秀一臉認真的看著我咬麵包，咀嚼的樣子實在有夠滑稽。

「就是我房東昨天忽然跟我講這個，害我連出門買個餅乾都差點被自己嚇死，說不定還順便誤會鄰居都是變態了。」

「妳放心啦，就算是賊也是會挑的。」

我翻個白眼，「嘖，他連七老八十的阿桑內衣都拿了，是還有什麼不能偷的！」

「挖靠，那妳很危險！」

當他這麼說的時候，我們兩個一起停頓，然後他大笑，我差點搶過他麵包丟在地上踩兩百下！

我的手機在我的口袋裡嗡嗡的震了兩下，還沒來得及拿出來看，就看到莫亦海站在對面等著過馬路，雙手插在口袋裡看著我。

鬼秀因為我的斜眼，很快也發現他的小菜菜就站在對面這個事實，他很快揚起一個微笑，滿意的看著我變化萬千的表情，像在看什麼高清第四台。

「我給妳一個機會。」他像個僧人般清高的望著我，接著又露出本性笑溜嘴，「要我走還是留？」

我毫不猶豫的快速說：「留！」

當然要留，否則如果單獨放我跟莫亦海兩個人在這大眼瞪小眼，我瞪輸他怎麼辦？

「妳真沒有挑戰性，如果妳說走我就留了。」鬼秀攤手說。

「反正你留就對了！」我死死的抓住他的衣襬，現在就算把他衣服撕裂我也不讓他走。

他嘻皮笑臉的搖搖腦袋，不理會我那副隨時準備決鬥的態勢。

「還在喝奶茶？」莫亦海走近我，挑了一個離我最近的位置坐下。

對於他一坐下來就開始討論我的飲食這件事，本人是挺不贊同的，畢竟這樣會讓鬼秀將話題非常順利的帶往他想要的方向。

「嗨，上次見面沒有好好跟你打招呼，我是于乙魁。請叫我鬼秀，謝謝。」

鬼秀很難得願意自我介紹，可知道我們莫大少爺的回應是什麼嗎？他就是點了兩下頭。真的只有點兩下，而且完全不在意鬼秀感受是如何，拿出手機滑了滑，邊滑還邊使喚我去幫他買麵包，說他今天也想吃麵包。

我看看他又看看鬼秀，鬼秀是一臉發光的表情，表情寫滿了天菜兩個字。對，如果說之前那個小菜菜只是小菜的話，現在莫亦海的等級已經升等到「天菜」了，不能用小菜菜這麼輕忽的名字來呼喚他。

我垮下笑臉，「自己去買。」我還有事要跟鬼秀溝通溝通。

他皺起眉頭，眼睛從手機上移到我臉上，瞳孔裡寫滿了一堆為什麼，有點無辜。

無辜個屁啊無辜！

「不要這樣看我，自己去買！」我將他的臉轉向麵包店的門口，再也不想看到，結果他又轉回來逼我正視他。

我發誓，從來沒見過一個人盧人可以盧的這麼理所當然，臉上的表情從一而終，不像裝可愛卻非常可愛。

鬼秀一臉看好戲，完全沒有要加入的意思，就覺得看我被盧很有趣。

看我不知所措大概就是鬼秀最樂的事。

我心裡真的悶得慌，莫亦海看得這麼起勁，臉上還沒有毛細孔讓我很怒。

是啊，九點半睡覺吧？美容覺啊，怎麼可能會有毛細孔？怎麼可能會有皺紋？怎麼可能有黑眼圈？皺紋、毛細孔、黑眼圈是我們這種上班日瘋狂熬夜的人才會有的東西啊！

不知道哪裡來的膽子，我氣得抓起莫亦海的手就往店裡走去。

「你要就自己買，我出去等你！」

人都已經被我抓進店裡，他還能怎麼看？當然就安靜的挑啦。結果那混蛋怎麼著？他拉著我的手硬要逼我陪他一、起、挑。

是不是有病？他肯定有病，不止嗜睡症，還有某種不強迫別人他就不高興、心癢癢的病！

扯著我的手不讓我走，櫥窗外的鬼秀換個方向，咬麵包的感覺像是在咬莫亦海。好吧，我浮誇了，是我很想咬莫亦海，把他吞了讓他別再捉弄我。

「妳也挑一個。」

他帶著我走到肉鬆麵包的位置，眼神帶著閃亮的光輝，那光輝很快，幾乎轉瞬即逝，害我覺得自己剛剛是不是看錯了。

我隨手抓了一個喜歡的肉鬆蔥花麵包，他也和我挑了一個一樣的。

在麵包店裡我們排隊等結帳，他不准我先離開，也不准我給他錢離開，就要我陪著他。

「你一定是在報復。」因為店內太過安靜，所以我只能用咬牙切齒的聲音說，絕對不是故意的。

「報復什麼？」

「報復我今天早上沒叫你起床。」

「我不介意。」

說得好像我真的虧欠他一樣！

「佐安既然已經知道了，那就乾脆讓她叫你起床就好，幹嘛非得要我？」他聽到我這麼說以後轉過頭盯著我看，我被看到有點惱怒。「看什麼啦！」

「我比較習慣妳叫我。」

我僵在原地，剛好輪到我們結帳，他若無其事的拿著麵包到櫃檯遞給店員。

「但是佐安才是應該要叫你起床的人，從一開始就是，我不希望大學發生的事情又重複上演。」

「大學發生什麼事？」他拿著錢包疑惑的望向我。

「你別裝傻。」我不好把佐安已經把全部事情告訴我的事告訴他，於是我轉個話題，「總之既然事已至此，你該好好對佐安，她把你當成她的未來。」

「是嗎？妳聽她說的？」

我直白的說：「對，她已經都跟我說了。從大學時候開始你們就是一對，我不想再繼續當你們之間的第三者。」

「先生，找您八百九十二元喔。」

服務員笑容滿面的將錢遞給莫亦海，我為了避免等一下尷尬，講完這些話我就走了。

回到座位抓起包包，拉起還在看好戲的鬼秀就往回公司的路上頭也不回的走。

「怎麼啦？」鬼秀邊被我拉著走邊問。

「沒事啦。」

「沒事？」

我不再回話，怕鬼秀把我的情緒做過多的揣測，所以不想回話。

「妳既然不喜歡他，為什麼要一直答應他的要求？」

忘記是哪個人問我的，我也就只有那次，只有那次被問到啞口無言。因為就連我也不知道，有時候接到他的簡訊會有點雀躍是怎麼回事。

但是我不是第三者，我充其量只當自己是——鬧鐘吧。

想到剛剛莫亦海站在店內看著我離開的樣子，莫名就覺得自己怎麼這麼可惡。

但如果我剛剛不顧尷尬繼續留在那裡，就不是可惡了，是可憎啊！

邊想邊咬著指甲，困惑啊困惑。

「想什麼啊變態。」

我背後忽然出現一道涼涼的聲音，伴隨著攪動咖啡杯的聲音一起，不用回頭就知道會是誰，普天之下，整間公司會有那語氣也只有一個人。

「你才變態，還不知道別人想什麼之前別妄下定論好嗎？」面對螢幕，我白了他一眼。

「中午的時候為什麼要走啊？小天天跟妳說啥了嗎？」喝了口咖啡，鬼秀的食指開始戳我的後腦勺逼我回答。

我無力的甩開，「沒事啦。」

「又沒事？少來，妳表情看起來就很有事。不說是吧？不說我要採取強迫行為了喔！」

我氣得轉頭，「你！」可惡啊，臭鬼秀！

他沒有真的強迫我什麼，講完就覺得自己整到我，樂呵呵的飄走了。我鬆口氣的趴在自己桌上，嘆氣。

休息時間即將過去的最後幾分鐘，我偷閒的打開社群網站滑其他人的動態，忽然跳出一個視窗嚇了我一跳。

「今天晚上有空嗎？」——顧孟然於下午4:44分傳來訊息。

我看著那封訊息很久，好幾分鐘以後我才回了句：「沒有。」

「我有話要跟妳說。」即使我已經晚了這麼久，他還是秒回我。

「我沒有話要跟你說。」

「很重要，只要幾分鐘的時間。」

我重重的呼口氣，快速的打字：「你到底想要幹嘛？」

「妳來，我告訴妳。」

「我只願意跟你約在我公司外面，說完就走。」

「好。」

看他這麼爽快的答應，我反而有些許的不安。

一到樓下，果然已經很多人聚集在廣場那邊了，而顧孟然就站在平時他如果來接我會站的角落。一個人穿著西裝，不停的看著腕錶，好像很趕時間一樣。每當他露出那樣的表情，就表示他已經等得不耐煩了。

這次我沒有像往常一樣小跑步到他面前，反而比剛剛下樓的腳步更為緩慢，一步一步，筆直地朝他走去。

他習慣背對著，因為他覺得等人來的時候還盯著人家走路很尷尬。

也許是感覺到我靠近的腳步聲，這次他的回頭沒有任何不滿，反而還有淡淡的笑容，我還沒開口他就略顯緊張的對我說：「妳來了。」

「你有什麼事嗎？」我想讓我的語氣沒有破綻，但還是忍不住細細地端詳他的臉。經過幾天沒見，他似乎憔悴了些，鬍子還是今天早上剛刮的。

「我是來帶妳去吃飯的，除了上次那間餐廳，妳不是還想吃吃看那間很有名的無光餐廳嗎？我今天可以帶妳去。」

「我不想跟你去。如果你要說的就是這些，那我要先走了，我已經先跟朋友約了要吃飯。就先這樣吧。」說完我毫不猶豫地轉身，他著急地拉住我的手臂。

「黔黔，過去是我的錯，我跟妳道歉，現在我會用我的誠意讓妳知道我是真的想要妳回到我身邊！再給我一次機會好嗎？」

「我已經給過你很多次機會了，每說一次我就哭一次，難道還不夠嗎？」

好險顧孟然總是喜歡角落，比較少人經過的角落，偶然比較大聲一點沒關係，眼眶泛淚也沒關係。

每次一說到激動處就會流眼淚，其實也是很麻煩的一件事。

「我不會再讓妳哭，妳以後說什麼我都會聽，好不好？」

「我不想聽你說這些！」我往後退了一步，他很快的跟上來，我想把他阻隔在一定距離以外，「我們不會再變了！我早就知道，我們是這樣，就一輩子都會這樣，這種感覺真的很恐怖，我一點都不想再繼續下去了。」

「妳為什麼連一點機會給我證明都不願意！難道我們之間的一切是隨便說抹就可以抹掉的嗎？」

他的情緒一上來，吼聲也加大了許多，站在廣場上的人朝我們這裡看了一眼，但並沒有多理會我們，我還沒轉頭就先聽到莫亦海的聲音。

「學弟，你好像破壞了我跟你之間的協定，現在又在做什麼？」莫亦海就站在我身後，顧孟然將臉別開，對莫亦海的話沒有回應。

我驚愕的回過頭看著他，剛剛想好的台詞瞬間都拋出腦海，腦子一片空白。

莫亦海不再多說什麼，牽起我的手腕，示意我跟著他走。我愣愣地跟著走，無奈另一隻手又被顧孟然給扯住。

「等一下，你們要去哪？胡依黔，你們現在每天都會這樣一起吃飯嗎？」顧孟然瞪大眼睛看著我，要逼我給個答案。莫亦海不等我說，很快地說了個謊話，「是又怎樣？我現在就是要接她回我家。」

顧孟然的表情很明顯就在問我真實性，但我只想殘忍的別過頭去不做回應。我意外自己一看到莫亦海的剎那就變得軟弱不堪，剛剛還想要深吸一口氣，堅強的繼續和顧孟然周旋，還不知道要撐到哪時候，結果在看到莫亦海的那瞬間全數瓦解。

「學長，當初協議的是我會在你離開以後好好照顧她，我是沒有做好，但是現在我真的徹底改過要挽回她，你沒有資格介入我們之間的感情！」

莫亦海冷冷地轉頭望著他，「你沒有做好就是沒有做好，況且我現在也已經回來了，你們也分手了，

沒有資格介入的應該是你才對。」

顧孟然被說到一時語塞，我仍一頭霧水，莫亦海就急著將我帶走。

我一點也不想掙脫，只想跟著眼前的這個人讓他帶我走。

車門碰的一聲被關上，莫亦海繞到另外一邊打開駕駛座的門鑽了進來，發動車子，安靜的轉動方向盤離開這個地方。

一直到車子開離公司門口我才回過神，愣愣的問：「你拜託過顧孟然照顧我是什麼意思？」我剛剛有聽錯嗎？如果沒有的話，顧孟然剛剛應該是這麼說了。

「今晚吃燉飯好嗎？」他在停紅燈的空檔轉頭問我。

「你還沒回答我的問題！」我很在意，非常在意他所說的「照顧」到底是什麼意思。

「我下廚做燉飯給妳吃。」

看來他完全不想跟我談到這件事。

我安靜的不再跟他談這件事。當我們到達他家，爐子上已經先燒了開水，大型的大理石料理中島上也已經備好了食材，有些處理過，有些則沒有。

光看這架式，肯定不是臨時起意，是預謀犯罪啊！

「我自作主張的想要做個西班牙海鮮燉飯，但是沒人能陪我吃，妳愛吃嗎？」他邊領著我到廚房，邊回頭跟我說。

「說不愛吃你也已經準備好了，不是嗎？」我噘著嘴，換上那裡唯一最顯眼的紅色室內拖，走向沙發。

「的確。」他笑著挽起袖子。「下午的時候我提早收工，忽然想用這間廚房，所以就買菜回來了。」

「然後呢？」我漫不經心地聽著。

「然後又覺得自己吃太冷清，於是就看準了時間到妳公司找妳。」

終於提到這點了！

「你還沒回答我剛剛的問題！」我握緊拳頭，一臉就是要逼問他的模樣。

「嗯？水開了。」他掀開鍋蓋。

「開很久了。」我白眼。

「我大概小學四年級以後就開始自己料理三餐了。」他說著，抓起洗好的透抽打橫，開始切圈圈。

「到高中以後，自己開一桌沒問題。」

講完這句話，他抬頭看了我一眼，給我一個微笑。

我嚥嚥口水，不自然的撇頭，「炫耀。」

切完所有食材他開始炒生米粒，我瞪大眼看著他所有的動作，很想確定他真的會煮飯嗎？為什麼他的白米沒有放在電鍋裡。

正想要制止他，他就用很悠閒的聲音告訴我，「別說，我正確。」

怎麼辦，我開始擔心我的晚餐吃完會不會拉肚子。假意的滑開手機要查資料，沒辦法，誰叫我不是餐飲科，就算是餐飲科應該也沒辦法理解為什麼白米可以用炒的。

查完資料的結果還真的挺訝異，因為他沒錯，真的是從生米粒開始炒起，接著要跟所有食材一起悶煮，這樣煮出來的燉飯才會入味，才會香，才會好吃。

當所有食材都放進鍋裡，他抓起放在一旁的美生菜，用手隨意的剝，放進調理碗當中，拌進調味料，

切了些紫高麗菜，洋蔥，倒了些玉米、雞絲，做了道涼拌沙拉。

沒有幾道菜，但是很夠我們兩個吃。

他利用燉飯的空檔開始整理桌面，整個流程下來，他似乎一點也不覺得累，很享受這個過程似的。

「我覺得煮飯很紓壓，所以以後別跟我搶。」他說，邊擦著刀子邊跟我講，有點恐嚇的意味。

「你這樣子誰敢跟你搶？」我看著他的刀說。

他笑出聲，「我覺得跟妳相處真的很舒服，沒有壓力耶。」

我一愣，「講什麼。」帶著點抱怨的口吻，我實在不習慣這樣忽然的告白，不管來幾次我都一定會閃掉，用各種方法。

「這種感覺大概是從高中開始的吧？從高中第一次跟妳對到眼開始，我就知道妳跟別人不一樣。」

這話題他還真的聊得越來越順口，看著我的眼神也越來越認真，但他不知道的是，他講的那時候，我還跟學校裡的學姊學妹同儕都用相同的眼光看他，跟其他人沒有不一樣，他誤會了。

「妳一定是最笨的那一個。」

原來是我誤會了。

輕咳了幾聲，我不卑不亢地反駁，斜著眼看他，「你不知道會成為朋友是因為同類相吸嗎？我笨，那你一定也笨。」

他聳聳肩，「我也從沒說過我聰明。」

沒料到他會這麼直白的接受，這下換我詞窮了。

「我很容易對人厭倦，相處了幾天就對那種黏膩的感覺受不了，沒辦法接受就離開。」

他的眼神不像是說謊，也從沒聽他說過謊，他總是毫不保留的將自己最真實的一面體現在所有人面前，卻也因此容易傷痕累累。

我聽過很多關於他的事，跟人吵架的事情佔多數，因此得罪了很多人，雖然我了解，一定是那些人試圖越矩，越過他設的限制、踩到他反感的地雷，才會導致他受不了。

但是又有誰會覺得自己過分？大家都站在自己的角度思考為什麼不能這麼做，而不是尊重。如果他的地雷真的這麼好踩，我也不可能跟他相處了整整五年還踩不到。

「我爸跟我媽，也是因為受不了彼此的束縛才會分開的。太靠近就會萌生離開的念頭。」

「覺得太靠近所以想離開，難道不是害怕失去嗎？」

我聽人說話的時候總是容易恍神，針對關鍵字進行反應，我其實頗不認同他說的「太靠近就會萌生離開念頭」這句話，也是有人，甚至有很多人喜歡靜靜靠在彼此身邊，就此心滿意足的。

他對我的回應只是微微一笑，不疾不徐的反駁。

「不是，是因為大多數時間，人就是需要獨立的空間比較多。妳試著想想看，羅密歐跟茱麗葉只短短相處了三天，就決定要共度一生，愛情就像他們這樣，短短的，一瞬間很燦爛美麗，待久就不一定了。」

「那是真愛啊，如果視對方為唯一，那麼就會想要一輩子看著他。」我說。

「妳這麼想嗎？我倒覺得，幸虧他們相處五天半以後就自殺身亡；否則到了第六天，對彼此會不會也開始厭煩？他們美好的，就是把愛情留在最美麗的地方，所以這個故事才迷人。」

羅密歐與茱麗葉的故事我雖然從來沒有完整看完，但不論看哪個媒體的形容都是非常浪漫的，為什麼他世界裡的他們這麼現實？我不知道該不該開口反駁，又該反駁什麼，誰知道羅密歐跟茱麗葉如果相處五

年後還是不是這麼浪漫？會不會還有為了彼此放棄生命的決心？

「是不是我不知道，人不可能都不吵架，如果有放感情，怎麼可能平淡？」

他看著我的視線加深，「平淡也許才更好呢？」

他試圖想要告訴我，所有依靠情感維持的東西都是不可靠的，我從來不知道我和他的世界是如此天差地別，因為我以為有了感情就能永遠，就是因為我覺得自己對顧孟然沒有愛情所以才會分手。

「我們能做的，就是享受當下。」他舀了一口海鮮燉飯的醬汁淺嚐，覺得不錯，於是又舀了一湯匙湊至我嘴邊。「好吃。」他自顧自笑說。

眼光流轉間，我緩緩張開嘴吞下肚，嗯，還真的挺不錯的。

眼睛發光看著他，想要表情真摯的告訴他這個真的不錯，好吃，但當我一抬眼看向他，卻發現他離我很近，他正很近距離的看著我。

我不知道他哪時候靠近我的，但是我很快的閃開，拋出剛剛一直都沒有問完的問題。「所以到底為什麼你要和顧孟然有那樣子的約定！」

有點心急，音量不自覺就放大了些，在這純白的幾乎沒有一絲污染的室內迴盪。

他往後退了些，目光往下的幾分，最後用思考了很久的聲音說：「我也不知道。」

他不想說這件事，他是真的不想說這件事。我很清楚地從他身上感覺到了，雖然我真的很好奇，但看在他今天默默成為我的英雄的份上，就放過他了。

那場飯局的最後吃得很沉默，東西很好吃，而且我們因為前面聊了太多，大大的縮短等待的感覺，好在燉飯沒焦也沒有過鹹，非常完美。

他說他不知道，不知道為什麼那時候要顧孟然好好照顧我。明明當時我們就是最需要溝通的，一個是被誤會的第三者，一個是劈腿的人，可他卻一句話也不對我說，任我對他的印象就只剩下他的不告而別，連解釋也不想對我解釋。

結束了晚餐，他也差不多到了該睡覺的時間，這個男人的作息時間我很清楚，畢竟我以前的職務就是個鬧鐘，所以時間還沒到我就急著想走人。他也沒有挽留，甚至一副理所當然的樣子，開車送我到我家巷子外面。

到家以後看了看手錶，八點半也快要到了，想到他那天倒栽蔥在鄰居花圃裡就不自覺笑了出來。走著走著，過往的回憶就這麼回到我的腦海。

仔細回想，我們也不全是那些不好的回憶的。最讓我訝異又印象深刻的一次，就是當我抱著成堆的實習報告要到教授的辦公室，途中新買的鞋子鞋帶鬆了我卻沒辦法綁，剛好在路上遇到經過的他，少爺在打量了我十秒鐘之後，破天荒的吸著飲料走來，咬著吸管，不說一句話的蹲在地上幫我把鞋帶綁好，然後皺著好看的眉頭嘆口氣，莫名其妙地走了，一句話也沒說。

其實我也習慣了，他身邊永遠都沒有活人的跡象，總是獨來獨往，那天又是上課時間，我們班提早下課，所以走廊上一個人也沒有，他為什麼會在那裡？只能說是巧合。而我們之間，這樣的巧合實在不在少數。

稍稍舒展一下自己的手臂，大大的張開，忽然一陣刺耳的鋁罐滾動聲將我拉回現實。一片安靜的社區就有這好處，一點點風吹草動都是大事。

那滾動的鋁罐讓我的敏感神經活起來，我拉直了耳朵想要聽後續。

房東阿姨的提醒還在耳旁，我心裡默默的祈禱自己沒這麼衰，很快的加緊腳步往我的公寓前進，接著是一陣小小清喉嚨的聲音，那聲音正往我的方向過來。我嚇死了，通往我家的門就在眼前，我顧不了其他改成小跑步，很快的撈出鑰匙，碰的一聲大大力的關上鐵門，貼著門板喘氣。

那個聲音還疑似在門口聽了一陣，吐了口痰之類的，我心驚膽顫的想著現在也許就跟那個變態隔著一個門板而已，他似乎不走的樣子，他不走我還到底能不能動啊！

口袋的手機震動，嗡嗡的聲音在空蕩蕩的樓梯間回響，拉緊了我的發條。

好險嗡個兩聲以後就沒有了，那腳步聲也已經慢慢離開，我這才敢打開手機查看。

「我到家了。」——Seame mon於下午8:40分傳來訊息。

媽個逼逼彈，你回家了，卻害我差點回不了家知道嗎？嗚嗚！

欲哭無淚的爬上樓，想著這個地方開始不安全，應該要換個地方才對，住在隔壁的張太太就忽然發出淒厲的尖叫聲！

我被嚇到了，幾乎是半跑半衝的打開門，猶豫到底該不該按她家門鈴，才剛咬指甲要按，張太太就忽然大罵：「猴西囝仔，你躲在這裡衝啥毀！」

頓時像洩了氣的皮球，還不忘要偷踹她們家門一下在回去。

隔天早上才到公司，鬼秀一看到我就熱情的打招呼，我左顧右盼了下，所有同事都抬頭看著我們倆，我揚起笑容回敬他的熱情，不想讓他覺得自己被潑了冷水。

「幹嘛，嗑藥啦，一早這麼嗨。」我把包包放在位置上，他跟來我的位置旁。

「沒有啊，妳昨天怎麼這麼早走，害我找不到人。」他親暱的勾住我的脖子，手掄成拳狀鑽我的太陽穴。

我立刻想到昨天跟他約定下班就一起吃飯這件事，糗了，全忘光了！

當我們的視線再度交疊，我非常清楚的明白這不是什麼嗨不嗨、熱情不熱情的事，這是挾怨報復的大事啊！

「鬼、鬼秀——」

「嗯？想起來了嗎？」他臉上的微笑依舊燦爛，甚至更燦爛了。

我咧開嘴跟著陪笑，「嘿嘿嘿，我中午跟你解釋好不好？一定給你一個滿意的解釋！」

他立刻背對著眾人沉下臉，「我都看到了，妳被小天天拉走了，妳還想解釋什麼？」

我的頭上立馬飄來一朵烏雲，我只差沒有馬上下跪哭著抱他大腿了！

「真的真的，我有非常有力的解釋，非常、非常棒的解釋，嗯？你相信我！」

其實什麼鬼的解釋都沒有，我甚至連起頭都不知道該怎麼說！

他笑咪咪的伸出一隻手，我頓了三秒以後，緩緩地要放上自己的手，卻被他在下一秒打掉！

「不是要妳握手，蠢胡桃黔！是給我錢！」

「給你錢？我為什麼要給你錢啊？」

「妳該慶幸昨天我剛好有找到人陪我吃飯，所以這次我就大人不記小人過的原諒妳，不過這筆錢要妳埋單，待會兒我發帳單給妳，不准拒絕。」他說完華麗的轉身離場，丟給我一個「誰叫妳要放我鴿子」的眼神。

好吧，這筆帳看來是吃定了。而且依照鬼秀的個性肯定會吃很高檔的餐廳，帳單一來也只是證明我想的沒錯。

兩個人吃四千多塊，也真的夠會吃了，嗚。

收到那封郵件以後沒多久，信箱很快又亮了燈，鬼秀的帳號又亮晃晃的出現在那。我點開郵件一看，大事不妙。

那封郵件上寫著：今晚開趴。

我抬起頭，不明所以的看著他，他朝我眨眨眼。

不出幾秒後郵件又出現了，「十一點啊，帶著小天天，不見不散！」

我嘆氣，下一秒就火速衝到鬼秀的辦公室，拉下百葉窗就對著他叫：「他不能去。」

「屁，不管。」

他根本不知道他的小天天九點半就會入睡，而且是強迫入睡，不是很一般的那種生理時鐘。他不知道所以我不怪他。

「總之他不能去就是了。」

「我不管，妳不問我是不會善罷干休的！」鬼秀激動了起來。

我們倆隔空對恃，最後我投降。

「好，我只去問他，如果不行就不能勉強。」反正一定不行，我也不怕。

「悉聽尊便。」鬼秀笑得一臉就是得逞的模樣，我完全不知道他那自信是哪來的，怎麼可以比我還囂張？

於是我還是厚著臉皮，傳訊息給莫亦海。

「在嗎？鬼秀今天晚上想要找你一起去夜店。」

我盯著螢幕看了好久，不到幾秒間就已讀了，我心一緊，安靜的等著他會是什麼回應。反正總歸來說應該會問我為什麼沒幫他回絕。

「什麼事要去夜店？」——Seame mon於上午11:23分傳來訊息。

嗯？我心裡開始無限白眼，問這麼多，最後還不是會拒絕？但我還是耐著性子回覆他。

「鬼秀要離職了，所以要開送別會。」我隨便掰個理由，最好是莫亦海不會有興趣的理由。

「喔，那跟我有什麼關係？」

「看吧。」我對著螢幕自言自語，滿意的撇了眼鬼秀的辦公室。手指飛速的在鍵盤上愉快回應，「他希望你去。」

「……」過沒幾秒後又問，「那妳呢？希望我去嗎。」

我看著他的回覆嚇了一跳。有點怕被旁邊的人看到他傳這種訊息給我，雖然隔著一道牆，還是怕得要死，這就是做虧心事的心情吧！

鬼秀心急的又傳郵件來問進度，我被逼的牙一咬，傲氣回，「就算我希望你去你也不會去吧？幹嘛問這種問題。」

他秒回，「呵呵。」

甘寧老蘇，呵呵是什麼意思？要拒絕就快一點啊！

「幾點呢？」——Seame mon於上午11:26分傳來訊息。

看到他回覆的當下我一驚，居然嚇到站起來大尖叫！

別說整個辦公室了，眼下連外面只是走過的人都被我嚇到了，紛紛對裡面投以異樣眼光，我皺著臉，朝著三個方向彎腰道歉，最後才坐下。

莫亦海耶，他居然沒有拒絕？而且他不是應該要在九點半睡覺嗎？為什麼他會答應……

「你不是應該要睡覺嗎？」我立刻好奇的丟了訊息過去，他又秒回，「妳不是邀我了嗎？」

接著我把他放著，轉頭衝進鬼秀的辦公室內，他還咬著指甲停頓了一下才問我進來幹嘛。

「改時間，改早一點，不要十一點！」我難得這麼霸氣的下命令，那是因為莫亦海要去，如果太晚的話我怕他會撐不住。

「為什麼？」

「九點怎麼樣？」

鬼秀瞇起眼，「妳神經啊，九點是要玩什麼？辦家家酒嗎。」

我臉上寫滿了困擾，忽然很後悔找莫亦海那麻煩精去。

「小天天要去嗎？對吧？看妳保護成這樣。」

因為鬼秀的話我嚇得倒退一步，「什麼保護？我哪有保護他。」

「別怕啊，哥哥我會保護他的，避免他被其他有心人士吃掉。」鬼秀笑著舔舔唇，根本就比他口中的

「有心人士」還要危險！

默默的退出鬼秀的辦公室，有點後悔約他，到時候如果有問題，我還不是得要負責把他扛出來？

「我不負責把你送回家。」

「是我會送妳回家才對。」

我盯著他的回覆，滿臉無奈的想著「最好那時候你還醒著」。不想管這麼多，丟給莫亦海時間以後我就下線，讓思緒佈滿工作，這樣時間也許就會過得快一點。

*

燈光忽明忽暗，震耳欲聾的音樂不間斷的撥放，我掏出口袋裡預先放著的耳塞，慢條斯理的塞進自己耳朵裡，獨自坐在包廂內好不快活。

莫亦海遲到了，而且在說的那個時間內他沒有來，甚至還發了封訊息問我派對開始了嗎？然後就沒下文。

「嗯？被放鴿子了嗎？美女。」鬼秀一臉看好戲的走到我身邊，手上捧著一杯雞尾酒。我白了他一眼，「才沒有放鴿子，本來就不想他來啊。」

「但妳的表情不像是這樣捏。」他講話帶著一種台台的腔調，刻意的。

鬼秀說完就坐在我身邊高高翹著腿，視線望著舞池裡的燈紅酒綠一臉陶醉。

時間越來越晚，我也開始不抱期待，畢竟他生病了，我能體諒。

好吧，老實說「能體諒」就是句鬼話，我根本覺得被放鴿子了該怎麼體諒？那不然就別答應我，既然答應了，那就該來啊，不是嗎？這種行為真是不可取，我絕對要在我的日記上再記他二十筆！

這間夜店的調酒師傑瑞是鬼秀認識的人，鬼秀有拜託他多多照顧我，所以傑瑞很常會送些只加了些微酒精的飲料到我的位置上，他知道我不跳舞，而且我一個人坐在這需要保持清醒，免得被騷擾還沒能力反抗。

傑瑞送了第三次調酒給我，這次的顏色比較深一點。

「妳真的不下去？都來這了，不覺得可惜嗎。」

這次他似乎有些時間，於是又在我的座位這多站了一會兒。

「不用了……沒關係。」我笑得有些尷尬，不太習慣和陌生人交談。

他閱人無數，立刻就查覺我的不適應，還是欲言又止的站在那，最後還想說什麼，但因為他停頓的太久，害我超想尿遁，於是在他終於張開嘴巴想說點什麼，我也選擇在同一個時間開口。

「我我、要去廁所！」

抓起包包，還摸不清楚方向我便往前衝去。

如果我說我怕生，不曉得鬼秀會相信多少？

當看到傑瑞吃驚的表情，我知道我的表現還是太奇葩了。

衝到廁所去不斷的喘氣，對裡頭長長的人龍覺得有些訝異。所有人都穿著火辣，雖然我也認真打扮過，但怎麼從鏡子裡看來還是差距甚大？

等到我從廁所出來，人潮已經不見了，外頭傳來ＤＪ吆喝的聲音，看來下一場的派對正要上演，所有人都往那個方向移動，我則是慢條斯理的洗我的手。

一個醉醺醺的臉出現在我的鏡子前，整張臉因為喝醉所以紅到像關公一樣，他一臉怨懟的看著我，看我像看仇人，我還正疑惑呢，他忽然衝了過來，不由分說便掐住我的脖子，死死的掐著。

「背叛我的賤人，妳還敢到這裡來！」

我的臉慢慢得漲成豬肝色，因為背對著他，我很難把他推開，手上就抓著一瓶放在洗手檯上的酒精，我奮力想要吸點空氣。

要呼吸，要撐住！馬的，第一次來夜店就碰到這種事，哪裡好玩，到底哪個八蛋說夜店好玩，于乙魁！我氣到想大叫鬼秀的名字，脫口而出的卻是，「莫……亦、海……」

沒有，空氣了——

莫亦海非常不開心的站在那個男人後頭，但他一點也沒有發現，嘴上瘋狂碎念著為什麼要背叛他跟其他男人走，為什麼這麼下賤等等不堪入耳的話，下一秒，我軟軟的攤在莫亦海懷裡，而那男人呢？一頭撞進我剛剛差點吻上的玻璃裡。

「這裡也太危險了。」

莫亦海把我拎走，邊走還邊皺著眉頭看著四周的人，好像他們都是什麼詭異的蟲子，不堪入目的那種。

「你怎麼還沒睡覺？」我大抽口氣以後腦袋一片空白的問。

該怎麼說？現在的莫亦海該不會是我差點見耶穌後的幻覺吧？不然怎麼這麼巧，在那個時間點出現在廁所。

「妳怎麼老是要我睡覺？」他好氣又好笑的問，對於我三不五時問他怎麼沒在睡覺有些不滿。

「你這時間就是該睡覺吧？」我雙手扶著我的脖子，剛剛那瞬間差點要掉了。

「妳從以前就這樣。」

「我怎樣？」

「沒什麼。」

我頂著一張怪異的臉回頭看他，他撇頭揚起淡淡的笑容不看我。

鬼秀坐在位子上一臉優閒的捧著一杯淡褐色的液體看我，純加冰塊的威士忌，我看到就先醉了。

「怎麼，有碰到什麼好的事嗎？」他涼涼的喝了一口。

「剛剛就碰到瘋子了啊。」我哀聲嘆氣的坐下，莫亦海也跟著坐在我身邊，頗大方替自己的空杯夾了冰塊，倒酒。

我皺著眉頭不知道該講什麼，畢竟他要喝酒關我屁事，我一點也不想當個多管閒事的人。

「傑瑞跟我說他本來要提醒妳，這裡靠旁邊的某一桌有人失戀喝醉了，狀態有點糟，讓妳別出包廂，結果哪知他還沒說妳就像火箭一樣衝出去了，攔也攔不了呢。」

聞言，我垮下臉，不知作任何表示。

果然智障不是病，發作起來要人命。我不斷在內心戲的質問自己，為什麼不好好聽傑瑞把話說完？如果我有聽完應該就不會這樣傻傻的衝出去了。

鬼秀了解事發經過後，點點頭滿意的微笑，「那應該算是好事，以第一次到夜店來說，這經驗真是很獨特。」

他很擺明就在說風涼話，我悶聲說：「是喔，我以後不來了。」

莫亦海啜了口酒後表示，「那這也是好事。」

我左右來回的瞪視坐在我兩旁的男人們，非常惡劣的兩個人。鬼秀非常滿意自己跟莫亦海的好默契，但是又不喜歡莫亦海詆毀他愛的地方。

「好地方不來挺可惜。」

莫亦海無視的看著我回，「該帶妳回家了。」

放下第二次的空杯，我覷了他一眼，「喝酒不能開車耶。」

「夠了你們，還沒嗨到誰也不准給我回去！」鬼秀悶悶的喝了口酒，講完這句話以後就離開去要下一杯酒喝了。

今天還真的像是一場為了鬼秀特地舉辦的派對。除了我們是他朋友以外，我剛剛甚至還看見鬼秀就站在對面，有些冷淡的在質問剛剛那個掐我脖子的人，這才驚覺，原來他們認識。放眼整個bar，鬼秀幾乎沒有不認識的人，還正納悶他所說的高潮是什麼，就聽見舞池傳來激烈又興奮的尖叫聲。

從國外來的女ＤＪ開始用英文瘋狂的吶喊，快速的節奏響起，主持人開始喊鬼秀的名字，眾人拱著他上台，一陣笑鬧間，我看見鬼秀被一群至少八個男人抬著到台上，沒等到任何指令，我們甚至連東西都沒有被發到，台下一人一顆水球就往鬼秀身上砸去。

各種顏色的染料水，砸滿鬼秀身體，ＤＪ賣力的播歌，還不忘撥空取笑他，這舉動惹得鬼秀非常不高興，一把抱住ＤＪ，熱情的在台上就直接索吻，讓氣氛直接到達高潮。

女ＤＪ十分的配合，配合到已經有點過頭了，接著我的視線一暗，莫亦海從後面遮住我的眼睛。

「別看，不雅觀。」他語調冷冷的。

我撥開他的手，略略笑道，「他們只是在玩啦，什麼不雅觀。」

撇開頭，想說再偷看一眼就好，看完不到一秒我立刻就收回視線，果然莫亦海是對的，剛剛我看到什麼了？DJ套在外面的上衣被鬼秀扒了嗎！

不知道該不該替那位DJ默哀，看她好像也挺享受的，那還是算了吧。

「你為什麼這麼晚才來啊？」剛剛喝的調酒已經有些退了，莫亦海則替自己又倒了第三杯的威士忌，我看得直皺眉，「喂，我不會開車喔，先說好。」

我很久以前是有考過駕照，開過我爸的車一陣子，而且還是很老舊的那種，莫亦海那台奧迪的14年RS7我百分之百不會開。

「今天碰巧公司開會，所以比較晚。」他解釋。

「不想睡覺嗎？」

「我有吃藥了。為了這種時候總是需要一些預防。」

「你吃了什麼藥，會不會有什麼副作用啊？」

他看著我笑而不答，一口飲盡了杯中的液體，接著仰頭閉上眼睛深呼吸。

因為剛剛有喝了酒的關係，比較容易想要上廁所，看到他似乎有些不舒服的休息，我也不想在麻煩他陪我去，自己拎著包包打算速戰速決。

那個人剛剛已經被鬼秀教訓過了，應該不會再找我麻煩才對。

才剛要走，我的手臂就被後頭的莫亦海給扯住。

「妳要去哪裡？」

「廁所。」我白眼。

他看著我皺眉，聽到我的回答後又舒開了微笑，「給妳一分鐘，一分鐘後沒回來我就去找妳。」

他真的很喜歡玩這種限時多久，定好時間後沒來就去找人的遊戲，這叫控制狂啊控制狂，非常不妥當，病態！

「兩分鐘。」我也不打算跟他爭，但是放眼整間bar的女生，能夠在一分鐘內上完廁所出來還走回到位置的應該沒半個。

這是上廁所啊，又不是跑百米，他這要求太過頭。

「可以，開始計時。」他懶洋洋的躺在椅子上，微微笑著就很勾引人。

於是我很快的抄起一旁小外套蓋在他臉上，「不准你用這張臉去勾引無辜的少女。」

他沒什麼反應，但偷偷拿下一小角看著我的調皮眼神帶著笑，表示我剛剛的話他想歪了。

「原來妳佔有慾很強。」

「我只是在拯救廣大的少女好嗎？」

不想多跟他廢話，因為我的膀胱又在抗議了，都怪剛剛喝了太多杯特調果汁酒的原故。

我如期在兩分鐘內出現，卻發現莫亦海人不在位置上，左右找了一分鐘才發現他被一個洋妞給架在另外一邊的柱子上，還一臉微笑！

我的媽呀，他都笑成這樣了，我還需要過去救他嗎？

撇了一眼放在旁邊的威士忌，似乎也沒有喝很多，怎麼他有點太開心的感覺？我是說，以他平常臭臉的那種標準來看的話，一直笑真的不像是他會做的事。

該不會，喝醉了吧？

「莫亦海？」我試探性的靠近，叫了第一次他沒有發現我，我還叫了第二次。

洋妞不太開心的轉頭看我，面色不善。

「胡桃鉗。」他朝著我大跨步走來，在我還沒有反應過來的時候，一把抱住我，「等妳好久。」

他的語氣還是懶懶的，帶著點微微撒嬌的意味，我瞪大眼睛動也不敢動。

我有點不太適應這個太過靠近的距離，洋妞看到我們這樣，倒是很識趣的離開了，我這才推開他貼著我的距離，拉著他的手要把他帶回位置上。

「你怎麼了，是不是喝了很多威士忌所以變成這樣？別喝了，待會兒還要開車。」

「我保證我精神很好。」他忽然扯著我的手往後拉，我一個踉蹌差點跌倒，他扶著我問，「陪我進去裡面跳舞好嗎？」

接著不顧我是否反對，牽著我的手走進人群替我開路，我們一路跑到中央去，還沒能順利看看莫亦海到底是真的會跳舞，還是純粹進來跟著搖擺，鬼秀就發現我們了，一發現我們進舞池就立刻跟主持人交頭接耳。

「各位，我們來個遊戲好嗎？」主持人拿起麥克風說，而鬼秀則頂著惡質的笑容看著我，「遊戲很簡單，名字就叫作情侶咬吐司，顧名思義，就是要情侶來演繹，不過我們這個空間內無情侶，對不對？」

底下傳來激烈的怒吼同意聲。

主持者滿意的繼續說道，「所以我們隨機挑，不管是情侶，男伴女伴，只要有伴，皆可參加！換言之，現在就把握機會快點往自己方圓一百公里內隨便撈，撈到就是你的！後面也已經備好吐司啦，我先抽兩對隨機上來玩，第一個，就妳啦，小黔黔。」

小黔黔？小黔黔是誰啦，我又不認識他！一看鬼秀，果然就是他搞的鬼，自己在旁邊勾著ＤＪ笑到上氣不接下氣。

所有人一注意到我的方向就看見站在我身後的莫亦海，我們兩個都還不知道發生什麼事，立刻就被拱著要上台。

「你們有兩個選擇，現在往台下再挑選一男一女上來一起玩遊戲，不想玩的話就玩一個更刺激的。」他伸手從口袋裡拿出一疊貼紙，「放棄遊戲，或者遊戲輸了，我們會隨機在你們身上貼貼紙，輸的那對『情侶』必須要服輸，親吻貼紙貼的部位一分鐘，時間我們數。放心，絕對不會在很平常的地方。」

一講完「絕對不會在很平常的地方」底下又是一陣歡呼尖叫，興奮程度破表，我則是傻眼度破表，第一次被抓上台玩遊戲就是在夜店，還獲得如此高度的注目，我覺得手腳都開始有點不聽使喚了。

「他他他、他說親什麼？」我轉頭看向莫亦海，他則是一臉淡定的回，「親貼紙貼的地方。」

說完鬼秀就跳下舞台往我的方向過來，不由分說就往我的心臟上方還有屁股上貼貼紙，其他工作人員則在其他人身上貼貼紙，我看到他貼的部位整個快要窘死，拜託一下，這遊戲是要整我嗎？

「鬼秀你貼這個地方太怪了啦！」我忍不住抱怨，「誰會想親人家屁股！」

而且胸口也是，全都太奇怪了吧，到底是誰想的變態遊戲！

「就是要怪啊。還是妳想要貼嘴巴？如果是要幫小天天製造機會，我很樂意破例貼在這麼正常的地方喔！」

我真的好想殺了他！

莫亦海握過我的手，帶著我要上台玩遊戲，我沒少看幾眼鬼秀看好戲的眼神，實在覺得這遊戲除非贏了，不然橫豎莫亦海都得要親的不是嗎！還指名要我上台，鬼秀真的是很惡劣啊！

「你的貼紙貼在哪？」

我好奇為何莫亦海身上都沒有貼紙，只見他好整以暇掀起自己的上衣，結實的肚子上方就貼著一張畫著螢光大U的微笑貼紙。

「這是要……」

「親肚臍。」他微微笑表示。

我堅毅的目光看向遠方，「我們絕對不要輸。」

貼什麼肚臍，鬼秀那個王八蛋！

那畫面要有多尷尬就有多尷尬，他們說的情侶咬吐司，咬的是加了煎蛋的吐司，咬過去的時候蛋不能掉麵包不能碎，就是要完整，否則重來！

這死沒人性的遊戲不會因為我認識鬼秀而有加分作用，相反的，因為鬼秀很想看我親莫亦海肚臍，所以竭盡所能的要我輸！

我怎麼會交了這麼一個損友，實在不理解。

和莫亦海的默契出乎意料的好，雖然如此，但不表示我們一帆風順勝券在握，因為咬吐司的時候需要靠得很近，是真的很近很近的那種，對到眼的瞬間，我不是蛋掉了就是吐司被我咬破。

台上的主持非常不留情面的說：「孩子，妳是有多餓？多餓！待會下台兩個慢慢吃，現在認真點啊！」搞得台下笑哈哈。

我表情一窘，實在很想丟了麵包就下台，但是這樣我還是會被抓回來，因為要親完莫亦海的肚臍或者莫亦海親我胸口、屁股，這場遊戲才算完整結束！

莫亦海的雙眼牢牢盯著我的，輕輕握著我的手示意我放鬆，最後閉上眼睛不看我，讓我能夠好好完成遊戲贏得比賽。就這點來看，他真體貼，我則是訝異他清楚自己雙眼對我的影響力。

結果我們都沒想到，他閉上眼睛我反而想更多，各種真的要親他的畫面浮上我的腦海，他這貼心的舉動，反而讓我更加慌亂。

比賽的最後，我們當然是輸了，因為我，整個場邊的氣氛也從一開始的嗨爆炸變成小聲的嗤笑，越來越安靜，因為我一直掉麵包，ＤＪ的歌也撥得有氣無力故意要嘲笑我。

莫亦海看出我因為氣氛變差很失落，一開始沒什麼反應，這時候我還不知道他正在心裡盤算，一直到主持人問說是莫亦海要親我，還是我要親莫亦海的時候，莫亦海忽然一把打橫抱起我，在我還一片空白前吻上我胸口的貼紙，我才驚覺，馬的，上賊船了！

主持人看到這幕，立刻抓住機會，興奮得抄起麥克風哦哦哦的尖叫，終於抓到一個可以炒熱氣氛的點了有沒有！

我還正因為氣氛被我搞砸懊惱了好久，結果莫亦海這舉動立刻就讓氣氛回到原位，甚至比一開始的尖叫還要熾烈！

我該推開嗎？怎麼有種被騷擾的感覺？但對象是莫亦海，好像，也沒關係吧？

我忍不住在心裡唾棄自己，居然因為對象是莫亦海就覺得沒關係，那也太隨便了！

全場嗨大概三分鐘後，連台上的人都還搞不清楚狀況，一堆女孩子發狂似的搶著要去拿貼紙貼在自己

的胸口上，手腳快一點的可能已經貼好爬上舞台了，我被抱著從台上跳到台下，莫亦海笑得很開心，抱著我開始跟一群女人玩捉迷藏。

「放我下來啦！」我尖叫。

「不要。」他笑逐顏開，開心得像個孩子。

「莫亦海！不要玩了，快放我下來啦啦——！」

我從沒見過他這模樣，任何時候都沒看過，我以為他是個不會笑的男人，喝了酒居然會過嗨，看來以後是不是應該要多餵他喝點？

我忘記我們到底是怎麼出來的，反正玩完那個遊戲以後整個現場很難控制，主持人的聲音被埋在尖叫聲裡，不管男的女的都跟風追著我們跑，好像追我們比那什麼情侶咬吐司的遊戲還要好玩！我被追的嚇死了，好像真的碰到活屍一樣，是有沒有這麼誇張！

莫亦海跟我的反應正好相反，他嗨慘了，笑出聲音不說，邊跑還邊回頭，抱著我跑還不見他多累，手臂都爆青筋了，他還是堅持不放我下來，說怕我被人群擠到。

當他這麼說的時候，我著實認真的看了他好久。

最後出動了保全才完整的平息了整場鬧劇。當我們終於可以坐回包廂時，還需要派幾個保全站在我們的位置上，避免有人亂擠進這個空間。

「這株天菜真的是很罕見，居然能把這家店鬧成這樣。」鬼秀看著站在沙發兩旁的保全，搖頭咬他的魷魚絲。

舞池裡的人已經回到原位，依然很激動的看著台上的人玩剛剛被我們玩壞掉的遊戲。

莫亦海抬手看看手錶，「有點晚了。」

我也看了手機，一看嚇一大跳，凌晨兩點！真沒想到我居然真的在這個地方待了這麼久，還莫名其妙的玩得很開心。

「時間差不多了。」

火速轉頭看向莫亦海，他則像個沒事人一樣回看我，好像我的表情嚇到他了，可實際上是他還醒著才嚇到我啊！

「怎麼了？要回去快回去吧！」

鬼秀突然一反開始的態度，居然開始趕人！

「……喔、喔。」

「快回去，回去吧，把小天天牽好，被別人牽走就糟囉！」

鬼秀的臉上堆滿微笑，但態度卻是直白的像個店快打烊的老闆，急著要趕走客人！

於是我跟莫亦海就這麼莫名其妙的被從後門帶離開，理由是前門有太多人等著要對莫亦海上下其手，所以我們必須要低調的離場，避免現場再度暴動。

真難得我也會有這一天，感覺好像大明星一樣，居然需要低調的離場啊，我的天。

於是我半走半被拖走的離開了，莫亦海的心情似乎還是很好，只是沒有到剛剛那麼嗨，漸漸的恢復平常。

他一邊開車一邊左右的揉揉自己肩膀，看起來似乎有些疲倦。

「你怎麼了，累了嗎？」

「還好。」

雖然他這麼說，但很明顯的降下了時速，當好不容易開著車到我家的時候也已經過了兩點半，我本來想要遊說他先到我家睡一覺，他只是勾著唇角說沒關係他還可以，但眼神有說不出的倦意。

「再給你一次機會，我是因為相信你所以才讓你上來，還是我要先把你敲暈？敲暈可以更保險一點。」

我一邊咬著指甲一邊盤算著，這樣最好，重點是要拿什麼敲？

「那妳要怎麼把我抬上去？」他靠在汽車椅座的頭枕上，輕笑問。

面對我這麼光明正大的算計他，他看來一點也不生氣，反而覺得我很淘氣、很調皮，故意鬧著他玩。

我得把醜話先說前頭，我是認真的啊！

「找個童軍繩什麼的把你綁在我背後，揹上去。」

「那等我爬上樓以後再敲暈可好？」

我點點頭，「也不錯啊，你真聰明！」

他搖搖頭，笑著發動車子準備要離開了，我在目送他轉個彎離開以後，這才腳步輕鬆的踏上回家的那條小巷子，全然忘記要警戒，也忘了上次在這條巷子裡我碰過什麼事。

當我走著走著，忽然感覺背後有個人跟著的時候，一切似乎已經晚了，那腳步越來越快越來越急，我猛的一轉頭，看見一個背光的龐大身影正奮力的朝著我撲來——

頓時間我居然一點反應也沒有，腦袋一片空白，就眼看著那龐然大物拔山倒樹！

一陣踩著皮鞋重重跑步的聲音響徹整個巷子，接著我還來不及反應，那雙長腿一躍而起，筆直的朝著那龐大身軀的後腦踢去。

沒想到踢出那一腳的人，居然是顧孟然！

顧孟然站在原地喘息，看起來費了很大的勁，我還想要說些什麼，那個胖胖的身影很快的站起來，模樣很生氣的從口袋中掏出一把瑞士刀，臉上戴著口罩，似乎是刻意不讓人知道他是誰，接著，朝顧孟然的方向猛的撲過去……

我該衝過去保護他嗎？那個胖子體型是顧孟然的兩倍欸，顧孟然打的過他嗎！

才剛這樣想，我很快就看到那胖子朝著顧孟然狠狠揮刀，劃破了他手臂的肌肉。

我嚇得倒抽一口氣，撇到一旁鄰居拿來墊車子輪胎的磚塊，顧不得形象是什麼鬼，我趴下去撈啊撈，很快把磚塊給撈出來，顧孟然一臉疑惑的看著我，邊看邊閃那個死胖子，當我抓出磚塊一臉殺氣的朝著那臭變態衝去時，我很明顯看到顧孟然似乎被逗樂了。

樂個屁，一起打賊啊混蛋！

變態似乎無法分心，他專注看著顧孟然卻又要提防我隨時拿磚塊砸他，很明顯超出他的控制範圍，我使出很久以前就想要試試看的踢人小腿大絕招，結果因為他的腿脂肪實在太厚，雖然有踢到骨頭但是影響有限，他會痛但也很會忍，果然是變態！

拿著磚塊拿久也會痠，我管不了其他，隨便抓個變態大概的方位就把磚塊往前丟去——結果嚇得我倒退一步。

因為沒量好的關係，最後那塊磚頭砸到顧孟然的背。

他轉過頭朝我怒吼，「妳是想丟誰啊！」

「對不起!!」我跟著大喊道歉。

場面一片混亂，那個胖子趁著顧孟然被我丟到重傷，居然想跑！

他想從一旁的縫隙快速的溜過離開這條巷子，顧孟然卻抓緊在這時候伸出左腿狠狠的將他絆倒。他又仆街了，似乎被搞得精疲力盡。

我雙手壓著膝蓋喘著氣，脫下我為了要去參加鬼秀派對所穿的小外套，繞成一條繩子，模仿之前不小心轉到的摔角頻道，將我的外套纏在他的脖子上死死的往後拉！

顧孟然也沒閒著，他很快的拿出口袋的手機撥了警察局的電話，等沒五分鐘的時間，開著警車的警察來了，伴隨著警鳴聲，附近的鄰居也都紛紛出來圍觀。

對啦，在打人的時候叫成這樣都沒人敢出來，警察來了才敢出現嗎！

讓我驚訝的是，從警車上下來的，居然是那天在便利商店，用詭異眼神看著我的戴灰色帽子大叔，而將那胖子的口罩摘掉，我一看就認得他是那天在便利商店撞到我的胖胖店員！

他頂著一張無害的臉，沒想到居然就是這陣子鬧到附近雞犬不寧的變態大盜！

但看他的體型，他怎麼鑽進人家家裡偷的啊……

警察來了以後，我忙著跟警察說明情況，一點也沒發現顧孟然默默的站在一旁，很虛弱很虛弱的看著我，直到我靠近，他才一句話也不說的靠在我身上，最後渾身癱軟，直接被一旁叫來待命的救護車送到醫院去。

急診室裡的醫生忙進忙出，對於他這種沒有太大幅度受傷的病患似乎也不太重視，好不容易等到醫生來看他了，稍微看了一下以後卻只說，他是因為喝了很多酒又加上劇烈運動，導致腦部暫時性缺血昏迷。休息一下就沒有大礙。

沒有大礙？都昏倒了還沒有大礙！

是說他身上的確有很濃烈的酒氣，推去各大診間，檢查結果也都是正常。

雖然內心有很多懷疑，但是醫生都這麼說了我還能怎麼樣？只能摸摸鼻子說好。

「妳沒事吧？」

我皺著眉頭望向聲音的出處，實在不想給他好臉色，但是看在他是病人的份上我還是努力抑制自己的語氣，希望他聽起來沒有太差。

「現在躺在病床上的可不是我。」我回。

他虛弱的笑了，看看躺在床上的自己，拉拉醫院的被子，「我怎麼了？」

「你喝了酒，喝酒以後又劇烈運動，腦部缺血，所以就昏倒了。」講到這我停頓了一下，用有些嚴厲的目光看向他：「為什麼又喝酒？」

他沒有回答我這個問題，只是說口渴，找我要水喝。我走到旁邊的小櫃子那幫他倒水，遞給他。

「突然很想妳，不知不覺就走到妳家去找妳了。」

「我打電話叫凌程義來照顧你，先走了。」

「等等，黔黔。」他急著想要抓我的手，不過跟我的距離太遠，他又太著急，於是整個人都坐了起來。「妳留在這就好了。」

心底竄過層層複雜的情緒，最後我還是決定張口跟他說：「我會把凌程義跟翁凱傑都找來，你安心地待在這吧。還有，謝謝你幫我踢那個變態……」

儘管他還想跟我說些什麼，我還是堅決的往前走，現在這個時候，誰心軟，對另一個人都是種懲罰。

「昨天替你們製造了這麼好的機會，有沒有好好把握啊？」鬼秀翹著雙腿坐在位置上，一臉覺得萬事搞定的樣子。

「製造個屁機會，昨天晚上我離開夜店以後，碰到我們家那的變態小偷了。」

「小偷？不會吧，還穿在身上也要嗎？妳不會要他等妳洗完澡再來拿啊！」

我認真的白他一眼，「你就那張嘴厲害，有種都不要說話啊！」

「白癡，我是在幫妳。至少他知道妳願意給，他就不會用搶的啊，妳才會安全，我的用心良苦妳是懂不懂？」

「懂個屁啊，每次都只會出餿主意。」

我有點不滿的噘嘴看著他。今天很餓，所以我破例買了塊麵包來吃，我猜是因為昨天喝了點酒的緣故，否則沒來由的，大清早忽然覺得自己神力大發可以吞一頭牛啊！

「老實跟我說說，妳前男友出現有沒有讓妳頓時間又覺得妳們可以在一起啦？」

我連思考也沒有的直接回：「沒耶。」

「妳這個冷血的女人。」他搖頭嘆氣。

「也不是我冷血，我感謝那時候有他出現，但是我真的沒有因為他救了我，所以再度動心的感覺……」

「真的沒有嗎？」我搖頭。他笑著說：「我還真的第一次有點同情一個人哪。」

「我很壞嗎？」

「別想了，我只是問問而已，況且我問的是妳有沒有因此感動，可沒有說妳壞。妳的麻煩來了，我先走囉！」鬼秀突然撂下這句話之後就腳底抹油閃人了。

可惡！

「胡依黔。」我還沒轉頭，佐安就坐到我身邊。「妳已經開始負責企劃案了吧？那這東西給妳。」

她的表情看起來有點不甘願，一坐下就往桌子上撒了一堆文件，自己安靜的在那整理，好像我們早就約好了一樣。我們坐得有點靠近，近到可以看清她下眼瞼微微的深色。

「這是我們公司部分的資料，阿海待會兒也會過來給妳他的那份。」

「他？妳跟他約在這嗎？」

她面無表情的半側著臉斜看著我：「因為妳會在這吃飯。」她轉回去，邊說邊整理資料，「我懶得打電話約妳，所以直接到妳可能出沒的街上找妳還比較快。哪，這個是一定要出現在廣告裡的話，公司規定的。」

她遞給我一張單子，沒有和其他內容放在一起。

「這次我跟阿海合作的是個大案子，妳老闆有沒有因此誇獎妳？」

「沒有。」我倒是覺得沒這個誇獎也沒關係。

她有些訝異的再度轉頭過來看我，像是在抱怨我老闆跟我一樣沒眼光，然後什麼話都不說，自顧自的繼續做自己手邊的事。

我覺得莫亦海應該是遲到了，因為我跟佐安兩個人坐在這裡快三十分鐘都沒見到他的人影，佐安也等得有點不耐煩了。

「要不然我打個電話給他？」我拿出手機。

「不必，我打。」佐安撥了三次電話，每次都一句話也不說就把電話掛掉。「他在忙。」佐安簡短的說。

會不會是睡著了？

我強忍著疑惑。畢竟昨天我很清楚，他是強迫自己吃藥來克制睡眠，回去的時候顯然已經很疲憊了。

佐安敲打電腦鍵盤的力量越來越大，越敲越大力，最後無法控制怒氣的轉頭過來瞪著我：「是不是因為妳！」

「我？」

「昨天為什麼那麼晚了阿海還跟妳還有妳公司的同事在夜店？妳不是知道他的病嗎？為什麼這麼晚了還要約他去，沒讓他回去睡覺！」

昨天在夜店裡看見的，果然就是佐安。

「我、對不起。」我也不曉得為什麼我要說對不起，但這件事的確是我的錯。

說完我就要撥打電話，佐安瞪了我一眼，「都已經說過他在忙了，妳還打過去幹嘛？」

大概響到第八聲，電話接起來了。

他虛弱的聲音從話筒的一端傳來，害我緊張的跳起來。

「喂，莫亦海，你在哪？」

「……家。」

「你怎麼了？」

話筒裡一點聲音都沒再傳來，接著就是手機整隻掉到木質地板的聲音。

「怎麼了？他在哪裡？」佐安也跟著緊張了起來。

我腦筋一片空白，想也不想就直接跳到車道上攔車，什麼也不管了，直衝莫亦海家。

司機將我放在他們家社區管理員的門外，好險那位管理員也見過我幾次，而且我都是跟莫亦海一起過來，我登記一下以後也沒為難我就讓我進去了。

一路衝到莫亦海家才發現我沒他家的鑰匙，而且他家又是三段鎖，一陣苦惱之際，他家的門卻有了動靜，而且不到幾秒鐘的時間就有人開門了！

一個女人，看起來只比我大不到十歲，穿著一件純白的襯衫跟喇叭筒的西裝褲。

「女朋友？」

「蛤？」我傻眼。

「進來吧。」她說完就自己進去，還提醒我：「要記得關門，世風日下，妳懂吧？」

「懂。但是請問……您是？」

「用『您』這個字也太誇張了，我才三十七歲半。喬安，亦海的醫生，妳好。」

「妳好。」一聽到是醫生，我趕緊追問：「請問莫亦海現在還好嗎？是不是因為昨天晚上……」

「是。是妳帶他去的嗎？」醫生嚴厲的眼神一掃，我差點下跪。

「……嗯，對不起。」

她帶著我到莫亦海的房間門口，倚著門，下顎往床的方向比了比，要我自己過去看看莫亦海的情況。

我動作緩慢的朝著他走去，他此刻正很安穩的睡在床上，活像個睡美人王子版的人物。這畫面我熟

悉，是我從高中到大學看不膩的景象，也是我一個人的祕密。

「別看他這樣，早上我要把他扛回床上也是很辛苦的。祕書打電話給我的時候也沒過來幫忙，可把我累死了。」說完喬安還揉揉自己的肩膀，從口袋裡掏出莫亦海的手機，「我看他手機顯示的名字裡只有一個特別不一樣，胡桃鉗，是妳嗎？」

胡桃鉗？那的確是我很久以前的綽號……我點點頭。

接著他的視窗畫面又縮小，「所以這個女孩也是妳？」

那是我喝醉躺在他家發酒瘋的照片，他居然放在桌面！

我一囧，臉立刻就紅了，再度點頭。

「那好，以後藥就交給妳保管吧。」

「什麼？」

「妳得要為了這件事負起責任，控制他的藥量。」

「這、這個責任太重大了，我、我沒辦法承擔……」

「如果昨天——」她刻意揚高了尾音。

「好啦好啦好啦！」我莫可奈何的接下了藥。

回頭我一定要好好找鬼秀算這筆帳！

「別告訴他我們看過他的桌面照片，就當作是我們的祕密吧。」她朝我眨眼睛。「這是他後半年的藥，也就是往後不管怎樣都不會再給的意思，妳要代替他保管，監控他的作息，別再讓他過度疲勞或過量用藥，會出人命的，明白嗎？」

「但是我該怎麼監控他？他怎麼可能會答應？」

「妳只需要在他早上上班前的時間打電話叫他起床，晚上如果他有行程陪他出席那些活動，如果必要就把他從人群中拖走，帶回家睡覺，大概只有這樣。」

我仔細聽完以後發覺其實不難，而且跟我以前就在做的事情差不多，對我來說不是難事。

「……就這樣嗎？好。」

「沒問題嗎？沒問題就好。」喬安見到我爽快的答應以後笑了，拿起放在沙發上的包包，她動作俐落的開門準備離開。「那麼，我先走了，剩下的就交給妳囉。」

「妳要走了？看診已、已經結束了嗎？」

「結束了啊，剛剛他有醒來就沒事了。」

他醒來？是說因為我的電話嗎？

碰的一聲，門一關上，室內又恢復成原本的寂靜。我看著手上那包藥遲遲回不了神。

這是我第三次做這種事了，如果把大學跟高中都算進去的話。

我轉頭看他一眼，他還是很沉穩著睡著，接著我走到廚房打開冰箱，裡頭有些食材，我開始猶豫該不該動他廚房的東西替他煮碗粥？

應該是吧？病人就應該要吃粥，但他不是一般的生病，他只是因為太過疲倦在睡覺，也一樣吃粥嗎？

「……在幹嘛？」後頭傳來孱弱的問句，我大驚失色，匆忙轉頭，莫亦海就靠在廚房的門邊上看著我。

「你怎麼醒了？」

他大概頓了三秒以後才回我：「剛剛關門的聲音太大了。」

「就這樣？」

「就這樣。所以妳要回答我的問題了嗎？」他指了指我手上準備拿來煮粥的鐵鍋。

「我只是在想，是不是該煮粥給你吃？」最後我才吶吶的問：「你家廚房可以借我用嗎？」

他偏頭。「這句不是應該在最前面開頭嗎？」

「反正可不可以啦！」我不耐煩的低吼。這傢伙，就知道挑我語病！

「前提是妳會煮東西嗎？」

我翻了個不小的白眼，「當然會，我是女生耶。」

「誰說女生一定會下廚的？」他說著，走到前面的料理中島坐好。就是我上次坐的那個位置。「開始吧。」

「開始……什麼？」我瞪大眼睛看著他。

「下廚啊。妳不是說妳要煮粥給我吃嗎？我看著妳煮。」

「不要！我這樣壓力很大耶！」我忍不住哇哇大叫。

「因為在一個比妳還要厲害的人面前？」

「才不是！」瞬間被刺激到，「看好了，小當家就是我。」

他沒說話，我卻因為沒有台階下忍不住乾咳了幾聲。

「你不準出聲音！」我下禁令。

他還是不說話。

「幹嘛不理我？」

「妳不是要我別出聲？」

我被堵著一陣語塞，繼續我的洗米旅程，結果我找半天找不到量杯在哪！

有點苦惱，但是我如果現在去問他的話，他一定會繼續用我剛剛要他別出聲這句話堵我，所以我根本不想問他。

他搖搖頭，拿起手機打了些字然後轉向我。

那是螢幕保護程式的跑馬燈，上頭的字很慢的跑著：「就、在、妳、頭、頂、上。」我裝作若無其事，實際上一直在偷看他到底打什麼，下意識的往上面一撇，果然在上面看到一個白色小籃子，擺了很多廚房裡的小工具。

拿起量杯看了看，我妥協。「算了算了算了！你可以出聲音，不然我根本不知道東西放在哪裡。」

「呼，太好了。」他一副憋氣憋很久的樣子，大鬆口氣。

「我可以用你家的雞肉還有雞蛋嗎？」

「可以。」他微笑。

但過沒多久，我發現這時候放他出聲音也是錯的，因為他一直不斷的用聲音干擾我！

「妳的雞蛋好像沒有洗過，會有沙門氏菌的。」

「妳的雞肉不順著紋路切嗎？吃起來比較嫩。」

「水滾了，關小火吧。」

「鹽巴不會太多了嗎？我怕鹹……」

「胡椒鹽別加太多，不太健康。」

「夠了！」我受不了，忿忿的將湯匙遞給他，「你行，你來吧！」

「妳都煮好了。」他一臉和煦的笑，「真是辛苦妳了。」

我瞇起眼盯著他。

這人嘴巴就是完全不饒人，得了便宜還賣乖！

我在他面前放上粥，他拿起湯匙慢條斯理地吹了吹，比日本人做抹茶的時候還要用心的將粥放進嘴裡，表情都沒有特別的反應，我看不出來他覺得好不好吃，但吃了幾口以後臉就微微的皺起來，要笑不笑的問我：「妳是在等我的心得嗎？」

我這才驚覺，我已經趴在中島上看了他很久！

有點難為情地起身，「也沒有啦，就是，忘記要做什麼了。可惡。」邊轉身收東西邊碎碎念，我真的不曉得自己剛剛為什麼會看著他看得這麼入迷！

「如果是要心得的話，很好吃。」

我一頓，偷偷開心的握緊拳頭。

「喬安有沒有托妳交給我什麼東西？」

喬安？對喔，那個醫生！

「她把你的藥交給我。」

「然後呢？」

「要我幫忙控管，別再讓你吃過量了。」

「喔。」

「你昨天真的吃過量了嗎？」我轉身看著他。他想了想以後聳肩，「……沒有，是他們太大驚小怪了。」

「對不起。」

他本來還想解釋什麼，但因為我脫口而出的這三個字，硬生生地把想說的話給吞回去了。

「我聽到醫生跟我說你昏睡了一整天真的很過意不去，也答應醫生往後都會好好在旁邊盯緊你的作息，藥也歸我管了，我不會輕易答應把藥給你的，你放心吧。今天早上發生的事情實在讓我太過意不去了。」而且很害怕。

對，真的很害怕，但是我不敢告訴他。

「所以妳會，一直待在我身邊控管我的作息？」

「原則上就跟以前大學時候沒兩樣，早上叫你起床，如果你中午打算午休的話，跟我說一下幾點叫你，我也願意幫忙，如果、你晚上有活動的話……」講到這我有點難為情，「我會陪你出席，必要的話替你推掉那些應酬帶你回家。」

「可是妳之前好像說過，妳已經不願意像以前一樣叫我起床了。」他露出傷心的表情。

「……我現在願意。」

「真的？」

「真的。」

他轉過身背對著我，好半天以後他又轉回來，「好吧。雖然很勉強，但還可以接受。往後我都會發我的活動行程給妳。想看電影嗎？」

「蛤？」

這話題未免也太跳躍了！

「陪我去看電影，不然下午我們沒事可做，我家很無聊。」

「你可以休息。」

「可是我生病了，要看電影才會好。」

白眼！

拖拖拉拉的拖了很久以後，他真的開車載我出門看電影，只是我還是對於此時此刻的狀況很不解。

比如，為什麼，我現在會前往看電影的路上？

我好像忘記了什麼，但又想不起來，到底忘記什麼？

拿出手機檢查了一下，鬼秀的電話破表打了快二十通，最後一封簡訊是問我到底在哪裡，他要報失蹤人口了，嚇得我立馬回電！

「妳搞什麼！」

鬼秀爆氣的怒吼差點沒震破我的耳膜，我趕忙道歉，「對不起，真的對不起，我剛剛突然有急事所以——」

「有什麼急事比上班還要重要，我真的在警察局了妳知道嗎？」

雖然有點誇張，但我不能說他什麼。「對不起，我、我真的是有要緊事，所以——」我不敢說在我腦袋一片空白的此時還搭著莫亦海的車要去看電影，完全忘記要上班這回事！

「別說了，我剛剛跟老頭說妳在外面處理業務，現在方便講電話嗎？是什麼事情這麼急，讓妳連要上班都忘了？跟小天天有關嗎？」

「……的確是他，不過情況有點複雜，我晚上再跟你說好嗎？」

「真是……不要命了妳。」他的語氣真的有鬆口氣的感覺。「晚上等妳電話，不打來妳就完蛋了！」

「是……」掛完電話我也快虛脫了，心臟跳得超快。

「怎麼回事？」

轉頭瞪瞪大少爺，「剛剛很有事，現在……沒事了。」

「忘記回公司？」他沉默了一下，「對喔，今天是平常日，得上班。」

還沒來得及損他幾句，他放在駕駛座前的手機就響了，來電顯示是佐安。

「對了，佐安今天也跟你有約，但是因為——」

「有約？我怎麼不知道。」他對我說，接著按下接通鍵。「妳好。」

「亦海，你在哪裡？發生什麼事了嗎？胡依黔現在有沒有在你旁邊？」

佐安的語氣聽起來很急，感覺已經擔心很久了。我查看自己的手機，發現從來不願意打電話給我的佐安居然也打了三通電話給我，只是我根本不知道，因為混在鬼秀的通話中。我一向都有關靜音的習慣，老頭規定的，久了也習慣了。

「嗯，她在我旁邊。」

「到底發生什麼事了？為什麼她剛剛走得這麼匆忙，東西都沒有拿，你是不是發生什麼事了？我真的很擔心。」

我看了看自己的手，真的只抓著手機跟錢包，其他什麼都沒帶。

莫亦海也跟著看了我一下，失笑道：「剛剛我的手機不小心掉到地上去，電池彈開了。」

「所以她以為你出了什麼事？」她又停了幾秒以後說：「你在哪裡，我去找你。」

「不用了，我還有其他事情要做，先這樣。」說完他便毫不猶豫地掛掉電話。

我瞪大了眼睛看著他把電話掛掉的這個動作，事後居然完全沒愧疚的感覺，雙眼直視前方，認真地繼續開車。

「你不能這樣！」

「怎樣？」他偏頭看了我一眼。

「這樣掛掉電話很沒有禮貌，而且佐安是真的擔心你，你不能這樣對她……」後面越說越小聲，我也不曉得我在心虛什麼。

「這是最好的方法。」

「什麼？」

「佐安前段時間跟我告白，而我已經婉拒她，如果再說下去，她會對我繼續抱著期待。雖然很殘忍、很沒有禮貌，但都是必經的過程，我希望她可以找到比我更好的人。」

「為什麼……要婉拒她？」

「因為我從來沒喜歡過她。不管大學的時候，還是現在，從來沒有過。」

「但是你們大學交往過。」

「我以為妳不相信那些傳言？」

「那為什麼你告訴佐安你的病情？你不是說那是機密嗎？你不會讓別人知道，只有——」

他似笑非笑的問：「只有什麼？妳嗎？」我一時腦袋空白無法反駁，安靜了數秒以後，他繼續說：「那不是我告訴她的，她說是妳告訴她的。」

「我？」我伸出食指指著自己，猛搖頭，「怎麼可能？我才沒這麼大膽把你的祕密告訴她！」又不是想死，這種挑戰權威的事情我怎麼敢做啊？

「那麼誤會解開了。」

「什麼解開了？」

「妳沒有告訴她，而我相信妳。」他看著我一笑，轉動方向盤，將車子開進電影院的地下停車場。

隔天一到公司就受到熱烈的歡迎，我還不知道到底發生什麼事，老頭便親自來迎接。

「妳這次立了大功，幫我們公司爭取到大案子，年終獎金不會虧待妳的！」老頭一臉興奮的握緊我的手猛力搖，我受寵若驚。

鬼秀站在後頭靠著牆，跟著眾人一起用力拍手，袁妍站在他身邊。

眾人散開去上班以後鬼秀才靠過來，勾緊我的脖子，「唉呦，變成英雄了耶，想想昨天還翹班，今天居然當起英雄來了啊！」

「我我、昨天是真的有事啊，你又不是不知道！」

「經理說昨天半夜接到大客戶追加案子這件事，真的是妳做到的嗎？」

大客戶追加案子？

「我、我其實也不曉得耶。」

「總之妳真的太棒了，恭喜妳年終獎金加薪啦！」

「所以你已經不生氣我昨天跑不見，沒接你電話了吧？」

他立刻板起晚娘的臉孔恐嚇我：「現在講這麼大聲是已經無所畏懼了嗎？還是想要妳昨天曠職的理由讓老頭知道？我不介意現在去跟老頭說。」

一聽到他這麼說我馬上縮成一個小卒仔，連連賠不是，「好啦好啦，你忘記了好嗎？都忘光了，我知道！」

他從鼻孔呼氣瞪著我，「知道就好，別以為當英雄就可以不用上班了，胡桃鉗還沒變回王子以前都還是要咬胡桃，妳認命吧！」

我一面是是是的應付他，一面留心他的每個表情。

他視線朝下看了我一眼，最後我們兩個一起笑了出來。

「所以，現在氣氛這麼活絡，妳可以告訴我，昨天妳到底是跟誰借了膽子跑到不見人影了吧？」鬼秀朝著我步步逼近。

「等等，不是說好不問了嗎？」

「誰跟妳不問了？妳說，是想現在告訴我，還是晚一點？不說的話，哼哼哼，妳等一下的桌子，資料夾會跟山一樣高喔。」鬼秀像在唱歌一樣說出這段話，卻比鬼故事還要恐怖啊！

我陷入一場天人交戰，而鬼秀則是步步逼近，就在這緊要的關頭！

「黔黔姊，總機來電話說樓下有人找妳。」

忽然，一道救命的電話就此解救了我的人生，讓我有理由可以免除加班又可以保守祕密，以備未來威脅鬼秀之需啊！

嗯？計謀好像曝光了。

總之我火速的腳底抹油，對裡頭接那通電話的人感謝眨眼，「好，知道了，我馬上下去！」這一連串的動作大概不超過十秒，一切都要以光的速度運行，否則被逮住了就會瞬間變成鬧劇一場，該解釋的還是要解釋，該加班還是要加班這樣。

原本還滿心雀躍的，但來到樓下以後卻不是那麼開心了。

樓下等著我的不是別人，是顧孟然。

他手上提著一堆飲料，就坐在一旁的沙發上等著我。

我一出現他就看到我了，提著飲料笑容滿面地走來，「怎麼這麼快？我還想說大概要等上三十分鐘呢。」

我看了看他手上的飲料，「你現在是要幹嘛？」

「喔。」他也看了看自己手上的飲料，「因為我剛好路過附近，想說很久沒有請妳同事們喝飲料，所以就買過來了。我還記得總機張小姐喜歡喝阿華田，其他我能記就記，不記得的我就買紅茶跟綠茶。」

「我不是在問這個，我是問你為什麼要這麼做？」

他的臉因為我的質問沉了下來，但還是努力耐住性子，「我知道，妳不用再跟我強調我已經不是妳男朋友這件事，我只是好意，而且妳的同事們我也不是完全沒看過，見過面也聊過天，只是我不方便上去才請妳代勞的。」

「不用了，你拿回去吧，拿給你同事喝。」我說完欲轉身走人，他追了上來，但是不說一句話。我轉

頭怒瞪他，「你到底要幹嘛？」

「跟妳上去，我親自拿給他們。」

我扯住他的手，強迫他停止腳步。

「顧孟然，你真的想挽回我嗎？」

他盯著我不發一語。

「那就拜託理解問題的核心。」我深呼吸一口氣，「我不喜歡你強迫我做任何我不想做的事，包括不給我台階下，包括不尊重我的想法，包括你強行去認識我不想讓你認識的人！」

「我沒有！」

我截斷他的話繼續說：「如果哪天你真的能懂我想要表達的是什麼，那麼我們就還有繼續的可能。」

「你要我現在提著這些飲料回去，這樣就是尊重妳的想法？胡依黔，我沒有工作了。」我傻眼的看著他。他繼續說：「我現在正在等待其他的工作，所以我沒有什麼同事可以消耗這麼一大堆的飲料。」

「為什麼？」

他別過臉。「因為我這幾個月情緒太差了，根本無心工作，老闆就把我炒了。」

那是他的事，胡依黔，那是他的事，根本不關妳的事，妳不需要心軟。我告訴自己。

「那是、那是你的事。我還要上班，先上去了。」

他像是讀到我眼底的猶豫，「如果我能做到的話，妳就答應要跟我和好嗎？真正的回到我身邊？不再理會那個莫亦海？」

「再說。」

「不能再說，妳要先答應我。」

「你如果能做到，那就試試看啊。」

「好。」

我很了解他做不到，但卻對自己隨便就給出這個回應感到厭惡。

他做不到他的，他不能做到。我在心裡對著自己說，無奈的別過頭去，不想看他太過雀躍的背影。他邊走邊打電話給凌程義說要把飲料拿過去給他，他的背影越走越遠，我心裡的那抹無力感就越來越重。

手機在口袋裡震了震，我順手就接了。「你好。」

「黔黔，是我。」莫亦海帶著笑意的低沉嗓音傳來，我一時間愣住。「今天晚上我有應酬，妳有時間陪我去嗎？」

他從來不叫我名字，應該說，不會這樣叫我的綽號，但是他剛剛、他剛剛是不是——

心跳莫名加快了許多，吞了好幾口口水還是無法抑制。

「在嗎？妳有聽到我剛剛說的話嗎？」

「有。我是說，好，沒問題，我今天晚上陪你去。」

「晚上七點。」

「好。」

本來以為要掛電話了，結果他卻忽然又蹦出一句：「我待會過去妳公司找妳。」

「……為什麼？」

「只剩下我公司的資料還沒給妳不是嗎？待會兒我還要去個地方會先經過妳的公司，到了會打給妳，

先不用在外面等我。」

「誰說要等你了。」我小聲抱怨。

他偷偷的笑了幾聲，「等等見。」

「嗯，掰掰。」

掛完電話，公司裡的送件小妹剛好經過我身邊，笑著跟我打招呼，「黔黔姊，在跟誰講電話啊？笑得這麼開心。」

我摸摸自己的臉，居然還真的掛著笑容。「沒有啦，沒事。」說完我一溜煙衝進電梯，但後來才發現這個舉動更蠢，因為送件小妹之所以會出現在這，也是因為要搭電梯啊！我又不能把電梯關死不讓她進來，但是她進來我又好尷尬，好想挖個地洞把自己埋了！

都怪莫亦海，一定是他剛剛笑得太明顯，才會害我忍不住也跟著笑了。

晚上他開著車把我接來一棟富麗堂皇的酒店，一看到入口的看板我就忍不住會要昏厥。我以為他說的應酬應該會是像上次那樣的小慶功宴，沒想到，居然是婚宴會場啊！

「你有沒有搞錯，帶我來參加喜宴為什麼不早說，我身上還穿著上班的衣服耶！」我低聲抱怨。沒辦法，這種套裝來這種場合，怎麼看怎麼奇怪。至少先說一聲讓我回家換衣服吧？

「無所謂，這裡多的是這樣的人。」

跟他稍微環視一圈，穿著小禮服的女孩不少，但的確也有穿著窄裙的女人穿梭在人群中。

「這是誰結婚？我待會兒應該不需要跟你進去對誰打招呼吧？」

「是我同學，妳學姊，不過妳應該不認識。」

聽到他這麼說，我的腦袋更是大大的轟了一聲！

「大學……你為什麼不早說？這哪是應酬！」我氣呼呼地大罵，但又礙於人多，根本無法太大聲的抱怨，只能悶聲的怒道：「我要回去了。」

他抓住我欲轉身的手，「沒事，妳一定得要留下來。」

「為什麼？你不知道我們大學的時候發生什麼事嗎？」

「這個女生曾經幫過我一個很大的忙，是我在這間學校除了妳以外，唯一一個要好的朋友。所以雖然會遇到一些不願意遇見的人，我還是希望能夠當面祝福她。」

我冷靜的衡量這個婚禮所可能遇到的問題，但這並不是我們班的婚宴，也許沒有我想的這麼糟，最後還是妥協讓他帶我走進會場。

從簽名簿那裡開始我就覺得不自在了，不曉得是我太敏感還是什麼，總覺得他們不像莫亦海說的一樣不認識我，但莫亦海總說是我想太多。

「妳是我帶來的女伴，光這點，能吸引目光的理由就很充足了。」

「自戀狂。」

雖然他說的沒錯，我也很認同，但是這句話還是太自戀了，以前只是「感覺」他很自戀，還沒有親耳聽他說過，但現在他倒是很大方的直接承認給我看了。

「我也是現在才知道妳不知道。」他微微一笑，在別人眼裡也許很傾城，但那是因為他們沒聽到他嘴裡正在說些什麼。

「阿海。」背後有道男生直接叫住莫亦海，「我沒想到你會來，好久不見。」

那人穿著西裝，胸口別著接待的牌子。

莫亦海轉頭看了他一眼，看了好久，好像不認得他是誰一樣。

「大家都是同學，你現在說不認識我也太尷尬了吧？」他哈哈哈的走來，動手拍拍莫亦海的肩膀。

「妳是……傳說中的學妹嗎？」

聽到「傳說中的學妹」我頓時被雷打到，動彈不得。

莫亦海不著痕跡的往前踩了一步，「你是李宣章吧？靜薇的弟弟，在新聞社的那個？」

那人低低一笑，「是啊，幸好你還記得我，我都差點要開自介來自我介紹了。知道你們的位置在哪嗎？我帶你們過去吧。」

他率先走到我們前面準備帶路，莫亦海沒表示異議讓他帶我們。

「你們兩個會一起出現在這我還滿意外的，是在交往了嗎？」他微笑朝身後的我們。「交往多久了啊？該不會下一對結婚的就是你們了吧？」

「你挖新聞的習慣還是沒改變。」莫亦海眼望四周，「別亂挖洞給我們跳了，專心帶路吧。」

「你知道這次的伴娘裡有誰嗎？」他對莫亦海充滿炸藥的話置若罔聞，又繼續笑著說，「是佐安喔，就是之前在學校裡，你的誹聞女友啊。妳應該也認識吧？聽說是妳同學。」他又轉頭面向我說。

我不知道該回什麼，這人講話有點討厭。莫亦海握住我的手，用眼神暗示我別回話，我也很乖的按耐住自己的脾氣，否則我真不知道我會迸出什麼話來。

我們到達座位時還沒幾個人在位置上，他沒特別向其他人介紹莫亦海，但是所有人的眼神很明顯都還記得他。

「伴娘是佐安？我的天啊。」我看著眼前的餐巾，莫亦海已經先把自己面前的那條甩開，攤在自己腿上了，我還在考慮我要不要跟著這麼做。

如果不留下，當然就不用攤開了。

「別擔心，我們不會待到這場宴席的最後，妳忘了妳跟我來的目的了嗎？」

「如果你提早跟我說的話，也許我會選擇在外面等你。」我努力壓低聲音。

「妳相信我。」他定定地看著我，像在對我保證。

不曉得是不是我多想，總覺得周圍的這些人不像是不知道我是誰，而且還帶著一種看好戲的感覺。於是我讓自己的視線保持在這張桌子上。

莫亦海跟他們好像沒什麼話說，同桌只有另外一個男生，其餘五個都是女生，還有兩個位置還沒坐滿。他們都沒有帶伴侶來，聊天也有一搭沒一搭的，整桌的氣氛有點乾。

伴郎伴娘進場了，接著是花童，他們在地上撒滿了花瓣迎接新郎新娘入場，佐安今晚很美，但我不讓自己的目光聚焦在她身上，因為她此刻正面無表情地盯著我們的方向看。

她今晚的情緒很明顯被影響了，一直到第一次入場結束我才知道，原來我們這桌一直沒坐滿的原因，莫亦海身邊空著兩格的主人，其實就是佐安跟剛剛那個接待男。

這下何止尷尬，我終於知道為什麼他們會露出一副看好戲的眼神了，因為他們自始至終都知道佐安就跟我們坐在同一張桌子上，所以才會用那種態度看待。

先前都沒有人主動開口說話，倒是佐安她們一入座就有人開口了。

「佐安跟宣章，辛苦了。」開頭的是個男生，「今晚挺熱鬧的。」

「當然啊，靜薇的婚禮怎麼可能太安靜。」

同桌男哈哈大笑，其他幾個女生也都露出細微的笑容。

李宣章很會說話，三兩下就讓整個桌子的氣氛慢慢回溫。

他們開始聊工作，聊彼此的生活，佐安很安靜的自己在旁邊吃東西，但偶爾有些話題也會突然圍繞到她身上，她說個幾句以後就句點那些人，全得靠李宣章打圓場來讓話題接續下去。

莫亦海時不時會問我要不要吃哪些東西，我都一一拒絕，但那些東西還是會出現一些些在我的碗裡，然後就會聽到他用有點擔心的聲音要我吃點東西。

隨著時間一分一秒的過去，我有點壓抑不住想離開的心情。

「我們可以走了嗎？」在吃到第六道菜的時候我說。「快八點半了。」

莫亦海抬手看看手錶，「嗯，也可以。」

我們開始收拾自己桌面上的東西，盡量低調。

「亦海。」李宣章忽然起頭，把話題轉到莫亦海身上，「我有個問題一直都很好奇，你別介意。聽老師說你還在學的期間有嗜睡症的問題，這件事是真的嗎？」

老師？

眾人的目光瞬間都聚集到我們身上來。

「還沒結束呢，你們要走了嗎？」同桌男又出聲道。

這下是該先回答哪個的問題？

「亦海他也許是累了，先讓他回去休息也好。」佐安說。

跟我們坐在同一桌的其他女孩開始竊竊私語。

「佐安今天是伴娘呢，應該不能提早離開，亦海你不等她嗎？」坐在我們斜對面的A女首度開口說話。

「他們已經分手了，亦海也帶了新的女朋友來，你們別這樣。」李宣章笑著說。

我感覺到身旁的莫亦海四周有股低氣壓，隱忍著準備爆出來。

「這個女生我知道是誰啊。」A女接著說：「就是之前的第三者嘛，介入佐安跟亦海感情的那個。」

所有人都倒抽口氣。

「……學姊。」坐在A女身旁的B女似乎很擔心A女會惹事，在桌子底下默默地拉住A女的衣角。

其實我根本誰都不認識，現在腦子裡炸成一團糨糊，佐安一句話也不說的坐在旁邊，慢條斯理地繼續吃東西，對周遭的一切置若罔聞。

「不好意思，我們不是你們口中說的那種關係。」最後在爆炸邊緣，我抓起自己的包包站起來，卻忽然被莫亦海攬到身後，而他整套西裝上身都被潑溼。

佐安也嚇到了，A女的手上還抓著杯子，莫亦海臉上只要沒表情看起來就很凶狠，他冷著口氣說：「沒說過是因為沒有解釋的必要，但既然今天大家都在場，我就一次解釋清楚好了。」

「亦海學長。」佐安突然出聲插話，「你衣服都濕了，今天就這樣，先回去吧。」

「不管佐安以前是默認還是承認，我從來就沒有和她交往過。」他微微垂下眼瞼看著仍坐在一旁，惴惴不安的佐安說：「她從以前就是知道的，我不能接受她的理由。」

「是不是你喜歡誰？學妹嗎？」李宣章的職業病又被挑起，很快速的接問。

「好了！」佐安受不了也跟著站起來，周遭的幾桌已經明顯感受到我們這桌的異樣。佐安轉而怒瞪我開罵：「胡依黔，妳可以離開嗎？就是因為妳，我們這桌的氣氛才會這麼差！妳知道原本學長跟我們有多好嗎？」

「對啦，就叫做胡依黔，我一直想不起來叫胡什麼。」一旁的C跟D女小聲的在底下討論著。

我漲紅了臉。

「亦海！」新娘敬酒已經來到我們這桌，她看到莫亦海坐在這顯然很驚訝。「你怎麼會坐在這裡？」李宣章別過臉後又揚起笑容，解釋，「姊，是我幫他換的，因為斯元他們那桌有多帶人，我覺得應該會爆桌，所以就帶亦海來這桌了。」

新娘就這麼在她的爸媽以及未來的親戚面前怒道：「說什麼謊，斯元那桌空位還那麼多，你到底在搞什麼啊？」

場面頓時有點失控，那位名叫靜薇的學姊似乎生氣了，聽到他滿是藉口的謊言更是嗤之以鼻。以前揮散不去的影子出現在我眼前，莫亦海準備要拉著我的手走人了，但是佐安不讓他走。

「你不是說過等我準備好再自己說嗎？為什麼現在又這麼對我？」佐安扯住他的手問。

「距離我上次這麼說，好像已經過去好幾年，妳一直都沒有說，才會讓誤會一直到今天，不是嗎？」他甩開她。

周圍的人來來往往，燈光又昏暗，突然有個人抓住我的手，太多人聚集在這，我還沒看清楚是誰，那個人便拖著我往出口的方向走去。

是顧孟然！

「你怎麼也在這！」

他連頭也不回地說：「妳不答應跟我來，卻跟莫亦海來？」

「你先放開我，要帶我去哪裡啊！」

「幾個月前我收到紅帖問妳的時候，妳不願陪我來，現在呢？來這裡受罪的嗎？那些人這樣說妳，妳還想繼續待下去？不是臉皮很薄？」

他有聽到？

還在想顧孟然剛剛是在哪，我怎麼沒注意到他，我的另一手也很快的被另一個人扯住。

莫亦海就站在我後面，怒瞪著走在前面的顧孟然。

「你要帶她去哪？」

顧孟然轉頭輕哂，「學長還是先管好那群瘋女人吧？從前就一直沒處理好的事情累積到現在，難道對黔黔的傷害還不夠嗎？現在還在這裡讓她聽這些？」

莫亦海似乎也不想讓我待在這，於是低頭對我囑咐，「妳先回到車子那裡等我。學弟，我想我一直沒處理好的事情是你才對。」

「妳別忘了妳今天才答應我什麼！」他不讓莫亦海把話說完，扯著我的手要把他拉向他那邊。

「我再說一次，你放尊重一點。」

「你應該不知道黔黔今天答應我什麼吧？」顧孟然笑著，笑的一臉挑釁。

「答應你什麼都不是重點，重點是我們兩個現在需要解決一些事。」莫亦海也被惹毛了，他把我拉到他身後不讓我跟顧孟然靠近，連帶臉上的表情我也看不到。

「那出去談啊！」顧孟然擰起眉頭，頭朝外撇了撇。

莫亦海不回話，率先鬆開我的手朝外走去，顧孟然跟在他後面。

「你們要幹嘛？有什麼好談的！喂！」我想跟上去，但又被佐安擋下來。

「妳不用走，我也有話要問妳。」

主持人的聲音開始在現場播送，原本停滯的婚宴開始恢復運行，把底下賓客的目光通通拉回台上，我還搞不清楚狀況就被氣勢十足的佐安給拉到場外去了。

一到一個無人的角落，廖佐安就轉身，雙手環胸的瞪著我。

「妳不是答應過我，要跟阿海保持距離？為什麼現在又跟他出現在這場婚宴！」

「妳也告訴我妳想要挽回莫亦海，但是妳們從頭到尾根本就沒交往過。」

「是我先問妳的！」佐安氣急敗壞地大吼。「看到別人的糗態很有趣嗎？妳現在心裡很得意吧？得意到最後還是妳贏了！得意他根本沒有放棄過妳！得意看到他為了妳不惜一反常態，當眾說我的不是！」

「我沒有贏什麼，就好像妳一樣，我跟莫亦海的關係也只是謠言，當初的我們，我們三個，都是那些謠言的受害者，沒有誰放棄誰或者真的跟誰在一起，說穿了，以前的我們真的很可笑。」

「妳最可笑！」她氣得推了我一把，「我真不敢相信妳到現在還什麼都不知道！」

「什麼意思？」

「什麼意思？妳前男友難道都沒跟妳說他為什麼有機會跟妳在一起嗎？追根究柢，他根本就是背棄了阿海對他的信任橫刀奪愛的。像他那樣的小人妳還跟他在一起這麼久，我還真佩服妳！」佐安繼續把我推到牆角。

「放在妳桌子上的東西，一直以來都是我送的。」

我不知道為什麼我會想起顧孟然跟我說過的這句話，就是這句話我們才認識的，我也從沒想過為什麼我們會認識，而他為什麼會突然追求我、送我東西。

「我根本不知道這些事！」

「黔黔！」遠方突然傳來一聲大吼，藍藍就站在電梯門口朝著我的方向快速的走來。「妳在幹嘛？佐安，妳不要衝動，有話好好說。」

也許她剛好看到廖佐安推我的那幕，所以她才會這麼激動。

「反正妳自己看著辦，要是這次妳前男友害亦海受傷，我是絕對不會裝作不知道這件事，到時候就別怪我不客氣！」佐安說完這些話以後越過藍藍，然後頭也不回地回到婚宴會場去了。

「黔黔，妳沒事吧？」藍藍很緊張查看我身上有沒有傷。

「我沒事，妳怎麼會來這裡？」

藍藍支支吾吾的說：「我在找妳，但是妳的電話打不通，稍早前我打給學長，學長告訴我妳會跟他一起來這裡，所以我就過來找妳了。」

「那妳上來的時候有看到他嗎？」

「沒有。」

我很快的抓出電話打給他，但是都沒人接。

「怎麼了？發生什麼事嗎？為什麼妳會跟佐安在這裡吵架？」藍藍問。

「我跟佐安沒事，但是莫亦海跟顧孟然現在在談事情，我不知道他們在哪裡。」我還忙著在打電話，

焦急的按電梯，看到電梯跑得很慢忽然一股怒氣上揚。

「黔黔！」藍藍猶豫的聲音吸引了我的注意力，我轉頭看著她，她掙扎著說：「我來這裡是有件很要緊的事情要跟妳說的，不過我沒想到妳來這裡是參加婚禮，學長也沒跟我說，所以我現在不曉得該不該說……」

我擰起眉毛，「說。」

「就是、就是顧孟然啊，妳前男友，他好像就是在學校裡，一開始放話跟人說莫亦海腳踏兩條船，妳是他們關係裡第三者的……那個爆料者耶。」

「妳怎麼知道的？」我很驚訝的看著藍藍，畢竟從來都沒聽說過這樣的事。

「我最近跟黃毓珊還滿常聊天的，她剛剛告訴我，我就急著要找妳了。」藍藍認真的說。「而且妳知道嗎？這還不是最勁爆的！最最最勁爆的是，她還說顧孟然當初是因為莫亦海學長才知道妳，也知道莫亦海學長喜歡妳，說要幫學長追妳，最後卻是他跟妳在一起！簡單來講就是，他背叛莫亦海學長耶！」

「追根究柢，他根本就是背棄了阿海對他的信任橫刀奪愛的。」

「為什麼她會知道這種事？」

「她說是她聽到的，很早就知道，但是那時候大家的風向都是在說妳是第三者，而且佐安很傷心，她怕被其他人以為跟妳是同一國的，所以這件事只讓佐安知道。」

電梯終於來了，我很快的衝進電梯裡，也沒再繼續追問下去。

藍藍跟著我下去，我持續努力不懈的打電話，最後電話總算是通了，不過接的人不是莫亦海。

「胡依黔，妳是怎麼回事？只知道要打電話給他嗎？為什麼就是不打我的電話！」

我怒喊：「你閉嘴！為什麼他的電話是你來接？他人呢？」

電話那頭一陣沉默。

「說話啊！」

「他昏倒了。」他明顯也不知道該怎麼辦，顧左右言他，「我什麼也沒對他做，我們才剛打起來，而且還是他打中我兩拳，誰知道他就這樣倒了！」

我一把火燒得特別旺，「你們在哪裡？告訴我你們現在到底在哪裡！」

「飯店外面而已。」

其實也沒有多遠，才剛走出飯店就看到一圈圈的人龍，難怪顧孟然接電話的時候周圍特別吵！

我跟藍藍衝到那個方向去，撥開人群，看到跪在地上查看莫亦海的顧孟然，以及準備要施展CPR的熱心民眾。

「不好意思，請先不要動他。」我趕緊把即將湊上嘴唇的那位女士移開。「有人叫救護車了嗎？藍，妳幫我叫救護車！」

「救護車快到了。」顧孟然在旁邊悶悶的說。

果然不出幾分鐘的時候就聽到很大聲的鳴笛聲朝我們的方向衝來，接著從上面跑下兩名醫護人員。

「傷患發生了什麼事？哪裡不舒服？」

「他昏倒了。」顧孟然很草率的說。

我把顧孟然推開，「不是這樣的，這位患者有嗜睡症，目前還不確定有沒有受傷，因為他剛剛跟旁邊這個人有爭執，麻煩送他到醫院檢查。」

知道不是車禍的救護人員仍七手八腳地把莫亦海抬上擔架，上車準備離開。

「妳現在是懷疑我有打他？」

我冷冷地看著他，「我只是防範未然。」

「妳現在到底是想怎樣？」顧孟然憤怒的想要找我大吵一架，藍藍抱著我要往後面退。

「不想怎樣，我只想趕快查出為什麼他會突然這樣。」

我擺出一副「最好與你無關」的臉打算氣死他。

而他也真的被我氣到半死。

我不想管他，跟著醫護人員坐上救護車。顧孟然原本也想上來，但是我不想讓他上車，理由就用剛剛那個吵架的質疑，於是救護人員也同意不讓他上車。

經過醫護人員的多方測試也證明莫亦海只是睡著而已，現在離正常門診時間還有十分鐘，大部分醫生應該也還沒走，所以我們還算幸運，沒有非得送急診不可。

「我們先幫你送近的醫院檢查身體有沒有其他部位受傷，至於嗜睡症的部分，如果他有原本負責的醫生，到時候再請她過來就行了。」醫護人員如是說。

「好。」

我就這樣搭了趟免費的車來到醫院，手上還握著剛剛從顧孟然手中搶來的，莫亦海的手機。我打開手機，對映入眼簾的就是自己的照片有點不習慣。

莫亦海的手機沒有設密碼，難怪那天他的心理醫生能夠這麼輕易地看到他所有祕密。雖然他的手機也真的什麼東西都沒有，沒什麼好看的，但對我這種容易有不安全感的人來說，手機沒設密碼就好像天窗沒關一樣，感覺隨時會有人跑進來偷看。

打開他的電話簿，找到喬安的電話以後我點了下去，她很快就接了。

「嗯，哪間醫院？」

「啊？」

「不是有事情所以才打給我的嗎？」

帥氣。

喬安正在走廊的最末端大罵，其實我也看不到她，但就是很完整的聽到整個醫院正被大大小小的回音給淹沒。

「哦？是嗎？就叫你別相信他！他說什麼他做的到你也信，要做到什麼程度你們父子倆才會滿意？想失去他嗎？」接著安靜了一下，「他的體質你很清楚，他不是不能繼續，你別這麼死腦筋好嗎，叔叔！」

叔叔?!

我倒水的動作停頓，不一會兒水就滿了出來，嚇得我趕緊把水給關起來。

接著我看到一個護士快步的過彎，轉到喬安在的那條走廊，喬安明顯正停下手邊的電話聽她說，然後我看到護士一臉嚴肅回來，再度經過我身邊，我忍不住笑了。

喬安草草掛完電話走過來，仍一臉不悅，一過來就直接問了句：「妳今晚要留這嗎？」

「啊？」

「好吧，已經決定妳留在這了。」她攏攏自己頭髮，「等他醒來以後就可以出院，但妳一定要幫我跟

他說，叫他耳朵洗好等我來，我一定要罵死他，知道了嗎？」

「喔好、我知道了。」

「妳好像有什麼問題想問我的樣子？」

聽到她這麼問我猛搖頭，瞬間縮成一個膽小鬼。

「真的沒事的話我就先回去了。讓他多睡一會兒，他這段時間太過勞累，明天早上一樣那個時間叫他起床就可以了，妳做的到吧？」我點點頭，她挑眉，「那我要回家睡覺了，晚安。」

「好，喬安姊晚安。」

雖然我很好奇喬安姊為什麼叫莫亦海的爸爸叔叔，但總感覺那不是我該問的事。

我打開病房的門走進去，莫亦海人就躺在病床上，安靜閉眼的模樣和平常都差不多，我靠近他的床邊仔細的看著他，也許就是吃定他現在不可能醒來發現我這個舉動，所以我才這麼大膽。

安靜了幾分鐘以後，我困難的吞了口唾沫。

「而且最最最勁爆的是，她還說顧孟然當初因為莫亦海學長才知道妳，也知道莫亦海學長喜歡妳，說要幫學長追妳，最後卻是他跟妳在一起！」

這些都不是重點，重點是——

「也知道莫亦海學長喜歡妳。」

「也知道莫亦海學長喜歡妳。」

「也知道莫亦海學長喜歡妳。」

這句話一直不斷在我腦中重複，我的腦子亂成一團，氣得我摀起自己的耳朵命令自己不要在想！

這傢伙怎麼可能喜歡我？

我想到我們從高中到大學的相處模式，越想就越不可能。

的確我不是沒有對他有過粉紅泡泡，甚至有段時間我覺得中午吃飽飯，陪著他睡午覺很幸福，即使只有短短的幾個小時，下課時間，鐘聲一響，就什麼交集也沒有，那也是我最幸福的午後時光。

但是我是從什麼時候開始不再對他有這些幻想的呢？

認真的思考過後，我想到應該是在上大學時，第一次聽到他跟佐安交往的消息的時候吧？被難以言喻的氣憤以及被背叛襲滿全身，到現在我都還覺得那像是昨天發生的事情，看到他就氣到想要踢他一腳。那時我才開始慢性的強迫自己接受，我跟他就是一般的學長學妹，其他一點可能都沒有。

是這個嗎？好像就是從那時候開始，我打從心底討厭那個，對他動心過的自己。

但現在，我到底都聽到些什麼了啊？

他在一旁沉沉睡著，打定他這段時間絕對不會醒來，我伸出發抖的手，默默的，安靜的，做虧心事般掐上他的臉頰。

好像沒什麼動靜的樣子。

玩心一起來就一發不可收拾了，沒辦法，誰叫今天這裡只有我跟他，而他又睡得跟死豬一樣，無法起來替我解答，我稍微報一下以前的仇，應該，也不為過吧？

「夠了沒？」

「啊？」

「我問妳夠了嗎？」

「我怎麼了嗎？」

「妳怎麼了？」鬼秀從口袋裡拿出一面鏡子伸到我面前，「妳他媽從早上開始就這樣笑個不停，還問我怎麼了？夠了嗎？到底笑夠了沒啊！」

聽到他這麼說不曉得為什麼我的嘴角揚得更高了。

「唉呦，我沒有啊。」我推了他一把。

鬼秀的反應則是縮到一邊，滿眼緊戒的看著我，活像剛剛看到什麼恐怖實況一樣。

才出公司沒多久，顧孟然就站在外面不遠處抽菸，看到我就先把菸捻熄丟了，然後朝我走來。

「我有話要跟妳說。」

雖然有點突然，但我直直的看著他：「我也有話要跟你說。」

不同以往的回答讓他似乎有點害怕，但很快就恢復臉色，「好，那、走吧。」

「你先說你想跟我說些什麼。」

顧孟然原本想要帶我去店家好好坐著談，但是我堅持要跟他站在路邊。所以我們只得選一個沒有人的陰涼角落站定。

「一樣的老問題。」他攤手，「我只想告訴妳，莫亦海他不是什麼好東西，妳不要因為急著拒絕我就接受他。」

「你在擔心什麼？擔心我會像之前接受你那樣，轉而接受他嗎？」

他的表情明顯畏懼了，「那時候妳的確給我這樣的感覺，我覺得妳不是因為喜歡我所以才跟我在一起的。」

「那你呢？」

「我怎麼樣？」

「你真的像你說的，是在某天我經過你教室的時候才注意到我，進而喜歡上我的嗎？」他看著我不回答。「你真的像你說的那樣，是因為我們的教室鄰近，你經常看到我，所以才喜歡上我的嗎？」

「妳在懷疑我什麼？」他的語氣開始不耐煩。表情一變，他似笑非笑的說：「喔，是莫亦海跟妳說了什麼，是嗎？妳相信他？」

「不要顧左右言他。不喜歡這種懷疑的語氣的話，那我只問你兩個問題。」他看著我沒有回答。「你有答應過莫亦海要幫他追求我嗎？」

他別過頭。「我為什麼要回答妳這種問題？」

「這個問題不好回答嗎？那第二個問題，我是介入莫亦海跟佐安之間的第三者，這些話，最一開始，是不是你說的？」

如果不是急著想知道答案，問這種問題實在顯得太過幼稚，但那時候的我因為這句話連帶而起的謠言傷的有多深，我相信他不可能不知道，結果他卻視若無睹，裝作不知道這件事，每天追問我近況、關心我、甚至裝作若無其事地在那時候對我說——他會保護我不受傷害。

這次他不像平常一樣很快的反駁，反而是因為完全沒防備我會問這樣的問題猶豫了。

「妳問這種已經先入為主的問題不會覺得很不公平嗎？要不要聽聽看我的版本？保證絕對讓你大開眼

界！」

「我現在只想問你這個問題。」

「這樣的談話一點意義也沒有，妳根本不是來談的，妳是來興師問罪的。」

他不想回答，不管哪個他全都不想回答。「那就表示，都是真的囉？」

他翻了個白眼，「我有說是真的嗎？妳根本不想聽我的解釋，也不是來找我講開的。老實告訴妳，這跟我一點關係也沒有，通通都是莫亦海一手造成的。信還是不信隨便妳，我要走了。」

他站了起來準備離開，我冷冷地看著他，「所以從一開始你會和我在一起，就是你設的圈套嗎？裡頭包含了多少陰謀？」

我承認我是因為不想挽留他，故意講話刺激他的，這當然奏效了。

「妳有什麼證據嗎？」他步步朝我逼近，「是的話又怎樣？不是的話又怎樣？這件事都已經過去多久了，妳現在提起來，我根本也記不得當時到底發生什麼事。」

「如果是的話。」我勇敢地朝前踏了一步，阻止他的侵略。「那我真的是瞎了眼才會在當初和你在一起！」

他什麼話也不回，我的怒氣卻一擁而上，「你說你喜歡我，卻讓別人誤會自己喜歡的人是介入別人的第三者？我都沒想過我在你嘴裡居然會被說成這樣！」

「我如果不這麼說的話，妳會因此跟他保持距離嗎？妳不會！所以我是在幫妳！」

「少在那邊說得冠冕堂皇！佐安跟莫亦海根本沒有在一起過，我跟他也不是那樣的關係，就因為你的一己之私，把我害成怎樣難道你全忘記了嗎？」

我還在他面前因為傳言的壓力大到崩潰，結果卻從沒想到掛在我身上的那些壓力通通都是當時最信任的人造成的。他此刻在我眼裡儼然就像魔鬼，是惡魔的存在。

「我們不可能回到以前，永遠都不可能，你就是我惡夢的根源，我當初在學校會被排擠，被邊緣，通通都是你害的！我居然跟始作俑者交往了這麼久，還論及婚嫁，你要我情何以堪？」

他被激到了，我從他的眼神中看見他正在壓抑著什麼，最後爆發。

「我並沒有像妳說的那樣，造謠妳是個小三。但是我的確說過看到莫亦海每天中午都一定會出現在E棟，不知道在幹嘛。」他看著我。

「還有呢？」

「還有什麼？」

「真的只有這樣嗎？」

他更加不耐煩的提高音量，「他就是什麼也告訴妳了是嗎？他說了什麼？到底跟妳說了什麼！」

我看著他的表情皺眉，「他什麼也沒有跟我說，我只是問你。」真相也的確是這樣，根本不是莫亦海告訴我的，這本來就是我在意了好久好久，人生第一次被霸凌的印象，當然要問清楚。

「哼，妳不用說我知道，他一定告訴妳當初我有多卑鄙，每天都去宿舍找他套交情，是吧？我告訴妳，妳喜歡喝什麼飲料，喜歡吃什麼，那都是我自己發現的，跟那傢伙一點關係也沒有！」

「所以你現在要跟我說，你只是放出那樣的風聲，不是說我們誰劈腿或誰搶誰男朋友，你很無辜嗎？」

我怒氣越揚越高，「事實就是你說的，你故意放任所有人誤會我們，這樣做的你也沒有比較清高！」

「我這樣做哪裡錯了嗎？有哪個人的喜歡從一開始就是光明正大的？難道最後他自己壓力過大，病情

加重，休學去美國靜養的事也要賴在我頭上嗎？」

「你怎麼會知道他的病？」

「妳以為只有妳知道嗎？」他不耐煩地揮手，不讓我繼續說下去。「反正現在重點都不是這個，妳跟我說這些是想怎樣？要回到他身邊？妳覺得他現在還喜歡妳嗎？」

顧孟然怎麼突然變得這麼陌生？

從表情到肢體語言，通通都好像變成了另外一個我不熟悉的人。好像我們之前沒有在一起過，或者說我從來不認識這樣的他。

「你說出來的話，怎麼會變得這麼邪惡？」我努力壓抑心中的不滿，「對，我就是要回到他身邊又怎樣？即使他不喜歡我了，我也還當他是我的朋友，我們從高中就認識，即使不是多好的交情，再怎麼樣，也比你曾經是他的朋友，卻在背後中傷他來得好！」

我轉身要走，他不意外的又跑來拉住我的手。

「放開我！」我偏頭怒喊。

「我不放！胡依黔，妳不能這樣對我！」

「我說放開我！」

「就是不放！我不准妳跟他在一起！」

一拉一扯間，他扯痛了我的手臂，一個怒極，我轉身賞了他一巴掌。

這是我們交往如此久以來，我第一次動手打他。

他傻了眼。

平時我總對他唯唯諾諾，只有他不耐煩甩開我的手的份，現在我不是只有甩開他的手而已，而是毫不留情的賞了他一個結實的巴掌。

雖然下場是我的手仍微微發著抖，連自己都嚇到自己。

「我、我們已經不是情侶關係了，別讓我們連朋友都當不成。請你自重，顧先生。」

他的自尊心嚴重受損，如果再不離開，恐怕連他自己也不知道待下去的意義是什麼。於是他憤憤地看著我以後，滿眼失望的要我別後悔，接著就離開了。

刺傷他，本來不是我的本意，但如果沒有這麼做，我們之間的糾纏又要扯到何時？

這樣想想以後，也不愧疚了，雖然這扯開彼此的動作有點猛烈，但我相信，卻是對我們最好的結果。

我回到醫院的時候已經很晚了，莫亦海一個人躺在床上用電腦，我靠了上去。

「你在幹嘛？」

「工作啊。」

他連頭都沒有抬起來看我一眼，很認真的盯緊螢幕。

我想著這時候我該做些什麼才好。

打開手機，發現臉書有人剛加我好友，點下去才知道是喬安姊。當我按下好友確認的同時，訊息也跟著叮叮叮的不斷跳進我的視線。

「我要出國幾天，亦海就要麻煩妳照顧了。妳也知道我只能相信妳了，另外就是幾個重要的注意事項。麻煩妳如果看到他在用電腦的話，請把他的電腦收起來，如果他不聽的話妳就告訴他『喬安姊姊要把

你的祕密說出去』這樣他應該就會乖了。還有就是因為他的病情加重，我跟他父親也已經講好不准他工作的事，直到他的病情好轉。所以如果妳看到他試圖要跟他工作上的夥伴聯繫，也請一定要一把搶過他的電話摔在地上。好吧，說摔在地上是有點殘忍，就搶走就好了，如果不聽，一樣那招，把我搬出來用就行了！我這次出國的時間有點長又很倉促，但是原則上能提早回來我就提早回來！以上，先謝謝妳。」

才剛剛看完這麼長的一段話沒多久，喬安姊姊又火速的打電話過來給我。

「喂。」我坐直身體接電話，莫亦海朝我瞟了一眼。

「是我。妳在哪裡？醫院嗎？莫亦海那傢伙在妳旁邊？」

「對。」

「有在工作嗎？」

「……對。」

「把他電腦搶過來，然後把手機塞到他耳朵旁邊。」

我的心臟頓時間停止跳動，朝旁邊的他望了一眼，他的視線仍停留在我身上，微微瞇起。

「不、不好吧。」

莫亦海收緊了手中的電腦，喬安姊姊命令的說：「快點。」

於是我聽話的把手機塞到他耳邊，卻沒有把他的電腦收回。

莫亦海接過電話喂了一聲以後，臉色就慢慢變得一陣青一陣白。「想幹嘛？就憑這些，妳以為威脅的了我嗎？」

接著喬安姊姊又不曉得對他說什麼，他立刻就閉嘴了，甚至還稍稍朝我這邊望了一眼，然後，嘴上勾起一抹似有若無的笑容。

「電話給妳。」他看著我說。

我納悶喬安姊姊到底跟他說什麼，但是過不了一會兒，姊姊叫我到外面去接電話，說有重要的事情要跟我說。我也沒時間懷疑，只能照做。

「妳有看過我說的那些了吧？那真的很麻煩，但是如果他的病情再繼續嚴重下去，我怕他又要像之前那樣，睡睡醒醒長達好幾個月了。」

睡睡醒醒長達好幾個月了——

莫亦海嗎？怎麼可能！

「難道最後他自己壓力過大，病情加重，休學去美國靜養的事也要賴在我頭上嗎？」

我想起稍早前，顧孟然也跟我講過類似的話，害我有點驚訝。

「他那段時間基本上都在睡覺，但是醒著也沒有精神就是了。唉，就是這麼嚴重的事情，所以才務必要請妳嚴格的控管他啊！」她在電話裡嘆了口氣，「另外就是，我有個不情之請。」

「什麼不情之請？」

「他現在睡眠的時間很不穩定，需要像以前一樣開始控管他的作息，必須要很穩定的在一個時間睡著，穩定的在一個時間醒來，如果越來越混亂的話，恐怕只禁止他不工作也是沒有用的。還有放鬆也很重要，醒來的時間要多接觸大自然，要多去戶外走走，才能慢慢恢復健康。但是我很清楚，這些事情他一個人是不可能做到的。」我安靜的聽著，不時還會附和幾句。她接著說：「所以，如果有個人能夠完全貼合他的生活照顧他的話，他的病情一定能夠獲得最好的控制的！」

「貼、貼合他的生活是指什麼？」貼著他嗎？不可能吧！

「其實就是，搬進去跟他同住。」

「不可能！」我臉瞬間脹紅。

「妳先別急，聽我說。他不是一般人，他可是我弟，他的為人我很清楚，況且妳們也已經認識了這麼久，難道妳不知道他是怎樣的人嗎？他不會對妳亂來的。而且妳也看過他睡著的樣子，跟個死豬一樣，是不是？」我沉默。「因為最方便的方式就只有這種，我也不好意思麻煩妳天天準時到我弟家敲門，如果漏掉了幾天，難道我能怪妳嗎？但是誰能料到病情就因為那幾天的疏忽會有什麼改變呢？我只是想要徹底執行，希望妳能理解我只是個想一次做到好，舒緩我弟病情的姊姊。」

我有點難為情。

「我倒也不是不願意……」甚至可能偏向很願意，但是我不好意思說。「但是莫亦海不會答應的，我想我還是——」

「這樣就好了！」喬安姊姊在電話那頭大叫。「妳不會不願意就好了，我弟那邊我來說！他一定會答應的，妳只要準備好行李就好了。」

「可是……」我的心臟撲通撲通跳得厲害，實在難以想像這種漫畫般的情節要在我的世界裡發生！

「別再可是了。我現在終於放下心中的一塊大石頭，妳知道我有多擔心妳不答應嗎？好險妳答應我了，我真的好開心！回去我一定會買些好東西答謝妳的！」

「禮物什麼的，是不需要啦。」

「一定要！這件事先別告訴莫亦海那小子好了，我再告訴他，真的非常感謝妳，那麼，就先說再見囉！我準備要登機了！」

「什麼？妳在機場嗎？」

「要不然我需要急成這樣，浪費一堆口水，連環泡的猛說服妳嗎？當然是因為臨時要出國太趕了，還找不到信任的人託付我弟我才著急啊！」

「原來如此。」

「靠，在廣播了！總之謝謝妳，真的謝謝妳，再見哦！」

電話掛斷以後我下意識的瞄向病房裡的莫亦海，深呼吸幾口氣以後再度推門進去。

他還在用電腦工作，我走過去以後就來立馬個下馬威，直接把電腦蓋下去。

本來還想說句「你以後歸我管了」，但是當我們對上眼的時候我勇氣瞬間消失，因為他正直直的盯著我看，那表情也不是不滿，就是一種很複雜的感覺。

「喬安跟妳說什麼？」

「這件事先別告訴莫亦海那小子好了，我再告訴他。」我想起喬安姊姊說的。

「你應該要叫她姊姊吧？」

他皺起眉頭，「所以她到底跟妳說了什麼？」

「她說要我像之前那樣，幫忙控管你的睡眠時間。」

他舒開了抹笑，「還有呢？」

我的媽呀，為什麼明明我什麼都還沒跟他說，他卻好像什麼都知道的樣子？

「剩下的她說……要自己跟你說。」

「那妳怎麼說?」

「……我要說什麼?」

他滿眼藏不住的笑意,搖搖頭說沒事。然後又問:「我姊說我明天就可以出院了,妳會來幫我嗎?」

「會啊。」我點點頭,看看手錶,「你有吃飯了嗎?」

「當然啊,這裡是醫院。」他優閒的往後一躺,「所以呢?以後妳會不准我工作嗎?」

他果然知道。「嗯,我想我們應該要互相配合,你就乖一點,等病好了以後再好好一次做完,不是更好嗎?」

「但是這次的案子我很重視,我不想太過草率就放棄。」他面帶微笑的要找我談條件。「不然這樣好了,如果妳答應寬容一點,不跟我表姊還有我爸說我仍在工作的事,作息的問題我完全配合。」

「不行。」

他臉上的笑容不減反增,「那就是不能好好相處囉?」

「畢竟配合作息我想是應該的,不能拿來當條件吧?該遵守的還是得要遵守啊,我既然已經答應你姊姊要一次做到好,那當然也不能讓她失望。所以你就配合一點,別為難我,病好點了就不關我的事了。」

他盯著我看了許久,最後也不用我說,自己把電腦闔起來。

「那好吧,妳還有什麼吩咐嗎?」

面對他突然這麼乖,我一時間也有點難以適應,動作都跟著僵硬了起來。

「沒、沒什麼好吩咐的。」我突然想起他明天要出院的事。「明天要出院的衣服該去你家幫你拿嗎?」

「穿我上次穿來的就好了。」他一時忍俊不住。「我只是住院觀察,也不是發生車禍斷手斷腳的,妳不用幫我整理行李啊。」

第一次看到他笑成這樣，這是不論在高中或是大學都從來沒看過的。他在我面前的時候總是板著一張臉，哪時候開始也會笑得這麼開心了？

這樣想起來，突然發現他今天跟我說話的時候，似乎都是帶著笑的！

人果然就是不能亂想，一亂想就容易越想越多，連帶他看起來也變得奇怪了。

因為膽怯跟害怕，我一點也不敢破壞此刻的寧靜，任由我們之間的無言繼續蔓延。但他顯然不想，又加上他開口後的第一句話，實在讓原本就已經皮皮挫的我太過驚嚇，於是我毫不猶豫地轉身，飛也似的逃離這間該死、嚇到我差點心臟病發直送急診室的病房。

他說：「那妳哪時候要搬來我家？」

時光匆匆，眼看我在他家住了將近四天，每天早上出門前就叫他起床，晚上回來一起吃飯，有一兩次是他做了晚餐，特地交代我不要買東西，有一次是他要我買東西回家一起吃，最後一次是他帶我一起出去吃。

沒什麼特別的，我以為會有什麼特別的，但是一點都不特別！

想著想著我居然有點惱怒。

怒到搞不清楚自己究竟在怒什麼，只好將換洗的衣物甩上肩頭，自個兒先去沖個涼，好平息怒氣。

小天使在我耳邊說：「沒關係，就當作做善事，反正平凡的過完這些日子，幾個月以後功成身退，妳就可以跟老頭請個幾天假，好好出國放肆大玩了。」

小惡魔也跟著在我耳邊說：「是妳自己要對住進他家的事情抱有過多的期待，妳以為會怎樣呢？發生什麼偶像劇的情節？他會每天光著上半身出現在妳面前？我的天啊，這想法妳敢有我還不敢聽呢！」惡魔猛搖頭，摀起自己的耳朵。

想著想著我已經步出房間，連看也不想看就坐在沙發上的莫亦海。他手裡捧著一碗水果，看到我出現面帶微笑地問：「要吃嗎？」我轉到另外一邊去偷翻了一個白眼。「好，等我洗完。」吃，都吃，吃好吃滿，你多吃點吧。我心裡很壞的這樣想著，關上浴室的門，把衣服放上架子，打開水龍頭嘩啦啦。

「別想太多，別想太多，不能想太多！」我低頭對著蓮蓬頭猛沖，嘴裡不斷碎碎念。

叩叩叩，廁所的門忽然被敲了三下。

「幹嘛？」我甩了一頭的水問。

「我的水果快吃完了。」

「吃完吧，沒關係。」

「要不要再幫妳切？」

「不用了，你待會兒要準備睡覺了。」說出這句話的同時，我怎麼瞬間有種我是他媽的錯覺？天啊，好想狂打自己的臉十八掌！

心裡忍不住開始覺得莫亦海一定會經由這幾天的相處，在心裡重新定義對我的印象！我到底該怎麼辦？慌亂的猛跺腳，扭來扭去，不小心吸了口氣，然後我的鼻子就這麼剛好嗆水了！

狂咳了好幾下，咳到我自己感覺眼球已經快爆開，整張臉脹到不行，咳個沒完沒了。

叩叩叩，敲門聲又來。「妳沒事吧？」

我還是狂咳不止，趴在洗手台上，無法回答。

「妳如果還是不回答，我要開門進去囉。」

「不——咳咳咳咳咳！」我轉而爬到門邊，死死的壓住門。

這人有毛病啊！

我聽見腳步聲遠離，再回來，他說：「妳身上圍好浴巾，我要開門了。」

「不、不用！」雖然我早就為了防範把浴巾拉下來，但是連圍在自己身上的力氣都沒有。「我、我好了，沒、沒事了，咳。」

來不及了，他拿鑰匙把廁所的門鎖打開，從外面推門進來，雖然我擋在那，他還是輕而易舉地就把門給推開了。

「你、你不准進來！」

「我不會進去。」他冷靜地說：「廁所裡水氣這麼高，妳已經很難呼吸了，我只是想要讓新鮮的空氣流進去，這樣妳才不會這麼難受。」

清楚聽到他說的話以後，突然覺得剛剛自己的思想真是太糟糕了，居然還以為他要衝進來。

「你、早點說嘛。」我半抱怨的說。

小惡魔此時又蹦出來說：「妳又再期待什麼了！」

「閉嘴！」我怒喊。

「什麼？」

聽到他無辜的語氣我突然心虛的猛搖手。

「沒有啦，我剛剛、剛剛是說……」腦子一片空白，連一個可以替換的辭彙都沒有。誰叫剛剛的閉嘴實在是太響亮清晰，我想要怎麼掩蓋都無法。

「沒關係。好點了吧？妳快點洗好澡，我去幫妳切水果。」說完以後廁所的門關上了，我整個人也頓時鬆懈了下來。

鏡子上的水氣退掉大半，倒映出我半退紅的臉。我告訴自己別再幻想了，實際的過過每天該過的日子，即使門外的男人真的像她們說的那樣曾經喜歡過我，說不定也已經過去了，我一點也感覺不到那男人喜歡我的樣子，所以，以後不管他對我做什麼、說什麼，我都不准想歪，就是朋友！

「對，就是朋友而已！再亂想歪，我就今年都不能出國！」我對著鏡子信誓旦旦的發毒誓。

背後如果還有道雷閃的話就太搭了，是否？

可別小看這個毒誓，這對一個每天日常都是無聊到翻天的上班族來說，可是天大的劇毒啊啊！天知道我們這種日復一日的無聊人生，全都是靠出國解套的呢？

想到就不禁悲從中來。

洗完澡我步出廁所，莫亦海就站在料理桌上削水果，看著我衝過去，我也不想跟他有眼神的交流，因為剛剛實在是、太糗了。

「然後呢？妳衝回去房間然後呢？水果！水果有沒有吃？也沒吃？」鬼秀一連串的問題過後自顧自的

嘆氣，「失望，我對妳太失望了。都已經登堂入室這麼久，怎麼還沒把他吃了？妳到底進去幹嘛的啊！」

鬼秀怒極，一把拍桌站起，活像是他沒吃到似的滿臉怒容，而且可能還覺得是我害的。

「我進去就是當看護的啊，回家就是盯著時鐘，每天看莫亦海在看書打遊戲，我們連聊天都很少，幾乎是各做各的事情。不過他有個規定，就是睡覺以前我都要待在客廳。」

「所以妳除了睡覺的時間以外，都待在客廳看他看書打遊戲？」

「對。」我哀怨地垂下頭。

「我以為會有點什麼特別的火花的。」鬼秀嘖了一聲表達不滿。

我更加哀怨地瞪著他，「不是你以為而已。」我也以為的好嗎？

「唉，沒戲唱囉。」鬼秀說完把腿抬高高的，拿起手機仰著頭看。

「袁妍呢？她今天怎麼沒來？」

「生理痛啊，請假在家休息。」

「你怎麼知道？」

「她早上打電話來給我，要我幫她請假。」鬼秀淡然的說。

逼逼——

我反射性的把手機拿起來，看到莫亦海傳了封訊息給我，問我今天晚餐想吃什麼。

我把手機舉給鬼秀看，「你看，他每天就只會問我這個。」

鬼秀瞟了一眼以後淡淡地說：「唉，看來他是真的對你沒意思了。」

怎麼這樣的結論讓我有想要落淚的衝動？

我青春期的戀愛記憶，至少也耗了超過三年在這傢伙身上，他可是我的初戀啊啊！

「我知道。」

「沒關係，再接再厲！今天晚上等小天天睡著，妳跟我去夜店，我保證給妳一個集天真、浪漫、可愛、帥氣於一身的帥哥，讓妳一夜變成真正的女人！」

「去死吧。」我大翻白眼，「我要回公司了，你自己慢慢變女人。」

「喂，這麼早進公司幹嘛？時間又還沒到！」

「我想先回去做個暖身操。」當然，這是胡亂編的。

他一臉怪異的看著我，沒有跟上來，反倒是繼續悠閒地翻閱手中的雜誌，看起來好不愜意。

我才剛走到公司，就被倚在轎車旁的莫亦海完全拉住目光。

「喂！你怎麼在這裡！」我用跑的跑過去，差點煞不住車。

「哪還有為什麼？」他挑眉，「來找妳啊。」

「我就是問你為什麼要來找我！」奇怪，我最近的耐性很容易用光啊。

「想妳啊。」我傻住，他笑著解釋：「因為待在家裡實在太無聊了，又不能做事，就出來走走。」

對喔，我收走了他的電腦，只有我回家的時候他可以稍微看一下，但是要在我面前。

「妳要上班了嗎？」他看了看時間，「應該還沒吧？」

他臉上張揚著頑皮的笑容，活像個小孩。

「是……還沒啊。」完蛋了，一時間我居然招架不了。

「那走吧。」他握起我的手。我被他的舉動搞得渾身僵硬，「要去哪？」

他拉著我一路走到副駕駛座，周圍陸續有些同事經過，全看到了。

「買菜。」他說。

「買菜？」

「晚餐要吃的菜。」他唇角微勾，打開車門示意我進去。

不是第一次上他的車，但卻是我住進他家以後第一次搭他的車。畢竟他現在不用工作也不能用電腦，平常我回去就已經看到滿桌的飯菜了，沒想到今天居然特別來找我，還不是出去玩，是去買菜？怎麼搞得，我覺得心臟跳得好大力，有一種我們是新婚夫妻的錯覺。

這是什麼買菜的魔力嗎？我想半天想不明白，畢竟我跟顧孟然交往時都是外食，住在小套房，沒怎麼開伙，所以沒有這樣的感覺過。

等到他回到自己的位置，我只能無助地盯著他。

「怎麼了？怎麼這樣看我。」他看到我的表情後忍俊不住。

「你、你今天好奇怪耶。」

「是嗎？」他發動車子，緩緩地往前移動。「那妳以後要習慣了。」

「為什麼？」

「我大概會三不五時無聊就到妳公司來找妳。」我一個震驚回不了神，他繼續說：「誰叫妳要沒收我的電腦，陪我是應該的吧？」

之後他在說什麼我也沒有仔細聽了，滿腦子都是轉不完的小天使跟小惡魔，甚至連幾時回到公司，幾點下班，怎麼下班的都忘了。我只記得下班後，他似乎也來接我了。

又過了幾天這種日子，只能說，莫亦海真的不是普通人能夠捉摸的啊！

「所以是把小天天吃掉了沒？怎麼說妳也跟他慢慢步入正軌又過了四天啊！」鬼秀氣憤地大喊：「每天都來公司放閃，搞得我吃飯的興致都沒有了！」

說完，他站在我位置旁的腿又一個交叉，換個方向跟姿勢以後繼續喝咖啡，袁妍坐在旁邊咬麵包，看看我又看看鬼秀，視線在我們之間來回。

「還沒。」我小聲地回。

「上次妳說完還沒以後，當天就被帶走了，這次說完該不會隔天就來說妳被吃了吧？」鬼秀露出嗜血的笑容，大腦裡已經開始自行腦補那畫面。

「你腦子裡就只有『吃』的嗎？能不能想點健康的東西啊！」我惱羞成怒地反駁。

「黔黔姊，莫大哥肯定是喜歡妳的，這點我可以保證！」袁妍舉起三根手指。「畢竟無聊能做的事情太多了，他卻總是喜歡來這裡找妳，而且是每天都來這裡找妳！是朋友也會膩吧？所以啊，我肯定，莫亦海大哥一定是喜歡黔黔姊的！」

果然女孩懂女孩啊！這才是我想聽的話！

「袁妍，妳不知道吧？胡依黔很玻璃心，如果到時候莫亦海不是喜歡她的話，她可能會因此撞麵包自殺的。」鬼秀一臉陰沉的恐嚇袁妍，要她別亂說話。

「我只是說說我的感想嘛，而且公司裡已經有很多人在下賭注，賭黔黔姊會和莫大哥在一起的說。」袁妍嘛著嘴表示。

我眨眨眼，表面風平浪靜，內心卻非常雀躍，結果卻被鬼秀一句話又打回原形。

「別給她希望！」

我這瞬間怎麼覺得鬼秀跟袁妍根本就是我腦中的小天使跟小惡魔？連鬥嘴的樣子都這麼像，好恐怖。

說到這裡，我的手機裡莫亦海專屬的鈴聲又再度響起，那代表著——中午吃飯的時間到了。

「妳看看他這傢伙多準時？我們都幾天沒一起吃中餐了！妳說，現在是要他還是要我！」鬼秀憤怒地想要跟莫亦海一爭高下，我笑倒。

「走囉，我回來再跟你說我是要他還是要你。」我抓起外套，經過袁妍時拍拍她的肩膀，對她眨眼睛。「袁妍，好好陪鬼秀吃飯吧。」

袁妍一頓，害羞的點點頭。

「妳約會就約會，別臨走前還在出餿主意！」鬼秀朝我背影怒喊。

才剛衝到樓下去，就看到一個我不太滿意的畫面。

誰來告訴我，為什麼佐安會跟莫亦海站在一起，而且兩個人還在講話？

我走近他們，莫亦海立刻就注意到我來，轉而整個人面向我。

「嗨，胡依黔。」佐安的表情此刻燦笑如花，下一秒會惡狠狠地從齒縫迸出咬牙切齒的聲音：「妳怎麼搞的，怎麼都不回我E-mail？」

「E-mail？我好像沒收到。」

「怎麼可能？該不會妳的陌生訊息都放在垃圾郵件夾吧？」佐安一副快要昏倒的樣子，「算了，我當面跟妳說。一起吃午餐OK吧？」

莫亦海不答腔，就只是看著我，等著我的回答。

「午餐？還是、我們在這裡說就好了。」當我不由自主這麼問的時候，很清楚地感覺到其實一點也不想跟佐安吃中餐。

雖然佐安很明顯想要把那天婚禮的爭執當作不存在，不過我沒辦法。

佐安的臉色青一陣紅一陣，強壓下心底的不耐煩，努力揚著笑臉：「難道妳忘記妳已經接了我們公司的企劃案嗎？」

瞬間被反將了一軍，我無法反駁。

嚴格來說，莫亦海跟她都是我的客戶，但是莫亦海現在休假中，那所以就是只剩下她了嗎？

「結案時間應該還有好幾個月的時間，不急，這次我們要去的餐廳有訂位了，不然下次吧？」莫亦海看出我的不情願，於是出面緩頰。

佐安的表情很顯然覺得「訂位可以改」但是她還是選擇隱忍，為了顧及自己的面子，她隨口說自己其實也跟朋友有約，於是便轉身離開。畢竟莫亦海也在場，她完全不想再讓婚禮那天的事件重演。

我吁了口氣，看見佐安有些落寞的背影覺得不捨。

跟著莫亦海到車子旁邊，我小聲地問：「真的有訂位嗎？」

「有啊。」他笑回：「我家不是只有我們兩個的位置嗎？」

我故意迴避了他有點甜蜜的話。「今天中餐要回家吃？」

「是啊，昨天我買了一些蔬菜，今天中午我們就簡單吃點吧。順便討論一下那個企劃案。」

我想到自己這段時間因為要照顧莫亦海的關係，連公司份內的企劃都做的有點自顧不暇，怎麼可能還有時間看佐安的企劃案？在連一頁都看過的情況下跟莫亦海談這個，根本就是自找死路啊。

「你忘了嗎？我們是不能談公事的。」情急之下，我很快就拿出喬安姊的命令出來擋，果然效果優異。

莫亦海淡笑，「你該不會是都還沒看過吧？」

我驚訝地瞪大眼睛，也不敢看他，「誰說的啊！」

「是嗎？」我張嘴想要跟他爭辯，換來的只是他蓋上我頭的大手，笑著說：「我鬧妳的，快上車吧。」

我朝他做個鬼臉，做完鬼臉以後才發現自己居然也有這一面。坐在副駕駛座的這一側，看著從我這繞到駕駛座的莫亦海，內心又不由得亂跳。

回到熟悉的室內，莫亦海立刻就開始張羅今天的午餐。

我自己坐在中島旁的高腳椅上，有點不知所措。

「要、幫忙嗎？」

以往他打電話問我晚餐要吃些什麼，都是在我進門前就煮好了，完全沒有從頭看到尾過。

他打開冰箱，從裡頭一樣樣的拿出食材，有些已經處理過，有些沒有，此刻全都聚集在料理桌上。

「妳會嗎？」過了大約三秒後他才這樣回我，卻感覺像是等我這麼說很久了。「我也希望可以跟妳一起做料理。」

希、希望跟我一起？

「真的嗎？」我怯然站起，「那我、可以幫些什麼忙？」

「洗菜？妳會洗菜嗎？」他搖了搖手中的綠葉菜問。

「我……當然會，別這麼看不起我好嗎，莫先生？」我噘著嘴瞪了他一眼。「好歹我上次也煮了粥給你吃呀！」

他看了我半晌，接著毫不猶豫地把手伸向我，揉了揉我的頭髮。

這個看似平凡無奇的舉動，卻讓我定格在原地，只想止住內心的大喊大叫！

我無措的抱著蔬菜愣愣的站在原地不敢動，他倒是像個沒事人看向門口的位置，從一旁摸出一支遙控器，打開四面的循環喇叭放音樂。

我清了清喉嚨，翻看裡面有哪些類別的蔬菜。

「有妳討厭的嗎？」他問。

「沒、沒有。」

小天使此刻又在我耳旁歡欣的鼓舞，「哇，莫亦海學長居然會關心妳的喜好耶！」

小惡魔也跟著飛出來，「廢話啊？他也只是順口問問而已，就知道妳會犯花癡。」

我瞪了小惡魔一眼。

「我特地挑過的。」他說。我摒住呼吸，害怕他洞悉我的想法。接著又聽到他繼續說：「妳不喜歡香菜、芹菜、香菇那些香料的配菜吧？」

我驚訝地在心底猛打大鼓。

「你怎麼知道？」

他抿嘴微笑，「猜的。」

我忽然想到佐安之前說的，她說我每次討厭什麼菜都會挑到盤子旁邊，講話很大聲，笑也很大聲……

頓時不想繼續這個話題。

「……是嗎？好吧。」

「妳還記得高中的時候嗎？」

「高中？」

「第一次見到我的時候。」

「在學校走廊的時候！」我略微揚高聲音，好像這樣猜中的機率比較大。

他笑著搖頭，「不是。我想妳一定忘記了，或者印象沒這麼深刻。」

「那不然是什麼時候？」

「那天星期五，我們都穿著制服，我看見妳拿著一盤類似炒麵的東西蹲在一個花圃前面。」

我一個太震驚無法收起嘴巴，「我在幹嘛？」

他忍俊不住的大笑，「妳在挑芹菜。而且還非常沒有公德心的丟在花圃裡面，我出聲制止妳，結果妳好像被我嚇到了，整盤炒麵都掉進花圃裡。」

……不行，這回憶實在太羞愧，但是為什麼我一點印象都沒有？

「你是不是記錯人了啊？」

我怎麼可能做這種事！這種事情怎麼可能是我做的！

等等！

我的大腦好像真的有勾勒出這個場景的雛型！

印象中的確是蹲在一個幾乎快要廢棄的花圃前面，裡面的花都有點枯萎，雜草叢生，因為剛開學的緣故，學校好一陣子沒人打掃澆花，所以植物們乾渴的可憐。

我正在想要拿我不喜歡的芹菜當作肥料，好讓它們長得又高又壯，然後——

「喂，不要亂丟廚餘。」

這句話閃過我的大腦，我驚恐地看向莫亦海，他大笑著重複我腦中的那句話：「喂，不要亂丟廚餘。記起來了嗎？」

「好像……有點印象。」

然後我就整個人站不穩，差點摔進去花圃裡沒錯。

「妳記得妳是怎麼回應我的嗎？」

我記得我差點摔倒以後，站得直挺挺地看著二樓，卻完全沒發現半個人，但我知道那裡的確有人，所以我完全不避諱地大喊：「我才不是亂丟廚餘，我是在施肥！」

我還罵他，罵他害我把整盤炒麵都拿去施肥了。

「對。」他掩嘴輕笑。

菜都處理完了，他要開始料理，於是他繞道我背後，胸口貼著我的肩膀，越過我抓了些青菜。

「原來那時候的那個人是你啊！」我朝他怒捶了幾拳。他稍微閃躲了一陣，「我那時候就對妳印象深刻。」

我的感官好像都集中在肩膀了，他遲遲沒有打算要離開的樣子，打算就靠得這麼近和我抬槓。

「真不公平，你有看到我，我卻沒有看到你。」我繼續抱怨。

我對他的印象一直都停留在高中剛入學，癡迷帥哥學長的時候。跟著同學拿著一堆餅乾飲料，一到中午就是往莫亦海的教室衝。

結果現在那個我每節下課都迫不及待想要見到的人，此刻就站在我身邊。

「現在給妳看個夠啊。」他頑皮地笑說。「幫我拿盤子吧。」

炒好了第一盤青菜，電鍋裡的米飯也開始冒出騰騰熱氣，他忽然面轉向我：「妳要不要試著煮看？」

我接過鏟子，一點也不怕迎向這個挑戰，雖然我也是第一次這麼做。

「那你知道我對你高中的印象是什麼嗎？」

「是什麼？」

我想到那天，我終於跟班上的眾姊妹們在走廊上，圍堵到傳說中的學長莫亦海，當我奮力的往前擠，拼命地往前擠擠擠，好不容易擠到最前面才發現——我就站在莫亦海的面前，而他呢？正臭著一張臉瞪著我，只對我說一個字。

滾。

「是、睡覺。」我轉頭朝他笑，「高中我對你的印象就是無時無刻都在睡覺。沒辦法，誰叫我就讓你抓到我在廣場作法嘛，有把柄在你手上，就只好乖乖聽你的話，每天叫你起床囉。」

「不是喜歡我嗎？」聽到他這麼說，我心臟立刻緊縮，他笑著緩和道：「開玩笑的。妳嚐嚐看這道菜的味道妳喜歡嗎？」

眼見話題被轉開，我樂意之至。

「嗯，很好吃！」

「真的嗎？」

「真的真的。」為了強調真實性，我把兩隻手的大拇指都拿出來用了。

他笑著，眼神變得深邃，伸出手指，以拇指的指腹摩娑我的嘴角。「沾到嘴角了，笨蛋。」

我終於再也無法克制心裡的小鹿，腳步往後，手一鬆，剛煮好盛盤的菜便直直地掉到地上去了。

地上的玻璃碎滿地，他似乎也沒料到會變成這樣，盯著我的腳要我別動。

「妳別動也別慌，我來處理就好。」

「……喔，好。」我動也不敢動，乖乖站在原地。

「介意我抱妳嗎？」

「嗯？」我的眼睛不由得瞪大。

「就一下子，抱妳到料理台上先坐好，我比較好清理。」他再三保證。

我不說話，他就當作是我同意了，動作緩慢地靠近，表情很緊張。我也很緊張，但其實過程沒有這麼長，甚至我還希望他能夠再多抱著我一會兒。

我被自己的這個想法嚇了一跳。

這是我們這幾天，最大的進展，甚至可以說是非常大的進展，我掩不住滿心的雀躍。

等等，不是說好不准亂想了嗎？完蛋了，旅行要泡湯了！

「我已經幫妳把料都備好了，只差下鍋。」他很快就把那些玻璃渣子處理完畢，用報紙包好，邊洗著手邊對我說。看我還呆坐在料理台上便走到我面前，「還要把妳抱下來妳才願意下來嗎？」

「不不不、不用了！」我想跳下來，但是他不讓路給我過，當真要伸手把我抱下來，我卻還是遲遲沒有被他抱下，「這個料理台的高度做的不錯。」

他靠在料理台上，非常曖昧的站在我的兩腿間，我焦急了起來，「你讓開啦！」

「讓開？」他的語氣霎時變得有些柔軟，我知道我一定要趁著我還有理智的時候把他推開，不然我恐怕連逃離這裡的力氣都快要流失了。

才這麼想，我立刻就把腳一縮，不猶豫也不能猶豫的一把跳下料理台，他被我的反射動作嚇到了，想要護著我，又看到我安然落地禁不住微笑。

「妳真的很頑皮。」

我忍住想要哇啦啦亂吼亂叫的衝動，想要中氣十足的表達我要開始煮菜，偏偏說出來的話就是既緊張又支離破碎。

「我我我、我要動手了！」

他微笑，雙手環胸等著我大顯身手。

要我在大廚面前下廚我實在有點做不到，但既然剛剛都已經答應了，當然只能硬著頭皮照做了。

砧板上有切好的薑絲跟一些青菜，雖然身為劃時代新女性的我，還沒有正式用過鍋鏟，都是買外食居多，但還好我的腦子裡還有我媽炒菜的樣子……

這次我也不猶豫了，直接把薑絲給丟進鍋裡，拌兩下以後，我打算把菜也丟進去——卻被一隻手阻止。

「等等。」他看著我。

「怎麼？」

「妳火還沒開呢。」

一陣尷尬的燥熱慢慢爬上我的臉頰，我感覺到我的下眼瞼正在抽搐。

還我剛剛華麗的大廚鏡頭啊啊啊！

開好火以後又靜待了幾分鐘，鍋子開始出現劈里啪啦的聲音，剛剛丟進去的薑正被慢慢地被鍋內的熱油侵蝕當中。

我嚥了口口水，心裡想著哪時候把菜丟進去最適合，接著我聞到陣陣的薑絲香味。

「黔。」

「嗯？」

他笑了笑，走到我身後，右手握著我的手操作我手中的鍋鏟，左手也沒閒著，要我拿著鍋蓋護住自己，下一秒便唰——的一聲，爽快地在我面前把所有青菜都丟進鍋裡大炒一番。

青菜的水分碰到油脂被炸得四散，這時候莫亦海要我拿的鍋蓋就非常有用，擋住了所有噴向我們的熱油。

看我怕得躲在鍋蓋後面的模樣，他忍不住笑，「笨蛋。」

這是今天第二次，我從他嘴裡聽到「笨蛋」兩個字。我不想反駁，因為就連我自己都覺得我剛剛的行為實在是、笨得可以。

這次由他拿著盤子，而我負責把菜都給盛進盤子裡。

大概是怕我又把盤子給弄掉了吧，我猜。

全都忙完後，我們到餐桌上享用今天忙碌後的料理，這時莫亦海的手機忽然震動了兩下，他拿起手機查看，而我則看著他。

「有什麼事嗎？」他看著那封訊息，眉頭也越皺越深，我不禁好奇的問。

他聽到我的問題以後放下手機，面帶微笑的說：「沒什麼事，我們快點吃完午餐吧，妳待會兒還得要回去上班呢，遲到就糟了。」

我抬手看了看時間，「對耶，沒想到已經這個時候了。」

「我們剛剛煮東西用了不少時間。」他戲謔的眼神看著我，就是在嘲笑我剛剛不會煮菜的樣子。

「哦，真是抱歉！」不滿的噘嘴，悶悶地喝了口飲料。他哈哈大笑，送了一口飯菜進嘴裡，咀嚼吞下後他問我：「那妳對我們大學時候的印象，還有多少？」

「我對我們的印象嗎？」我發誓我很喜歡他用「我們」這兩個字的形容。「大概就是叫你起床吧？然後，你經常在我自言自語的時候潑我冷水，很簡短的聊天之類的。」

「那妳記得有一次妳沒課，先到那間教室等我，結果等到睡著了嗎？」

我又更加驚訝地瞪大眼睛，「我沒有吧？」

今天是怎樣？他打算來場回憶大會嗎？

「妳有。」他神祕兮兮的微笑。

「我想起來了！」我那天臉上被用粉筆畫了兩坨紅紅的在臉頰。「那天我回教室以後，同學看到都在笑我！那是你畫的吧？」

他莞爾，「反正我說不是我，妳也不會信。」

「那不然是誰？」

「不然我們來玩個遊戲。」

「什麼遊戲？」

「如果妳贏了，我就告訴妳，再外加一個祕密好增加比賽的趣味性。」

祕密？

我的心臟又撲通撲通的跳了起來。

不會吧，他要跟我告白？現在嗎？一定要挑現在氣氛正好的時候嗎？能不能改天！我怕我的心臟無法負荷——

「要嗎？」

就在連我自己都無法反應的此刻，我聽見自己毫不猶豫的張口回答：「好！」

「他握著妳的手炒菜？」鬼秀問。

我興沖沖的握緊拳頭猛點頭，雙眼直盯著優雅從容鬼秀喝奶茶，滿臉掩不住的興奮。

他看到我這麼激烈的點頭以後也跟著點了兩下，「很好啊，總算有更進一步的進展了。」

當我把整件事情都告訴鬼秀，結果鬼秀的反應居然出乎我意料之外的冷淡，我有點疑惑。

不應該是這樣的啊，他可是鬼秀！聽到這種話會激動個半天，抓著我的手大喊大叫、呼天搶地的怒喊「怎麼可能」的鬼秀耶！

他怎麼了？

「對啊！難道不激動人心嗎？」

他咬著奶茶的吸管，「那最後的那個遊戲，妳是輸還是贏？」

我垂下頭，「輸了。」

鬼秀聳聳肩，露出一副「我就知道」的表情。「那好吧，我今天有點累了，想先回公司休息一下，妳如果有更新的消息再跟我說。」

要走了？不會吧！

結果他還真的走了。一回到公司，位子都還沒坐熱就先殺了封郵件給鬼秀，轉頭看著他的反應，他看我一眼，我很確定他收到我的郵件了。

「上妳的班。」

他很快就回信，而且完全不想繼續討論的樣子，我很快的又打完第二封，送出！

又白目地轉頭想看他的反應，他這次瞪了我一眼，直接使出拇指絕——以大拇哥劃過喉嚨以示警戒。

那意思就是說：妳再繼續發郵件，我就發工作整到妳不用下班。

了解他的意思以後我很快的轉回頭，打算確定能下班以後再戰一回！

下班前我就先傳了封簡訊告訴莫亦海，今天不回家吃晚餐，然後攔截鬼秀。

坐在我們都再熟悉不過的麵店，鬼秀點完餐點以後就忍不住翻白眼，「妳到底想怎樣？」

「沒有啊。」我邊回邊拿著手機回覆莫亦海的訊息。

我看著他問我的問題忍不住微笑。莫亦海看到我不能回家陪他吃飯，送了一個哭臉給我，還問我在哪吃飯、打算吃些什麼。

我打了一個字送他——麵。

「不然妳怎麼會突然這麼好心的請我吃麵？平常連個麵包都要我自己掏錢買，今天不止攔截我還請我吃晚餐，翹掉跟小天天的晚餐約會，一定有鬼。」

聽到他這麼冷靜的分析我忍不住噴笑。

「你這麼精明幹嘛？我主要也不為了什麼，是因為你。你今天中午的時候看起來就是心事重重，你說說，到底是什麼原因讓你這麼苦惱？」

「我這心情是累積而來的，不是一兩天造成的。」

莫亦海的簡訊又來了——「那我今天也要吃麵，妳在哪吃？」

當然不能告訴他，萬一他真的出現那就糟了，我現在可有要事在身！

「只是一般的路邊攤，吃完就回去了，你可以用煮的。」我回。

「那是什麼事情造成的？」我收起手機，抬頭看向他。

「回完了？回什麼回這麼久？」鬼秀問。

「還有誰？就是莫亦海問我今天晚餐要吃什麼。」我又很快的轉回剛剛的話題，「你還沒跟我說，那到底是什麼事造成的？」

這時候我們點的餐來了，阿姨送上兩碗麵跟幾樣小菜還有湯，我這才驚訝我剛剛是不是點太多了。

「沒什麼事，可能我最近秀逗了吧。」鬼秀搖頭失笑，拿起筷子開始用餐。

看他極力想要保護這個祕密的樣子，我實在也不知道該怎麼問才好，只好跟他談公司的事。

「因為工作秀逗嗎？應該不會吧，你哪有我秀逗？」我呵呵的開自己玩笑，本來想要挽救氣氛的，豈料鬼秀居然在聽完以後嘆了口氣，「妳終於有自知之明了嗎。」

他說完，我們兩個互看了一眼，瞬間爆出大笑。

「你什麼意思啊！我是幫你緩頰耶！」本來想揍他兩拳的，看在他心情不好的份上我就算了。忿忿的收起拳頭，「你不會是又開始懷疑自己，想要來個旅行了吧？」

聽到我這麼說，他瞪大眼睛，「認識妳越久，妳還真是越來越有當蛔蟲的淺力了。」他不理會我的又打又碎念，繼續說：「雖然我有這個念頭，但不是，不完全是，這只是一部分，甚至占了很小的一部分而已。」

「那是為什麼？」

「我就說我不知道了。」他搖頭笑說，「等到我哪天想好再跟妳說。也可能都不跟妳說，反正就是這樣。」

我也想要開朗的鼓勵他，別想太多，一切順其自然就會好，但是話到嘴邊卻半個字也說不出。因為我不知道怎麼說服他，即使腦中的感覺再明確也是一樣，我不是鬼秀，當然不能擅自以自己的角度下去判斷，或是覺得他怎麼做才是最好。

「但是我相信你啊。」我只能鼓勵他。「反正不管你相不相信自己，身為你的好朋友，我是一定相信你是個很好的人的。如果需要旅行就去旅行，需要放鬆就放鬆，你如果願意的話還可以環遊世界呢！」我笑著挺起胸膛，活像是自己可以去環遊世界一樣。開玩笑，鬼秀可是很有錢的，十幾歲就出來工作，一直都是自給自足，雖然愛去夜店，但只是消遣，從不亂花錢，所以存很多在自己的存款簿裡都沒用。

「那妳會跟我一起去嗎？」

我皺起臉，「不知道耶，如果稍微規劃一下應該可以吧？」

「那小天天怎麼辦？妳真的是很天兵耶。」他挑眉，大笑起來，似乎很滿意我這個回答。「好啦，快點吃，小天天一定在等妳了。」

我聽話的拼命吃，但卻熱到汗流浹背，想再吃快點都不行。

鬼秀吃他的乾麵到一半，一抬頭就先攏起眉頭。

「妳不快拿張面紙擦臉的話，回去的時候妝都融光了。」鬼秀抽張面紙遞到我面前，又是搖頭又是嘆氣，「唉，可憐的小天天，本來可能一小時不見如隔三天，現在是一看到妳巴不得妳都別回來了。」

「你這張嘴真的很賤！」

「妳剛剛不是還說我是個很好的人嗎？」

「收回！」

他被我的反應徹底的逗樂了，氣氛沒了剛剛的緊繃，但他既然抓到這個可以好好審問我的機會，怎麼可能會放過？更何況這個機會還是我自己送上來的。

「那老頭說的那個獎品啊，日本行，妳是要跟小天天去的嗎？」

「什麼？怎麼會跟他啊。」我立刻猛搖頭。

「怎麼不是跟他啊？那可是妳們培養感情的好機會耶！」

「但是很奇怪吧？那是要過夜的耶！」

「過夜才有戲唱啊，妳怎麼那麼笨啊？而且他現在又在養病休息，還有比現在更好的機會嗎？」

說的也是，這機會難得，但我只光想到就渾身發抖，不敢再繼續往下想了。

「所以妳別囉嗦了，就大膽一點，直接跟他說沒人要陪妳去，好好的獎品不用也很可惜，日期過了就沒用了，用這個理由約他吧！」

「那、那要是他拒絕我怎麼辦？」我肯定會直接挖洞把自己埋了啊！要多深有多深！

「拒絕妳？小天天這回又是握妳的手炒菜又是回憶的，這看起來很有譜啊！」

唉，就知道他會舉這個例子。

「不能亂想！」我搖頭。

「什麼？」

「現在不管怎樣我都不能亂想。以前就有這樣的經歷了，就是大學的時候……」想到那個回憶我到現在都無法平復心情，都說到這了卻很後悔，不知道該怎麼接下去。

「怎樣！」

看我停頓太久，鬼秀那急性子一下子又發作了。

「我其實有告白過，只是沒有得到答案。」

完蛋了，心臟快要跳出來了！腦子也都是那個畫面，完整的回憶衝入腦海，怎麼甩都甩不掉！

鬼秀睜大了眼睛，頭越來越往後仰，用鼻孔瞪著我，好像他變成忍者亂太郎裡的稗田八方齋一樣。

明明莫亦海也不在我面前，但我就是想把臉遮起來。

紅了，肯定整張臉全紅了，因為那時候連我都不知道自己為何要這麼做，當我反應過來的時候，一切也已經來不及了。

我的膽子很大，真的很大，因為那時候喚醒莫亦海的音樂還開著，在整個空蕩蕩的教室環繞，陽光很美好，氣氛很溫柔，我知道他即將醒過來，於是我就想要趁著那短短的幾秒——

我成功了，因為當我親他的時候，他的眉毛連動也沒有動一下。

依照我無數次看著他起床的經驗，那次他沒有任何異狀，甚至一絲彆扭都沒有，我還坐在他身邊說了好長的一段話，罵他的也有，笑他的也有，自顧自的看書，最後他才醒過來。

當天我是跑著回宿舍的，把自己關在房間裡面尖叫了很長一段時間，從那以後我每天都想見到他，每天都期待能夠在那個時間點碰面，雖然只是我的自以為是，我單方面偷偷這麼想，但終究，這點幻想也很快就被冷水潑了一身。

在那過後不到幾個禮拜，學校裡傳出校花和校草交往的消息，我剛剛萌芽的一點點少女情懷瞬間被掐熄，從天堂掉至地獄。

「他反應是什麼？」

「他不知道。但是之後他就傳出在和校花交往了。」

「……悲劇。」

「完全是個悲劇。」我面無表情地看著桌面幾秒，然後又把臉埋進碗裡。

鬼秀沉默了一下，看著桌面的空碗若有所思。「妳們女孩子是不是都很喜歡偷親別人啊？」

不曉得是不是我的錯覺，但我總覺得，鬼秀的臉好像微微的紅了。

「當然是真的很喜歡很喜歡的人才會偷親啊。我是感覺到我真的很喜歡莫亦海的時候，無意識就親了。」當然也是吃定他不會醒來。

「真的只有很喜歡很喜歡的人才會親嗎？敢親別人的女生不是因為很大膽，所以碰到喜歡的就親？」

「當然不是只有膽子大就夠了啊，沒有足夠的喜歡哪親的下去啊？」我理所當然地反問。但是也不禁得要承認，的確也是有鬼秀說的那種人沒錯。

「有什麼證據可以證明？」

鬼秀的表情很認真，似乎非得要找到鐵證不可，這可害我傷透腦筋。

「證明啊……」我想了好久，真的想了好久好久以後才勉強的說：「我想能證明的，應該只有時間了吧？」

就好像我喜歡莫亦海，喜歡了好久好久，即使再見面還是會不由自主喜歡的程度，那不就是最好的證明了嗎？

那讓我期待很久的公司招待獎——出國大放鬆外加跟莫亦海的約會之旅即將要出發了，但我卻一點都開心不起來。原因，當然就是因為老頭！

我們兩個提著行李出現在澎湖的馬公機場。對，不是日本東京機場，也不是關西機場，是馬公機場！說好的日本行呢？說好的合掌村呢！還有環球影城，哈利波特樂園，金閣寺！全泡湯了。

我一臉怨懟的看著眼前陽光明媚卻人煙稀少的大門口，實在很難對老頭這樣的安排滿意啊啊！

「王八蛋，臭雞蛋，我的日本行呢？日本行呢！當初說的這麼好聽，說什麼公司最優秀企劃員，需要大大獎賞一番！結果呢？日本行變成馬公行？」

我整路的碎碎念，因為老頭在行前忽然宣布改去澎湖，說是公司的經費有限，但一樣可以搭飛機，一樣能到外島，而且沒有語言問題可以講中文，不只有度假的感覺，還可以看煙火！一種一次全部滿足的概念。

你以為我們現在是在吃健達出奇蛋嗎？混蛋！

手裡捏著出機場就被導覽員塞進手裡的花火節導覽，氣得揉成球。

我偷偷覷了眼身旁的莫亦海，實在難以置信，他真的答應跟我來了，而且連說服都不用。虧我還想了超級多的解釋台詞，結果通通都用不上！害我一個人窮緊張，站在客廳要跟他說這件事的時候，差點沒把自己的衣襬捏碎，換來的只是他滿臉笑容地說：我會好好期待的，晚安囉。

心臟差點跳到止不住，誰叫我這是第一次主動約他單獨旅遊，對象又是莫亦海，重點他還答應了！

然後我們兩個就站在這裡了。只有我一個人彆扭，他倒是很大方，戴著太陽眼鏡，對著藍藍的天空深呼吸，還無時無刻的放送自然微笑，完全度假少爺的風範！

這次的旅行預計是三天兩夜，跟一開始決定去日本的五天四夜不同，能玩的就是潛水以及夜釣、看煙火，住在老舊的日式民宿。節目還可以，只是我以前就來過了所以沒有太大的期待。

也許馬祖的藍眼淚還可以讓我多提一點興趣。

到了民宿的大門，老闆很親切的過來迎接我們，還幫我們提行李，一路講解這間民宿歷史悠久的故事。

二戰時期這裡是一名日本軍人的房子，但是戰後就變成了空屋，被老闆的父親買了下來，一家人在此定居，但最後老闆在外地賺了錢回來，買了更大的房子給老父親住以後，他們全家人就搬離了這座房子。老闆覺得這間屋子很浪費，但人才外流到大都市工作的關係，讓他們這一帶房子也賣不出去，最多的就屬觀光客，所幸就因此改建為民宿，讓更多人能夠住住老房子，體會以前人的生活！

聽到這裡是二戰時期的老房子，我根本樂壞了，我很愛復古的東西，尤其喜愛老舊、越陳越香的古蹟。老闆說著，我的眼睛亮著，莫亦海笑著。

當老闆帶著我們到我們即將入住的地點時，我聽見莫亦海淺淺笑著問：「還會後悔嗎？」

我搖搖頭，「不會了！」

他再度伸手揉揉我的頭髮。

我們分租了兩間房間，原本老頭只打算訂一間房，硬是被我盧成兩間。民宿的老闆帶我們到各自的房間以後就離開了。

也許因為這是日式建築的關係，裡頭的擺設跟家具大多都是木頭製的，我一看到衣櫥就自然地走過去，想把行李袋連整理也不整理就通通丟進衣櫥。才剛打開，撲鼻的木頭香不是濕氣很重的氣味，而是自然的清香，裡頭還掛著兩套疑似浴衣的日本和服，我總算找到來到這裡第一件讓我開心的事了！

我們來的時間是下午，因為一天兩個行程的關係，今天晚上稍作休息以後，明天就要出發去潛水、夜釣了，我實在有點累，在房間連行李都懶得動，大字形的趴在硬得像是木頭的床上，開始想念飯店裡的那種超軟彈簧床。

沒過多久，我的房間外面有個人敲門，因為房間門是那種日式的木製紙門，影子透過光就會看見人影，根本不用問是誰。

我看了看，確定是莫亦海後開心的起身拉開門，「幹嘛啊？」

笑容藏不住，看到他就有欣喜的感覺。

他微笑，手裡還拿著一小盒的餅乾，「我想來找妳一起吃。」

我看著那盒餅乾有些發楞，「你出來旅行帶餅乾？」

「出來旅行不就是要帶餅乾嗎？」他一臉疑惑，好像不帶餅乾才是錯的。但那是小學生會做的事不是嗎？小學生去畢業旅行三天兩夜，背包裡最多的不是衣服跟盥洗用具，是一整個背包的餅乾啊！必須拉著媽媽一起去，挑多少還有上限，遊覽車上必備的交換零食！

等等，怎麼這麼懷舊，那莫亦海現在是？

「就覺得一定要的。」他露出狡猾的笑容，不顧我意願就滑進我房間，對，是用滑的，滑步進場。可見他少爺今天心情有多好。

所以，心情不好的只有我嗎？

「我的房間還有個電視櫃，民宿老闆帶我過去的時候說我們是他的最後一組客人，今天客滿了，所以特地送了我們一小瓶的紅酒。陳年自釀的，人真好。」他說完將紅酒放在我房間，「女生多喝紅酒才會有好氣色，所以給妳吧。」

「也好，反正你不能喝。而且時間到你還是得要睡覺，不能吃藥也不能喝酒。」

「這樣出來旅行就沒有意義了。」他攤手。「行程中我記得還有夜釣吧？難道要因為我正在休養就都不能玩了嗎？」

「規定就是規定，不能改！」我強硬的說。

「其實吃藥也可以算在療程之一，我沒有嗜藥性，那表示我以前就沒有依賴藥物的習慣，現在是出來玩，吃藥可以算在『緊急狀況』當中了吧？否則實在很掃興。」

「但是那種藥吃多對身體不好吧？」

「去夜店那時候我吃了兩次，現在還是好好的。」

兩次，吃了兩次還喝了酒是嗎？難怪會是那德性啊，太過份了！

「不行，你這次絕對不能再吃了，應該也等你睡著後才出發，我再幫你想個理由！」

「那妳會去嗎？」

我不置可否，「我們之間總有個人要記錄吧？否則來這豈不太可惜了。」

他看著我的目光漸漸深遠，沒多做回應，拱起一隻腳仰躺在我的床上看著天花板，像我剛剛一樣在發呆。

我塞了塊餅乾偷偷覷著他，「怎麼了，你很想去嗎？」

確實如果因為這樣而阻礙了旅行的樂趣，那一切未免太划不來了。但是我都已經答應喬安姊要好好顧著莫亦海，現在又該怎麼辦？

通融一下吧——

此刻上面這句話我就真的分不清到底是天使還是惡魔講的了。

喬安姊有說過，除非真的非常必要，否則就得要無條件禁止。這真的能算是「非常必要」的時候嗎？也不是完全不能吃藥，如果吃藥就可以有完整的放鬆之旅，那麼應該能夠算是好事吧？

「算了算了，不管了！就只有夜釣的那天吧？」

他一聽到我的妥協，眼神立刻亮了起來。

「放心吧，我現在的心情很放鬆，說不定就因為這次出遊的關係，回去以後我的病情有改善，即使吃藥卻反而越來越好呢？」他笑嘻嘻地立刻乘勝追擊。

「少來這套！」

我的房間門又被敲了敲，這次不用猜，外頭的人正是民宿的老闆陳大哥。

「胡小姐？」

我小跑步到門邊，滿臉笑容地拉開木門。

陳大哥笑說：「剛剛我到莫先生房間沒看到人，猜想他應該在妳房裡，還好沒猜錯。」

「有什麼事嗎？」我尷尬的臉紅。

「沒什麼，就是晚上的時候有幾組客人約了要去看螢火蟲，想問問看妳們要不要一起去。」

螢火蟲！

聽到這三個字我的眼睛都亮了起來，立刻轉頭看向莫亦海，他已經走到我身邊。

「當然好。」莫亦海回。

「那好，妳們準備一下，因為路程有點遠，我們等一下就要出發了。」

陳大哥說完以後就離開，我興奮的拉扯莫亦海的手，「哇天啊，居然有這種驚喜的行程！」

「妳別高興得太早，現在剛入夏，山裡的蚊蟲肯定很多，我們沒有帶防蚊液。」

我的眼神閃了閃，還正愁沒地方去呢，這下剛好可以去附近唯一的一間便利商店晃晃，順便買買防蚊液嘛！

被我拖著走的莫亦海噗哧一笑，完全拿我這種行動派的態勢沒轍。

手上握著我們剛剛才買的防蚊液，結果陳大哥的車子卻帶著我們開到了沙灘。

沙灘？螢火蟲呢？沙灘上難道會有螢火蟲嗎？這麼特別！

莫亦海也是一臉疑惑的樣子，一眨眼我們就到了目的地。

「就是這裡啊？」第一對情侶率先迫不及待的下車，女孩短短的頭髮染成褐色，迎風飛揚，「空氣好好喔！」

「這裡是全澎湖唯二能看到螢火蟲的地方。」陳大哥停好車以後說。

我跟莫亦海是最後下車的，前面兩對情侶都非常甜蜜的牽著手，惹得我跟莫亦海兩個很突兀，連陳大哥自己也帶著老婆出現呢。

「夜光沙？」兩對情侶中的其中一個男生說。

「你答對了，哲民。」陳大哥讚賞的比出一隻大拇指。

情侶們開始鬧哄哄，紛紛對著那個叫做哲民的男生又推又鬧。

「本來是要帶你們去山水那的，但是那裡最近觀光客太多，即使天氣不錯，晚上要看到也很稀少了。」陳大哥帶著我們到海灘旁邊說：「但是這裡就不同了，而且今天非常適合喔，因為早上的太陽夠大，月亮才剛出現月牙，晚上的海灘就會很閃亮。我帶你們來的這個地方，小時候我父親就經常帶我來，沒有多少人知道這個地方，算是私房景點，你們應該不用特地挖沙來找。」

「哇，老闆好帥。」其中一個女孩誇張的說。

一群人又開始笑笑鬧鬧。

「這是個小海灣，你們可以自由活動，兩個小時後集合，我送你們回去民宿。」陳大哥笑著說，右手牽著自己的妻子，兩人漸行漸遠。

情侶們也散開各自玩了，莫亦海轉頭看著我，「我們去那塊岩石下面好不好？」

雖然就是想要跟他兩個人相處才問他要不要來的，但是等到真的要跟莫亦海兩個人單獨相處又覺得特別彆扭，緊張的想要逃離。

好吧，逃離不是真的，只是緊張已經快要把我整個人撲滅了。

「好啊。」

晚上的海風徐徐，我們兩個呆坐在岩石底下看著浪拍打沙灘，我腦袋一片空白，雖然很想說點什麼來讓氣氛熱絡，但大腦就是一點也不願意幫忙，任由我自己在空轉。莫亦海倒是一點也不緊張的樣子，噙著微笑閉上眼睛，享受著海風呼呼的在耳旁吹拂。

「我們好像從來沒有像現在這樣一起看海？」他問。

「對啊。」

「那這裡還真是來對了。」

莫亦海的手機亮了又暗、暗了又亮了三次，我忍不住往他的手機看去，他也跟著瞄了一眼之後呼口氣，「佐安似乎很想早點結束這個案子，已經連續打給我好多通電話了。」

結束案子？

我看看自己的手機，連一通來電未接都沒有。

「那你為什麼不接？」

「哪有為什麼？」他笑笑的回：「我在放假啊。」

「說、說的也是。」

「而且妳哪時候這麼好說話了，不是說這段時間都不准碰公事上的事情嗎？說什麼要跟我姊告狀之類的。」

他把我平時威脅他的那些話通通都講了一次，然後滿意的看著我縮著肩膀無法辯駁。

「……那是因為你需要靜養啊，當然不能接工作電話。況且佐安那份工作本來也就是提早做的，慢慢完成可以吧？」

他沒有回應，只是看著遠方的海洋閃著點點螢光，然後把自己仍亮著的手機轉面向沙子。

「真的很漂亮。」他說。

適應夜晚以後的眼睛清楚的看著海水裡的小光點，而且我們選擇的這個地點貌似更多，似乎所有的夜光沙都聚集在這了，但往一旁看去，還是有為數不少的亮點飄在海面上。其他人在遠方逐浪，不時拿著發亮的海水丟擲，好不歡樂。

莫亦海喜歡安靜，從高中的時候我就知道。但他不是完全不愛熱鬧的，只是他更喜歡遠遠的看著別人開懷大笑。就好像現在，他看著其他人鬧也會覺得開心，臉上掛著淺淺的微笑。

我偷偷的掏出手機，按下手機的相機快速鍵，很快的拍下眼前這一幕。

本來還以為挺順利的，結果當我們兩個都差點被閃光燈照瞎的時候才發現自己的愚蠢。

「妳……為什麼要偷拍我？」

「我、不是在拍你啊，真的不是在拍你。」我坐得直挺挺的，活像個準備要挨罵的小學生。他伸出手，「是嗎？拿給我看看。」

「不用啦，我只是想要拍夜光沙，剛好你所在的那個方向比較多，所以你當然也有入鏡。」

他看我急著辯解，也沒有強硬的要我交出手機了。

「真是的，要拍也可以直接告訴我，我又不是不願意讓妳拍。」我滿眼閃亮的看著他，準備要拿出手機承認之際，下一秒他又很快地說：「只是妳確定我們兩個的自拍要選在這裡嗎？」

「嗯？」

他一臉嚴肅的看著我說：「首先，這裡是海邊，其次，這裡是暗處，連白天的日光都不一定會完全照的到的地方。這麼草率就拍了那張照片的話……也許會有特別的東西入鏡喔。」

「才、才不會有呢！」

他笑笑，「誰知道？」

「我、我不要坐在這裡了啦！」我怒氣沖沖地站起來準備要走，他立刻扯住我的手。

「生氣了？」

「廢話！我只是想要拍夜光沙！」我大聲的說，最好讓所有人都聽到，不是人的也都聽到，我一點都不想拍他們啊！

雖然內心已經欲哭無淚，但他聽到我這麼大聲的宣言以後就笑了。還是必須緊緊壓住嘴巴才能克制笑聲的笑。

「我鬧著妳玩的，現在還沒有很晚，不會的。」

「才不是晚不晚的問題，我要拍夜、光、沙！」

「好啦，我知道了，我不會再說了。」他止不住臉上的笑意，拉著我的手也不願意放開，就是等我又坐回原地，抓了一把沙子送給我。

我被他的舉動吸引了注意，看著他讓大部分的沙子流掉，只剩下少數小小的，有角卻又不是貝殼的東西留在手上。

「這是什麼？」我問。

「星沙吧我想。」

「這個沙灘有星沙嗎？」

「我不知道，我也沒來過澎湖。只是以前有人送過我一瓶這種沙子，說是在澎湖買的小禮物。」

以前？

「這裡只有三顆。」他將自己手上的三顆，造型小小的，很可愛的星沙交到我手裡，然後笑著說：「聽說這是某種有孔蟲的屍體喔。」

聽完我立刻瞪著自己的手動彈不得！

「莫亦海！」

「別怕，死了。」

「快拿走啦！」

「為什麼？女生應該會覺得這很可愛吧？」

「你說這是屍體！」

「是屍體也很可愛啊。」

「屍體哪裡會可愛啦！」

雖然說是這麼說，但仔細看看手掌裡的「屍體」，乾乾巴巴的像石頭，形狀就好像海星，而且真的就好像莫亦海說的一樣很可愛。剛剛完全不明所以，天色過暗又只聽見是屍體，才急著要莫亦海把手中的東西拿走，但視線慢慢適應，發現這小東西還真的挺可愛的。

「不討厭了嗎？」莫亦海看我盯了好久，忍不住揶揄。

「好像、還好。」我抓起其中一顆在手上把玩，越看越可愛。

「啊，海蟑螂！」莫亦海忽然指著我的腳邊，一聽到蟑螂我反射性嚇到跳起來，直接趴到莫亦海的背上。後頭響起悉悉簌簌的聲音，我忍著不尖叫反急著想跑，還沒來得及想到自己還趴在莫亦海背上，情急之下居然就把他整個人撲倒了！

這一連串的行為，莫亦海根本是預謀吧！從一開始暗示我會拍到靈異照片，又抓了星砂告訴我這是有孔蟲的屍體，現在又指著我身邊說有海蟑螂！這都是預謀吧！

我怒氣橫生卻無處發，摀著自己的嘴巴不敢張開眼睛，就怕萬一張開了，眼前都是蟑螂我一定會非常大聲的尖叫！如果尖叫的話，所有人過來圍觀丟臉的我，我一定會在隔天買機票回台灣，而且打死不再來澎湖！

一秒、兩秒、三秒。

「這輩子都不打算張開眼睛了嗎？那我可不可以先去買頂帳篷？」

什麼帳篷？

我顫抖著瞇了一道縫，打量四周。「蟑、蟑螂呢？」

「通通都被妳嚇跑了。」

「身邊沒半隻了嗎？」

「都跑光了。」

聽信莫亦海的話，我很快就張開眼睛。四周果然就像莫亦海所說，一隻蟑螂都沒有！

「太好了。」我鬆口氣微笑，也不忘重重的捶他一下，「你真的很可惡耶！從剛剛開始就一直嚇我！」

「我不是刻意嚇妳的。好吧，一開始的照片是，但是之後都不是。」他一臉無辜賣萌地盯著我，慢了好大一拍才再度發現，我此刻就趴在莫亦海身上，而他正眼神平靜的看著我——我現在該怎麼辦？

浪花拍打到岸上，似乎有越來越靠近我們的趨勢，他沒有急著要我從他身上離開的意思，反倒是我想裝沒事的把自己給丟進海裡，因為我居然就臣服在他那個表情之下，一點也不敢抗議。

遠方傳來陳先生的呼喊聲，說是風浪變大了，天氣的變化很快速，可能要提早離開這裡。

為了不被發現，我火速地從他身上跳起來，整理好衣服，小跑步跟陳先生等人會合。

離開那裡後的我們都沒再對話，即便是到達民宿，其他人都興高采烈的準備要接著繼續玩，就我們兩個安靜的走在彼此前後，各自回房間。

早晨，我頂著一整晚沒睡的臉來到莫亦海的房間，熟捻的拿出手機撥放音樂，月光奏鳴曲霎時間傾瀉而出。

寂靜的室內採光沒有很好，更顯得一種神奇的氛圍。我一動也不敢動的坐在他身邊，雖然兩隻眼睛都掛著漆黑的黑眼圈，但叫他起床這件事可不能晚過五分鐘。莫亦海緩緩的蠕動，細細的嗚咽不經意的自他的喉嚨發出，只見他伸出一隻手往身旁摸，疑似在找東西的樣子，最後摸到手機，關機。

關機勒，賴床是嗎？

我一整晚沒睡的人都沒賴床了，這個從幾點就準時睡覺的莫亦海居然睡得比我還好？不知為何，光想到這件事就讓我心情不好，管他是患者還不是患者，怎麼不想想我昨天是為了誰失眠啊！

「快起來了啦，到起床時間如果不起來，會更放縱的耶，如果晚起床的話，今天晚上就不讓你去了喔。」我走到他身邊搖了搖他，結果卻被他反抓著往另外一邊摔，像在玩摔角一樣抓進他懷裡……

有沒有搞錯！

「早。」也許無法兩隻眼睛一起張開看我，所以他選擇暫時先閉著一隻眼睛，慵懶的嗓音頻頻騷動我的耳廓。

等一下該問陳大哥哪裡有瀑布，可以借我沖個水嗎？這人一早就這樣是犯罪啊！

「早、早啦，快點起床！這時間要吃早餐了。」

突然被強行拉到另外一邊真是嚇死我了，整個人都醒了，而且如果他繼續這樣抱著我、躺在我身邊的話，保證我連今天晚上都睡不著！

我掙扎著要起身，他卻牢牢的抱緊，就好像抱著某個不知名的娃娃一樣牽制在身前。

「……不吃早餐的話，可以多睡一會兒嗎？」

「不！行！」為了證明我真的沒被沖昏頭，我果斷起身，「快起來了啊！」

多睡一會兒是不行的，必須要照著時間醒來照著時間睡覺，這樣才能培養穩定的時間，喬安姊姊說的我可一句都沒忘。

「真是，一點都不可愛呢。」他像個孩子一樣軟軟的撐起自己的身體，伸出手用力撥亂自己的頭髮以示抗議。

聽到這裡我總算知道我剛剛為何會被他抓進懷裡了，這傢伙就只是想要耍賴賴床而已，根本不是不省人事胡亂抓的，又是預謀啊預謀！

看到他一生不吭準備脫下睡衣，脫到一半才愣頭愣腦的說：「妳介意嗎？」

下一秒我已經狂奔出他的寢室，不見蹤影了。

下午的浮潛，在清涼的海水跟教練的指導下也順利的完成了，我們的行程總算跟其他住宿的旅客分開，但即使都已經和住宿的那兩對情侶分開，我們仍然參雜在其他的情侶之中。

是怎樣？全台灣的情侶都跑到菊島來約會了嗎？怎麼到處都是情侶啊！

不自覺地望向莫亦海的方向，總覺得來到澎湖以後，我和他的關係更加撲朔迷離了。

「妳還好嗎？昨天真的一整個晚上沒睡好？」他看著面色慘澹的我問。

「對啊，頭還是昏沉沉的。」

「今天晚上還要搭船夜釣呢，還是取消？」

我搖頭，「當然不行啊，那是我自己的事，如果因為這樣錯過行程很可惜吧。」

說到這邊，我們兩個相視而笑。這下我總算能懂莫亦海是什麼心情了，原來那種可惜的感覺長這樣。

如果我因為熬夜沒睡覺，錯過夜釣這個行程的話，還真的很可惜呢。

夜釣的時間是晚上九點半，因為潛水的行程沒辦法趕上六點半的場次，也不想玩更晚的十二點半，所以選了一個置中的時間，也許這樣莫亦海就不需要為了維持精神而吃過多的藥物。

「妳要不要吃點東西？」

「嗯？」我頭有些暈眩，結果到了這個時候，想睡覺的居然不是莫亦海，而是我。「我還好，待會兒釣完小管，在船上不是還會吃點東西嗎？」

「那都過多久了？」莫亦海抓過我的手，往我的手塞了一塊麵包。「先吃這個吧，時間快到了，如果暈船就不好了。」

「暈船？」我笑笑地揮手，「我不會暈船啦，從小到大我搭車搭船都沒有暈過呢。」

「妳搭什麼船？」

「旗津跟淡水的船我都搭過啊。」

我撐起滿面的笑容，就是要證明我不會暈船，他沿路都在碎念我搭的那種船和這種是不一樣的，我始終都不相信，結果……

「嘔──」

我被莫亦海抓到比較沒人的船尾，所有人都望著我們的方向面面相覷。

出海以後不到三十分鐘，我的腦袋根本就比我的腳還不可靠，完全已經站不穩了。即使開到了夜釣的場地停船了，船身的波浪都讓我覺得暴風雨即將來襲啊！

「撐著點，還好嗎？剛剛船長有給我兩顆暈船藥。」莫亦海張開手心，另一手還有瓶裝的礦泉水。

「先吃了吧，幾分鐘之後就會好一點了。」

「嘔──」

剛剛吃的麵包，中午吃的午餐，乃至於早餐陳大哥幫我們準備的清粥，這下是全都進海裡了。

「……還好嗎？」

「不、好，嘔──」

我虛軟的攤在一邊，莫亦海倒還是精神奕奕的操作自己的釣竿，一邊照顧我一邊釣小管。只是因為分心，數量當然就沒有其他人的多。

我身上蓋著他向船長借來的毯子，別說釣竿了，我連一旁的欄杆都快抓不穩，船身搖晃幅度很大，聽說今晚的浪只要再高一點我們就要回程了，真的這樣的話，連十二點半的那場都不能出海。

「沒關係，妳好好休息吧，至少今天我們得要有所收穫的回去。」他信心滿滿的看著我。

本來還以為，是我會在這裡照顧他的，結果沒想到是他在這裡照顧我，而且我還這麼丟臉的吐得整個海都感覺髒髒的。

在喜歡的人面前嘔吐，成何體統啊啊啊！

儘管內心有多大聲的怒吼，我卻連個生氣的表情都擠不出來，唯一能擠出來的就是：「嘔——」

陳先生哈哈哈的朗笑聲傳遍了整個走廊。

他來到我的房間門外，和照顧了我一整晚的莫亦海閒聊，聽到我是因為昨天大暈船所以沒辦法起床吃早餐以後就大笑了好久，真是可惡啊。雖然他主要是要拿早餐來給我們吃，順便關心我的情況。莫亦海和他道謝以後就拿著早餐來到我身邊。

「陳大哥好像聽到妳暈船很開心呢。」

我稍微將眼球移向莫亦海的方向，「……你也很開心啊。」

「我不同，我是被他的笑聲感染的。」

少來了。

雖然我心裡這樣想，但也沒力氣這樣講，只能弱弱的抬起手，無意識的從莫亦海的臉頰上掐下去——

「笑我的代價。」這人的臉還滿軟的嘛。

他沒有不悅，反而也伸出手揉揉我的頭髮，「還有力氣捏別人的話就快起來吃早餐了，吃點東西才有

力氣繼續睡覺。」

「睡覺哪需要什麼力氣啊……」說是這麼說，我還是努力撐起身體。他也幫忙推了我一把，還像照顧真正的病人以樣，把枕頭墊到我的腰後面。

一坐起來就感覺到血液整個回流，頭比之前都還要暈個數倍，還想要再度躺回去床上，就碰上某人的手，輕輕的把我整個人移向他的肩膀靠好。

「借妳靠吧，妳都躺到快下午了，起床當然會頭暈。」意識到我們靠得這麼近，我的心臟立刻就撲通撲通地跳了起來。他又繼續說：「如果不繼續休息的話，待會兒可是連床都不讓妳碰，要去外面走走囉。」

「走走……當然比休息好啊。」

「今天的行程大概是不能玩了吧？都是待在這裡的最後一晚了，聽陳大哥說我們的行程還有附一台機車，卻沒怎麼用到，待會兒就騎著那台機車帶妳出去亂晃好了。」

「亂晃？」

「是啊，七美的雙心石滬我們是去不了了，所以改在本島繞行就好。我們沿著海線走，去冒險吧。」

他笑容滿面，我一聽到冒險就揚起一股興奮感。「當然好！」頭暈都退散了呢！

大概是看他開車看習慣了，第一次看莫亦海騎機車，卻怎麼看怎麼滑稽。戴著安全帽的他還在整理椅墊下的車廂，我卻忍不住拿起手機偷拍他此刻的樣子，然後偷笑。

這次我很聰明，有記得把閃光燈關了。雖然這種大好的天氣，即使閃光燈還開著應該也不會被發現吧？都下午了還是大太陽呢！

澎湖的風也許是近海的關係，總是帶著一股黏膩，我坐在莫亦海身後雖然沒有太大的感覺，但是因為天氣熱，讓整個周圍都蔓延一股難言的海洋氣味。

「到海線了嗎？」都能看見海了呢。

「早就到了。」

他朝後面的我大吼，聲音即使被海風吹走了大半，但還是好聽的飄了一些進我耳裡，讓我忍不住暖暖的笑了起來。

以前總是很期待能夠被男朋友這種生物騎著機車載，但由於我即使是學生也一直都生活在都市，顧孟然那傢伙又愛省些奇怪地方的錢，總是要求搭大眾交通工具就好。到了畢業，他的父母作為禮物送了他一輛小車，他才擁有他人生中的第一部車，我的小小心願也正式化為泡沫了。沒想到卻意外的在莫亦海身上實現。

我們沿途一路都跟大海相伴，手裡捏著手機導航，臉上不斷被海風拍打的感覺其實挺被虐的，不過心情意外的好好，頭也不暈了，簡直雙喜臨門！

雖然這樣的行程沒什麼特別的，雖然風景也都沒太大的變化，甚至就只是單純的騎著車也沒有多餘對話，我還是因為騎著機車載著我的是莫亦海，而開心。

車子停在制高點，導航上顯示這裡是一座小山丘，卻還是能看見海。

這座山不高，甚至我一點都沒意識到自己已經上山了呢。

「我們在哪裡？」我問。

「我也不知道。」他聳肩，莞爾。

接著我又拿出手機，關掉導航準備和他拍照。他卻閃躲。

「一張就好，我不喜歡拍照的。」他說。

「為什麼不喜歡拍照？我想在這個地方也留下一些紀念啊。」

他不說話，表情有點為難。

突然想到之前逛他臉書帳號的時候，一堆被標記的背影照片，這下總算有了最基礎的理由。我也不想勉強他，於是將原本對著我們鏡頭轉而對向底下的景色。

雖然我沒有問，但我仍期待他能夠自己告訴我，為什麼他不喜歡拍照？

他的頁面也並非沒有照片，而是沒有和其他人的合照，除了被標記的那些背影，幾乎都是獨照，也許還都是別人幫他拍的，總之都是遠照。包含他現在的大頭貼。

「謝謝妳。」發現我真的放棄和他合照，轉而拍風景以後他說。

「這裡真美。」我看著不遠處的大海深吸一口氣，大張雙臂。

「是啊。」

他學我展開手，海風一陣陣的吹來，我倆相視而笑。

這樣的下午很愜意，就算我們真的花一整天的時間騎著車到處亂晃，什麼也沒做，心情卻比以往都還要快樂。因為一路上我們說了比平常更多的話，心，比平常感覺都還要靠近。

接近傍晚的時間，車子騎回到市區準備找吃的，卻意外發現人群大量的往一個方向移動。

「花火節嗎？」莫亦海指向路邊的其中一面旗子，那上頭就大大寫著那三個字，還有煙火綻放的畫面。他看向我，「要去嗎？」

我用力點頭，他笑著騎進車陣裡。

但也許我們來的時間不對，那時間已經有點晚，很多車子要擠進那個地點，即使是摩托車也很難騎進去。路旁有很多熱心的人幫忙導覽，我們仍卡在車陣裡，等到真的找到位置停車已經天色漸暗了，周圍都塞滿了人。

我們進場的時間算晚了，周圍早就已經擠滿了卡位的民眾，有些人還帶著大型的攝影器材，而且為數不少。幸運的是，才到場不久現場就開始倒數，幾秒後，天空就炸開四射的煙花。仰頭就靠上了他的胸口，我這才發現自己被他護在懷裡，人群讓我們越來越靠近，他的雙手不自覺地抓緊我的手臂，就怕我被周圍擁擠的人潮推來推去。

好不容易來一趟花火節，好不容易趕在最後一天看了一場最美麗的煙火，我卻什麼煙火都沒看進眼裡，耳旁傳來的也全是他的呼吸聲而不是火花綻放的聲音——

「剛剛看到旁邊的宣傳廣告，對了今天的日期才發現這是日本的煙火團隊呢。」他在我耳旁說。

「很、很美。」

「是啊。」

他的手從原本抓住我的手臂，轉而整個環住我。我沒有反抗也沒有出聲，甚至差一點就連呼吸都要忘了。

煙火炸得炫目，跟我腦袋裡炸的那些差不多，兩方轟炸讓我整個人暈陶陶的，得要很努力很努力才能振作的睜著眼睛，不被轟得東倒西歪。

結束以後，我們在攤販買了烤鯖魚，還繞到非常有名的冰店，排了好久的隊買到兩碗冰，特地外帶打包打算帶回民宿再吃。我們都無法再忍受人潮了，黏膩的海風吹了一整天，兩個人都慘不忍睹。

講好洗完澡在我的房間集合一起吃東西以後就散開，回到房間，我差點就想把自己關在浴室裡別出來！誰叫我的頭髮實在是——被蹂躪的太美了。

溼答答的洗完澡還沒吹乾頭髮，沿路不停的滴著水，我快速的在房間內穿梭，因為我找不到我的毛巾，好不容易才找到要擦頭髮，莫亦海就站在門外敲門了。

拉開門簾的他也是頭髮還沒吹乾就跑來了，脖子上還掛著毛巾，迫不及待地走進我的房間。

「怎麼不吹乾頭髮？」

「我怕吹乾以後冰就融化了。」他興奮的打開冰箱拿出剛剛買的冰，從冰箱上拿起他第一天就放在我房間的紅酒，「這個妳都沒有喝嗎？」

「沒時間喝吧？」

「那我們待會把它解決掉吧？」

「不行，你不能喝酒！」

「最後一天了。」他用渴求的眼神望著我。

他手上的紅酒要說小瓶其實也不小瓶，真的比一般市售的紅酒小了一些，不過也有六杯的份量吧？六杯的話，一人三杯，會太多嗎？

我腦中還在計算容量比，他少爺就已經將瓶蓋扭開，衝出門不曉得去哪了。

我沒有阻止，反而是留在原地將冰品攤開放好湯匙，自言自語的說服自己：「反正也是最後一天了嘛，大不了待會兒我就藉故再搶走一杯，讓他別喝這麼多就好了！」

他回來的時候手上多了兩個杯子、一包冰塊還有蘋果西打？

蘋果西打？

「那哪來的？」看樣子也已經開過了。

「老闆推薦的飲用方法，這樣就變成飲料了吧？」他莞爾。

我記得大學時的迎新也有這種飲料，慶祝大學第一年的「偽」成年，畢竟不是每個人都真的滿了十八歲。學姊們說要多喝一點，這類飲料非常好喝，但最後我也只喝了一杯就回宿舍，喝起來像汽水，還真的挺好喝的，只是紅酒的味道還是很重。

他先將紅酒倒進杯子裡，然後倒上蘋果西打，「如果妳喜歡汽水多一點就可以自己調，反正我們沒有大的壺可以先調好。」他無奈地晃了晃手中的杯子。

「好啊，這樣喝也有這樣的樂趣吧。」

「妳還真是樂觀。」他滿臉笑容的也替自己倒滿一杯，「慶祝我們的菊島之旅結束。」

「而且是開心的結束！乾杯！」

還不等他喊，我就快速接話，用力敲杯，敲完還自己先喝了一大口！果然爽口好喝！

「妳喝太急了。」他笑。

「我、呃，嗯，很渴。」現在大概只有這個理由能解釋了吧？

好吧，其實還有另外一個原因，只是那個原因我不好意思說。就是他剛剛倒紅酒的時候，浴衣的領口開太低了，而且現在還半敞在我面前。

我不好意思開口要他把領口拉高，畢竟這樣坐在他對面也不是不好，甚至還挺保養眼睛的，只是萬一他發現了，而且還會發現我就坐在對面看了很久都沒跟他說，那到時候我是要鑽到哪裡去才好？

皺著眉頭想了好久，沒想到下一秒，他下意識的拉攏就化解了這個尷尬的危機——可惜啊！

「三天就這樣很快的過了，有點捨不得耶。」我很快的接口說。

「是啊，這幾天意外的發生很多有趣的事情不是嗎？比如，妳暈船的事。」他說完自己笑得開心，我忍不住白眼。

「那、真的是意外。」如果不是因為眼前這個人的話我那天也不會失眠，也不會暈船啊！

「好的意外。否則我們這幾天應該都會在趕行程當中活動吧？藉由這個意外我們都能夠多休息一點。」

「你很累嗎？」

「這陣子是我睡得最好的時候了，當然不累。」他笑著搖搖頭，「只是我每天起床看到的妳似乎都是沒睡飽的狀態，所以這麼覺得。」

「那第二個好的意外應該就是可以獲得自由行一天吧？不然我們現在應該在七美，然後準備明天回到台灣。這樣想想，唯一的遺憾就是沒去七美了吧？聽說雙心石滬很漂亮呢。」想到這就有點惋惜。

「那，下次再安排幾天去七美玩吧。」

「說的簡單呢，到時候我們會不會有時間還不知道。喬安姊有跟我聯絡過了，她說一個禮拜內會回到台灣喔，除非我們回去台灣以後兩天再飛來澎湖，否則要一起來應該機會渺茫了吧。」邊想邊嘆氣，眼角餘光卻發現他在偷笑。「笑什麼啊？」

「那就讓她別回來就好了啊。」

他眼底閃爍著光芒，看起來如此無害，說出口的話卻很恐怖啊！

也難怪他笑成那樣了。

「你是有多討厭她啊？」

「因為她知道的太多了。」

「你們小時候，是一起長大的嗎？」

以前的我們，是不可能討論到這個部分的，他的話很少，我們之間也只是互相牽制的關係，並沒有交心的必要。我是這麼認為的，雖然我們一直都很靠近。

「不能算是吧，畢竟我們的距離很遙遠。真的跟她熟悉起來是去美國以後。」

去美國以後——是指他睡睡醒醒的那段時間嗎？

「她常常會來我的房間找我說話，我那段時間也沒有上課，幾乎都待在家裡比較多。就是那段時間熟悉起來的吧？」

「……那你為什麼那段時間會突然休學？」

還沒意識到這件事到底是不是該在現在這個時間點問的，話就已經出口了。

從他的眼神裡我讀出他有一絲絲的後悔，也許是後悔提到他去過美國這件事，但或許更多的是好奇為什麼我會把他去美國和他休學的事情畫上等號。

「妳覺得是為什麼？」他思考了長長一段時間後反問我，我被他問得挺無措的，畢竟我以為不知道該怎麼回答的應該是他。

在這段時間，我替自己跟他都分別重新倒好了新的紅酒汽水。

「應該是因為，討厭我吧。」我不假思索的說。

畢竟那時候我做了一件類似背叛他的事情，我讓他在最後變成學校的大壞蛋，甚至有了渣男的封號。

「居然第一秒就被猜中了。」他笑笑答。

「你真的討厭我啊！」我激動的怒吼。

「開玩笑的。」他舀了一口碎冰進嘴裡，「快吃吧，不然都融化就不好吃了。」

我也跟著舀了一口，但真不是開玩笑的，那黑糖濃郁的在嘴裡化開，完全就是我理想中黑糖剉冰該有的樣子啊！

「這個好、好好吃！」雖然冰到牙齒很痛，但是真的很好吃啊！

「我也覺得。」他倒是很難得在我面前露出滿足的笑容，突然讓我回想到上次他去夜店的時候，也是露出像這樣的笑容看著我。

我仔細的觀察他，他沒其他異樣，很正常的舀冰吃冰，眼神時不時地看著電視裡正在播送的劇情。我才發現剛剛洗完澡點開的電視，正在播韓劇主君的太陽！

想當初我也追這部追得要死不活，苦等完結以後天天都盯著電腦看，早上上班通勤也看，回到家繼續看，即使這樣看也看了一個禮拜多，看到上班遲到經常被老頭盯呢！

但等等，眼前這男人怎麼看得這麼目不轉睛？正常男生不都對這種少女系的戀愛很沒興趣的嗎？

「你也看韓劇？」我用一種發現新大陸的語氣問他。他幾秒後回神，看著我點點頭，「就只有這部，我以前在美國有看，女主角看得見鬼。」

「我也很喜歡！」我立刻傾身向前，他似乎被我嚇到了。

「喬安逼我看的。」他解釋，「不過內容我都快要忘光了。」

「我也是。」我傻呵呵的笑著，然後看著他在下一秒把杯子裡的紅酒汽水通通都倒進他的冰品裡。

「你幹嘛！」

他露出孩子氣的笑臉，「我想知道這樣好不好吃。」

這笑容我真的見過，而且永遠也忘不了——就是他去夜店的那天，喝了酒會有的笑容！

該不會！少爺又喝醉了吧？

「好了好了，你只能喝到這邊，剩下的都交給我吧！」我將紅酒藏至自己身後，只留下汽水。

他置若罔聞，「很好吃耶！妳吃吃看。」說完就舀了一口，也不等我回應就塞進我嘴裡，笑等著我的回應。「好吃嗎？」

「應該說很好『喝』吧。」我將那口混雜著紅酒黑糖跟汽水的液體吞入喉嚨，不過還挺意外的，真的很不錯。

「噗，妳的嘴角有東西。」他說完就伸手過來，用拇指的指腹替我抹掉了嘴角的水漬。我還傻看著他，他就露出一貫的壞笑，「什麼啊，吃得滿嘴都是，幾歲了？」

幾歲了？

「我、我是故意的好不好！」一時情急之下，老實說我也不曉得我在說什麼，而且還順手挖了個不見底的洞自己跳進去。

「故意的？」

電視裡的聲音忽然變得大聲許多，那瞬間就吸引了我們兩個人的注意，他沒有繼續追問我一時口誤的

「故意」，反倒是很認真的看著韓劇，一口一口的把那幾乎變成飲料的冰送進嘴裡。

泰恭實和主君正在吵架當中，我們兩個完全已經是入戲狀態，但下一秒——主君就忽然吻住了泰恭實的嘴！我驚訝地放聲尖叫！

莫亦海被我忽然的尖叫聲徹底嚇到了，他一臉受驚的盯著我問：「發生什麼事了？」

我抓過遙控器，一秒就把那亂源電視劇關掉，還一點都不想解釋。

「好吧。」電視被強迫關掉以後，他改注意桌上的食物。「對了，紅酒呢？」

我有些猶豫的摸摸自己藏在身後的紅酒。畢竟剛剛是我先沒禮貌的把電視關掉，現在總不能就直接喊散會，強迫他回房間休息吧。

算了，豁出去了！

「我要多一點紅酒！」我把紅酒遞給他的同時說。

「這樣可以嗎？」他往我的杯子倒上滿滿的紅酒汽水，我嚥了口口水，點頭。「我們再一起乾杯吧，用這瓶紅酒結束這一天！」

「好，乾杯！」我刻意揚高聲音歡呼，想要掩飾剛剛不小心看到接吻畫面的尷尬。

這樣的輕旅行就即將畫下句點，他在這個晚上跟我聊了好多，雖然都是些陳年舊事，卻也是我們兩個為數不多的回憶。以朋友來說，大概沒人像他這樣，很少交談卻又滿懷於心，即使從沒有多麼涉入對方的生活，沒見面的那幾年，卻還是在彼此心裡有個位置。

忘記最後大喊了幾次乾杯，可憐的紅酒也已經快要見底了，腦袋變得昏沉，氣氛有點微醺，好像喝太多了。原來，喝這種汽水也會醉……

早上醒來，周遭是一片凌亂。吃完的食物沒收，酒瓶跟空的汽水瓶接連證明昨天不是一場夢，而且就是讓我的頭很痛的原因。

昨天，我似乎又作夢了！而且做的是很不得了的春夢！

「我離開的那幾年，妳有想我嗎？我很想妳，非常想妳。」夢裡的莫亦海說，接著像電視劇裡演的那樣，吻住了我的嘴唇，我的腦袋就當機了。

怎麼會突然想到這麼色的事！我趕緊摀住自己的嘴巴不讓尖叫溢出來。

匆忙查看自己的身體，棉被往下一拉才發現，我的上半身赤裸，而下半身……當然也不在了，衣服還被扔在很遙遠的地方！

我鬼鬼祟祟的將棉被掀起，動作輕到像個小偷似的光速溜到衣服所在地，拿起內衣、上衣跟褲子們，不管三七二十一先套上再說！

莫亦海躺在我身旁睡得昏昏沉沉，昨天他雖然沒有吃藥，不過也意外地撐到很晚才睡。有鑑於上次的夢最後成真，這次的夢我光看到這光景也猜到十之八九成真了！

那觸感跟撫摸，才一想到我的臉頰就要炸開了，完全是被雷打到一樣的炙熱！

房內的電話響起，嚇了我一大跳，原來是陳大哥打來提醒我們要退房了。

莫亦海一定是沒穿衣服，因為——印象裡他也是沒半件衣服掛在身上啊！

怎麼辦？如果讓他這樣起床的話，他肯定也會發現異樣，說不定因為他昏昏沉沉外加嗜睡症的關係，他根本不記得，所以……我該幫他穿好嗎？

此時小天使和小惡魔又衝出來搗亂了。

「不行，趁著他還沒醒偷偷幫他穿好吧！他若是本來就不打算發生這樣的關係，只是因為喝酒醉呢？」小天使說。

「就讓他發現自己沒穿衣服不就好了？讓他知道了，妳們順理成章地在一起不是更好？」小惡魔說。

怎麼辦，兩個說得好像都很有道理，我到底該幫他穿還是不幫他穿！

「但是如果他是真的愛我的話，怎麼可能會忘記昨晚發生什麼事呢？」

這個聲音好像不是天使也不是惡魔，是我自己的想法。

抱持著賭一把的心情，我慢慢的將他的衣服一層一層的穿好了，當然褲子我是蓋著棉被完成的，一點也不馬虎，盡量幫他穿戴整齊。然後像個沒事人一樣坐在旁邊，熟悉的按下快速鍵撥放動人的月光奏鳴曲，喚醒我眼前的睡王子。

做完一堆事情放鬆下來以後才發現，全身的骨頭都快散架了，昨晚的「夢境」還一直竄入腦海，逼我在心底狂念大悲咒來轉移注意力！

莫亦海聽到音樂的瞬間眉毛聳動，伸手往我的位置攬了攬發現沒東西，又繼續往我的方向摸來，摸到我的腿以後半張開眼睛。

「妳怎麼坐這麼遠？」

「對、對啊。」原來他在找我！

最後他注意到自己已經穿好的衣服，又看了看我，「要退房了嗎？」

「是、是啊。」

他伸個大大的懶腰，光要坐起來就耗了半天，等到他站起來也已經過了快半小時，這期間我乖乖地坐著，一句話都沒說。他經過我身邊揉揉我的頭髮，「唉，假期該結束了，好捨不得。」

我呆坐在原地，不快點起來的話肯定會讓莫亦海覺得奇怪，於是我站起來走到衣櫃前面準備收拾自己的衣服，而莫亦海也準備回到房間。

看著他離開我的房間還是一句話都沒說，忍不住委屈了起來。

我們整理好東西以後在民宿的客廳碰面，木質的地板被擦得晶亮，之前的那兩對情侶似乎早了我們一天離開，所以這次我們沒有碰到面，反而是老闆娘在庭院除草，看到我們來才熱情地從門外進來。

將房間的鑰匙交還給她，莫亦海便接過我的行李將之拖行到老闆的車上。

「妳男朋友對妳真好呢。」老闆娘笑著說：「想當年我還沒跟我老公結婚的時候啊，他是那種大男人主義的人，所以連行李都不幫我拖呢。」

其實我也不知道為什麼莫亦海會突然幫我提行李，這舉動確實讓我暖暖的。

「他也是第一次這麼做。」我不想撐面子，但趁著莫亦海不在，就讓老闆娘誤會他就是我男朋友也沒什麼不好。

「才不是呢，妳可能不知道，但妳暈船那天是我負責接妳們回來的。那天晚上莫先生還聽了我老公的建議，一起到海邊撈海水幫妳洗臉呢。」陳大姐笑得如花似玉，好像一切是她經歷的一樣幸福。接著她拿出一張非常可愛的日式明信片，上頭寫著祝福的小語。「我還是頭一次遇到像你們這麼可愛的小情侶，印象非常深刻，這個祝福送給妳，希望妳們有機會能再度到菊島玩。」

說完給我一個擁抱，陳大哥在這時走了進來，一邊催促，一邊小聲的碎念自己老婆是個話癆，但一轉

眼又是甜蜜蜜的互相擁抱，說了句待會兒見。

我笑著走到車邊，拿起剛剛陳大姐給我的祝福小語，那上頭就映著她美麗的字跡寫道：願你們的愛情如菊島的月亮般皎潔、明亮、幸福。看完嘴角就忍不住翹了起來。

「看什麼？笑得這麼燦爛。」

我倒抽了口氣，一秒收進包包，不敢讓莫亦海看到。「沒什麼啊。」

「讓我看！」

「不行啦，這是女生的東西！」

我堅持不給，他吵著要看，我們兩個一直打鬧到陳大哥從屋內出來才停止，但他還沒有放過我的手，一路到機場都緊緊抓著，也許就是在等我疏忽的那一刻，然後一把搶過我的包包拿出裡頭的卡片端詳一番。可惜我到機場都沒有鬆懈。

從澎湖回到台灣以後又很快地過了幾天，卻和先前大相逕挺，甜蜜程度以倍數成長。我完全不相信這跟我之前認識的莫亦海是同一個人！

舉凡任何大大小小的事情，幾乎都是莫亦海一手包辦。吃的就不用說了，每天早上有他親手做的早餐，而且他似乎已經設了定時的鬧鐘，比我設定的時間還要早二十分鐘，那讓他有時間可以準備，在我還沒起來的時候就準備好早餐。我也懷疑過這樣對他的身體不太好，但是他不想改變，甚至也不准我改變自己的鬧鐘。至於用的，我到現在才知道，我們住在一起短短一個月的時間，他居然已經完全了解我的生活習慣了。

鬼秀此時就坐在我面前磨指甲，「老實說吧，到底有沒有發生什麼事？是吃掉還是被吃掉，都沒有吃就不用回答了。」

我搖頭。

「搖頭是什麼意思？這樣是有回答吧？」他露出不太確定的神情，似乎已經做好我不回答的準備了。

我點頭。

「點頭又是什麼意思？妳給我用講的！」這下他只差沒有過來掐我脖子逼我承認，而且很確定我是吃或被吃其中一個了。

我嘸嘸口水，「我不、不是很確定，我是被吃還是吃他的那個。」

「天啊啊啊！」鬼秀一個大尖叫，「妳居然開竅了！會吃人了啊？」

「我沒有啦！你小聲一點！」我跳了起來，飛奔到他身邊用力摀住他的嘴。他再三保證不會大喊大叫我才放開。

「快說過程！是不是喝醉了？」

「你怎麼知道？」我瞪大眼。

「通常都是這樣的啊，害羞又不敢前進只能藉酒壯膽了，依照妳的情況有八成是這樣。」

說得我很膽小似的。「那大師還有什麼高見？」

「所以你們在一起了吧？哪還需要什麼高見啊。」

我嘆口氣。「沒有。」

「沒有?!」

這是最讓我苦惱的問題。即使我們這幾天的互動已經超越以往很多很多，但我們仍然不是情侶關係。我等著他對我說，但幾天過去，還是什麼都沒等到。

「這幾天他真的對我很好，就好像我們真的是同居的情侶一樣。每天做早餐晚餐給我吃，雖然不是完全了解我的生活習慣，但至少對了八成。對我很溫柔，跟以前最大的不同是，他現在每天都很開朗，會跟我聊很多以前不聊的。我們不再是對坐各做各的事，而是窩在一起看影片、談心得。」

鬼秀思考了一下以後說：「那就是因為他太習慣有妳了，想要用順其自然的方式讓妳變成炮友。」

我著急否認：「沒有沒有，他那之後都沒有再碰我，而且……他可能根本不知道自己碰過我。」

「妳當他是木頭人啊？即使喝醉了他還是有知覺的好不好！別自己幫男人找藉口，除非他是個玩咖，否則應該會有所表示才對。」鬼秀露出苦惱的表情。

玩咖？

我突然想到他之前的確也曾經跟我說過，他因為自己父母離異的關係不相信愛情，認為愛情就是應該要短短的，才會絢爛美麗。這樣算是個玩咖嗎？

「在想什麼？」鬼秀抬腳踢了踢我。

「如果他真的是玩咖……怎麼辦？」我有點恐懼接下來會聽到的答案。

「要聽真話還是假話？」鬼秀當然知道我會選擇聽真話，於是不等我回答就接著說：「是妳的話，最好離他遠一點吧，否則他之後對妳的熱情冷卻、轉身離開，妳會比現在這種徬徨還要痛苦好幾倍。」

我苦著一張臉盯著鬼秀，「我該怎麼知道他是不是啊？」

「很簡單啊，妳就看著他。」

「看著他？」我有聽錯嗎？

「沒錯，看到他心虛，看到他心底發寒，然後逼他承認你們到底是什麼關係，這樣就大功告成啦！」

「這樣真的有效嗎？」

「有沒有效就先試啦！」

「怎麼了？為什麼從剛剛開始就一直盯著我看？」

莫亦海在料理中島上做菜，大概已經過了三十分鐘，扣掉開頭的寒暄閒聊，我也盯著他差不多二十分鐘。

「沒有啊。」我立刻轉開頭否認，快速的掏出手機看臉書。碰巧一點開就讓我看到一個國外的求婚影片。「哇，這個好可愛！」

「什麼？」

影片裡的男子用定點拍照的方式剪輯出影片，把自己變得像樂高的玩具一樣。

我把畫面遞給莫亦海看，雖然我自己根本沒看完，只是想要轉移話題，擔心莫亦海會繼續追問下去，結果卻是莫亦海看得特別認真。

「妳喜歡這種影片？」看完後他將手機還給我。

「很可愛啊，感覺求婚成功的機率會大增。」

「不會因此失婚約嗎？」他搖頭失笑，將切好的材料放進鍋子裡。

「才不會呢！」

他沒有繼續回應，專心地做菜，我則是專心的看著他，把手機舉高到眼前，藉此遮住我看著他的視線，這樣他就不會發現了。

奇怪了，莫亦海完全沒有心虛或者是慚愧的樣子，而且一點也沒有要因為我盯著他看跟我攤牌，鬼秀的招數是不是失靈了啊？

才想著，莫亦海已經將煮好的料理煮好，通通都推到我面前，自己則拉開我旁邊的椅子入座。「快吃吧，別玩了。」

我臉一紅，「哪有玩，我才沒有玩呢！」

他笑而不答，只催促著我快點開動。我這幾天根本已經淪落成一個被伺候好好的公主，連飯都沒有自己盛，還是他盛過來給我的。

「下一餐給我煮吧！」我誇下海口，「不然每次都是你，太吃虧了！」

「妳會嗎？」

「我當然會！明天到公司接我，我們一起去採買吧！」

「嗯，好。」他的眼神漾著光芒，看著我的視線變得溫柔，讓我一時間不適應，快速的低下頭。「那妳打算做些什麼菜？」

做什麼菜？「……牛肉麵？」

看到他頭上飄出很多顆問號，其實我也不知道為什麼我會迸出牛肉麵三個字。

「應該很難，那不然你說想吃什麼好了！我去研究食譜做給你吃。」

「那吃牛排吧，如果妳想吃牛肉的話。」他提議。

牛排？我回想到以前曾經想要自己煎，還以為很簡單，實際上成品慘不忍睹，焦黑就算了還沒什麼味道。

「紅、紅酒燉牛肉好了！」我之前似乎有看過介紹影片，腦子裡也還沒忘記那個粉絲專頁叫什麼名字，省去很多找的時間！

「好。那明天妳下班，我在妳公司門口等妳。」

「好。」

門鈴在此時響起，我們兩個彼此互看了一眼，他也很驚訝這個時間會有人突然來按門鈴，於是他起身去開門。

我有點緊張，畢竟在這住了段時間，還沒有遇到他朋友到家裡來找他的情況，通常有邀約都在電話裡就被推掉了，這還算是第一次。我想著該不該先進去換件衣服，門口熱鬧的笑聲就傳來，沒多久，莫亦海領著一個女孩走了進來。

我忽然發現自己動彈不得。

女孩穿著長版的連身裙，刷白的牛仔外套以及帆布鞋，身材穠纖合度，非常可愛。莫亦海臉上的笑容滿滿，見到了老朋友感覺很開心。

「黔黔，這是羽琴，她之前也跟我們是同一所大學。」

「……妳、好。」我的語氣有點停頓。

「妳是學妹啊，我怎麼好像在哪裡看過妳？」

莫亦海微微嘆口氣，一臉無奈的表示：「妳沒見過她，妳畢業後她才進來的。」

我第一次見到莫亦海對其他人這麼熱絡……

「哦～真是抱歉，誤會大了！」她自己哈哈大笑，接著打量了我許久，正當我覺得氣氛有點尷尬的時候，她忽然笑容滿面的問：「妳就是小莫現在的室友嗎？」

學姊突然之間的提問讓我渾身僵硬，莫亦海聳肩，「對啊，她是受喬安的拜託來控管我的病情的。」

莫亦海的話猶如在我的大腦敲了一記響鐘，我一時間啞口無言，只是微笑的看著他們。

只是室友，只是來控管莫亦海病情的。他對這樣的稱呼沒有覺得不妥，我們之間所有的曖昧全都形成了泡沫……

「又嚴重了？」羽琴露出焦急的臉色，緊張地抓住莫亦海的手臂。

「沒有，沒事，只是她瞎操心了。」他沒有掙脫，就讓那雙一直死死巴著他的柔弱手臂穩穩貼著，我看著有點不是滋味。

「原來是這樣！喬安現在在美國吧？我要回來前有和她聯繫，我們還有見面呢。」

我愣愣地看著眼前的學姊，他們兩個的交情似乎比我跟莫亦海還要好，她居然也知道莫亦海的病，也認識喬安姊……

「她肯定很逍遙，因為擺脫我了。」他們一起哈哈大笑。「別一直站著，我們到沙發那坐吧。」

此刻的我真的很想學會隱身術，但我不會，所以我只能端著兩杯水到他們旁邊，他們聊得很開心，莫亦海短暫的對我微笑說謝謝以後，就繼續聊天，我很快的回到房間內，還很俗辣的將房門輕輕關好。

不知為何，我總覺得外頭的那位羽琴學姐很眼熟，好像在哪裡看過她？但是莫亦海又說我入學時她就已經畢業了，照理說我應該沒有見過她才對，又為什麼會覺得她眼熟？

我打開手機，循著自己的疑惑點開莫亦海的頁面，赫然發現——她果然就是那個占據莫亦海多數照片的人，因為她是正面而莫亦海是背面，我當初雖然只注意莫亦海，不過對她還是有點印象。

嘸口口水，我點開那個女孩的頁面，她公開的貼文並不多，只有兩三個，其他都是照片，而其中一個就是——幾年前和莫亦海穩定交往中的那則……

現在、還交往著嗎？

我竟無言以對。

隔天才一進公司，不免被吵雜的人群喧鬧聲搞得頭暈目眩，我略顯不耐，不想聽他們到底都在說什麼，只想快步走進辦公室恢復清靜。

昨天也不知道他們聊了多久，因為有客人在的關係，我一直都沒有出去打擾他們談話，等著等著居然就睡著了，早上一醒來才發現，莫亦海睡在外面的沙發，而羽琴人則躺在另一張沙發上，沒有回家。

也許是這個原因，莫亦海晚起了，早餐沒有特別早準備，我用了些藉口提早出門上班，為的就是不跟他們兩個一起吃早餐。想到莫亦海一早煎蛋的時候，羽琴笑容滿面地看著他就覺得噁心想吐。

等等，我以前不是這麼善妒的女人啊！

沒多久我抓起電話，主動打給正忙得團團轉的鬼秀。這還真是第一次主動內線進去給他，平常閃他電話都來不及了，哪可能還主動打。

但如果現在不打的話，我怕會直接在座位上就爆炸。

「現在，我要進辦公室找你。」

「幹嘛？」

「就是有事要講！」

說完我就把電話掛了，火速抱著一本沒做完的企劃走進他的辦公室，一推門就看到他嘻皮笑臉的看著我：「搞什麼啊，一早就這樣衝來我辦公室，發生什麼火燒屁股的事了嗎？」

我將企劃拍到他桌上，彎緊自己的嘴唇，想要讓自己的口齒清晰點。無奈最後還是變成咬牙。

「莫亦海說，我們不是男女朋友的關係。」不曉得為什麼，遇到鬼秀鼻子就酸了起來。「而且他女友現在就在他家作客，兩個人關係好得不得了，還過夜……我、我根本就是第三者！」

「蛤？」

「我是第三者！」我怒氣橫生的對著他大吼，反正這間辦公室隔音設備很好，只是要我好好穩住表情，聲音再大應該都不會干擾到任何人。

「妳到底在講什麼啊？我怎麼一句都不明白？妳從頭到尾給我說一次好不好，這樣沒頭沒尾的，誰知道妳在說什麼鬼東西。」接著他點開賴的對話框，傳語音給自己的助理，「小簡，給我一杯咖啡三合一，一杯三點一刻。」

我本來沒有太多時間可以耗在他的辦公室，不過看我哭成這樣，鬼秀首次拉下簾子不讓外人看見裡頭人講話的樣子，還要我慢慢說。

「所以妳是說，小天天的情人從不知道哪裡回來了，昨天兩個人在客廳相談甚歡都沒有妳的份，而妳因為不敢打擾，所以一直都沒有出去喊小天天睡覺，才會不知道那女人昨天睡在家裡，又因為一早小天天做早餐勾引那女人，所以妳現在吃醋吃很大，想直接搬走？」

雖然語意跟我想表達的不太類似，但結果是相同的，於是我點了點頭。

「妳瘋啦！」忽然被當頭棒喝，我嚇了一大跳。他繼續說：「妳不是應該擺出女主人的架子，風度翩翩的招待那個女人，然後時間到叫小天天睡覺，擺出不容置喙的樣子嗎？還想走？沒門！」

我哇啦啦的大哭，「嗚哇，我真的看不下去！」

「看不下去也得看下去！飯都吃一半了，妳撒手不就是給路邊的小狼狗機會嗎？獵物都殺到躺下了，還有跑掉的道理啊？妳到底還想不想吃小天天！」鬼秀雙手插腰，感覺瞬間變得巨大。

「我想啊，但是現在不是我說吃就吃，人家女朋友都回來了！」

「妳剛剛那則動態我看過了，那都幾年前的新聞了，現在還能相信啊？小天天一開始是怎麼介紹她給妳認識的？」

「他說是學姊。」

「那女人的反應是什麼？」

「她說她好像在學校看過我。」

「是吧？她沒有絲毫的不高興！妳自己想想，如果妳是正牌女友，妳男友介紹妳給其他女人認識，說妳只是學姊學妹那種咖，妳不會當場翻桌嗎？」

我腦袋突然當機，「什麼？」

「妳好好給我想清楚！」他抓起我猛搖，「任何人都會暴怒的吧？是吧！但是那女人沒有暴怒，還回那什麼莫名其妙的話，說看過妳？這什麼鬼話？再大的肚量都不會忍受這種事吧！」

「……好像，也是耶！」我眼中燃起了希望的火焰。

「不是好像，是根本就是！妳真的一談戀愛腦袋就裝糨糊了！」鬼秀氣得嘆氣，「想來那個女人是來挽回的吧？小天天應該也沒有當場跟她表明他喜歡妳，沒錯吧？」

「他說、我只是他姊派來控制病情的人而已啊啊！」想到這我又忍不住悲從中來，那把悲情的火焰很快又硬生生被鬼秀給掐熄！

「妳不准給我哭！現在給我打起精神振作起來！要作戰了！」

「作戰？……嗚嗚，什麼意思？」我不明所以的吸了兩下鼻子看著他。

「當然就是，把他從他前女友手中搶過來啊。」鬼秀賊笑，笑得越來越得意，一臉要開始教我暗黑大法術的樣子。

之後鬼秀告訴我，既然身為女人，就要好好使用自己的優勢，而且他認為現在命運之神是站在我這邊的，因為莫亦海跟我的曖昧並沒有消失，男人就是現在愛的是誰，注意的，就會是誰，不會太容易受到干擾，狩獵的本性是難移的。

於是鬼秀要我在任何時候，只要發現羽琴想要和莫亦海對眼放電，我都要拚了命的阻撓！不能讓那個電流順利地流過莫亦海的五臟六腑，否則我就宣告死亡，沒藥醫了！

但，這樣真的好嗎？

我記得最後我有這麼問過鬼秀，但鬼秀的回答則是：照著做就對了。完全不給我任何反駁的機會就把我推出門外。

此刻的我站在公司的門口，莫亦海依約要到公司來接我，本來我以為應該就只有他一個人，最好的情況就是羽琴也已經回家，我們可以繼續前一天說好的進行。結果沒想到，羽琴人就在車上，而且還是坐在我平常就坐的副駕駛座。

副駕駛座耶！

我瞪著莫亦海不太開心，莫亦海一臉抱歉地看著我，幫我打開後座的門鎖後等著我上車。

一切都很詭異，不知道是我的錯覺還是那詭異真的存在，反正我一秒都待不住卻還是強忍著。

我們一起到超市，不過我已經失去了逛下去的興致，我知道我應該要努力抓住莫亦海的注意力，但我現在什麼都做不到，只能看著她偶爾拉拉他的袖子，要他看看這個看看那個，好像他們兩個才是正在交往中的人，而我只是個路人，還是個可悲的第三者。

「黔黔！」忽然，莫亦海出聲喚了我，「來看看這個，妳應該會喜歡。」

我有點猶豫該不該走過去，羽琴越過莫亦海了我一眼，眼神也帶著雀躍。

「是香料？」

「對啊，妳不是說要做紅酒燉牛肉嗎？除了月桂葉是基本以外，妳還喜歡什麼配料？」

我稍微抬眼看了看，發現這裡是特殊香料區，眼前琳瑯滿目的調味料看得我眼花撩亂。

「你還是對料理很有一套耶！我跟你說，我也因為你開始有研究了喔。」羽琴笑著將手伸到櫃子高處，拿下一瓶黑色包裝的調味料，「說到紅酒燉牛肉啊，我之前待在法國鄉村的時候，那個阿姨特別拿手，她跟我說除了迷迭香、月桂葉跟奧勒岡，她還會加兩種特別的配料！你猜猜是哪兩種。」

「我怎麼會知道。」他拿下另一瓶調味料，「百里香嗎？」

她笑著搖頭，「不是，還有一種。」

「妳直接告訴我好了。」

「討厭，你還是跟以前一樣沒情調耶！」羽琴大發嬌嗔，莫亦海沒什麼特別的反應。「好啦，我直接告訴你，是鼠尾草跟義大利香芹！有沒有很意外？」

「沒什麼好意外的，料理本來就是依照喜好了。」他說著，將剛剛拿在手上看的那瓶香料，放進我手中的提籃。

「你試試看吧，我覺得那位阿姨做的有種特別的香氣，非常值得一試耶！而且那個配方是我特地為了你問的……」羽琴嘟著嘴說。

「但是我在這裡找不到義大利香芹。」他左看右看，「如果沒有一起出現會不會走味？」

「我也不知道耶。」羽琴也很苦惱的看著香料區。

「那就算了吧！」莫亦海又將視線放到我身上，「妳一直提著很重吧？我幫妳提。」

「也沒多少東西，我可以自己拿啦。」我一直在注意他們兩個的互動，完全感覺不到重呢。

「我們買基本的就好了，月桂葉、奧勒岡，還有迷迭香。」他將那三瓶都分別拿起來給我看一次，朝我微笑。「等等回去就看妳表現了。」

我只剩下愣頭愣腦說好的份。

那天晚上莫亦海一直陪在我身邊和我一起做菜，羽琴也加入了我們，本來應該是我從中作梗破壞他們，但是我卻連怎麼破壞、從哪裡開始破壞都不知道！

實在是對手太強大，和莫亦海的感情真的太好了，他們之間有種無形的連結，雖然莫亦海還是很正常，沒有對羽琴有特別喜歡或討厭的反應，私下還是和我相處得很好，總在羽琴看不到的地方逗弄我，惹我笑，但我的笑容總是無法揚的太高。

莫亦海的房子還有另外一間客房，而那間房間就在我隔壁，當天我回房間就發現那裡面有放著行李的跡象。看來，羽琴是要在這住一段時間了。

雖然我們平常的相處都非常自然，甚至能說和諧，但我總覺得這只是羽琴的招數，為的就是要讓我放下戒心，而且她真的已經成功了一半，我對現況真的有點無力。我不知道該怎麼辦，完全不知道。

我平常都還要上班，根本不在家，那可能失去莫亦海的強烈恐慌，讓我差點上不了班。

鬼秀也試圖要安慰我，甚至鼓勵我拿出更強的反抗攻勢，以應對強大的敵人，但我越想只是心裡越煩，所以每次都無疾而終。

我怎麼了？我到底怎麼了？

好幾天過去，那恐慌跟焦慮讓我的胸口感覺讓一大塊的石頭壓住，無法好好呼吸。

今天終於熬到下班回家，一開門就聽到笑聲，頓時讓我連想踏入的腳步都猶豫。

累積許久的怨氣無處發，也不好意思問莫亦海，他的「學姊」究竟要住幾天，一直等著她哪天會自己提行李說要離開，不過卻始終等不到。

我要回房間的路線經過客廳，羽琴率先跟我打招呼，莫亦海笑著轉頭，我不經意撇到他手裡拿著羽琴的手機，正在滑她出國那段期間的照片。

打完招呼以後，羽琴就迅速地抓回莫亦海的注意力，他們正在討論照片，順便回味以前的點滴以及片段。也許還有交往的片段，只是我聽不出來。

「我要先回房間了。」我冷冷地看著熱烈聊天的他們，對莫亦海漸漸地心灰意冷。

莫亦海只是微笑看著我走回房間，沒有說其他的什麼。

這幾天我幾乎沒辦法跟莫亦海獨處，他也沒有刻意要將羽琴排開，和我相處的樣子，我現在早上都提早出門，他只提醒我要記得買早餐吃，也沒問過我為什麼。晚餐時間我不再熱情滿滿的說話，他也不覺得不對勁。

本來一開始，他的注意真的都還在我身上的，但是那些注意力最後好像全都被我搞砸了。

「我已經不行了，真的不行了，我沒辦法再跟她鬥，她現在已經抓到莫亦海聊天的話題了，而且明明時間還沒到，她卻比我提醒莫亦海睡覺的時間，還要早五分鐘停止話題，讓我連話都不能說。我不會做飯，但是她會，他們兩個現在每天從早上開始就一起下廚，到晚上我回家都還能看到羽琴圍著圍裙還沒拆下來，表示今天晚餐也是他們倆一起做的！」我把頭埋進辦公桌裡大哭，「我真的不行了！」

「妳先別這麼喪氣嘛。」鬼秀已經安慰到不知道該怎麼安慰我了。

「是啊，黔黔姊，我相信亦海哥沒這麼容易就變心的，他一定只是沒發現而已。男人不是都這樣嗎？神經都很大條！」

鬼秀聽聞袁妍這麼說，立刻瞪大眼睛，「妳這不是罵到我了嗎？」

「沒有啦，鬼秀哥例外！」袁妍立刻擺出諂媚的臉，我這才注意到他們的座位有多靠近。

我吸了兩下鼻子，「你們、你們兩個哪時候感情這麼好，椅子都坐這麼近啊？」

袁妍瞪大眼睛：「咦，黔黔姊不知道嗎？」說完便拿出手機，打開她自己的臉書頁面給我看。上頭的置頂貼文寫著穩定交往中，而跟她掛穩交的，就是我眼前的鬼秀！

鬼秀跟袁妍穩定交往了？

「是她挖洞給我跳。」鬼秀立刻就開口解釋：「我們沒在交往，只是我跟她打賭輸了，她說處罰就是跟她在網路上掛穩定交往中一個月。實情就是這樣。」

難怪最近公司吵吵鬧鬧的。

「這哪能說是挖洞！」袁妍不滿的吹鬍子瞪眼睛。

「妳說了一個妳已經知道答案的問題叫我猜，這不是挖洞什麼叫挖洞？」

「是挖洞的話你還答應，你不是也很喜歡嗎？」袁妍更加不滿地叫道。

「我只是願賭服輸，沒有參雜私人情感，所以無關喜歡不喜歡。」

「你怎麼這樣！」袁妍的眼眶泛淚，「即使這是你真實的想法，難道你就不能因為考慮我的心情，講得溫和一點嗎？為什麼要這麼尖銳的說出來！你明明知道我喜歡你！」

事情的發展炸得我措手不及，我完全沒料到，這樣一個無心的問題會演變成如此的結果。鬼秀也被告白的莫名其妙，但之後又馬上變得喜出望外。

「對了！胡桃鉗，就這樣吧！」

他現在真的不先解決袁妍的問題，再來跟我討論作戰計畫嗎？

「哪、哪樣？」

「妳去找小天天吵架吧！」

他提出這個建議，讓原本氣呼呼的袁妍都聽傻了眼，跟我一樣愣愣地望著他，不知道他葫蘆裡到底賣的是什麼藥。

「吵什麼架？」我問。

「不管什麼，反正妳就一直挑他毛病，挑起他的情緒，然後跟他大吵一架！」

「我為什麼要這麼做？萬一他因此而更偏向羽琴那邊呢？」

「妳當然不能讓他更偏向羽琴，這是最後的手段了，吵到最後就讓他知道妳喜歡他，這樣一定會成功！」他一臉興奮的說。

袁妍立時羞紅了臉，「鬼秀哥的靈感該不會源自於我吧……」

「除了妳，還有誰？」鬼秀朝著袁妍眨眼，袁妍就馬上原諒他了。鬼秀真是奸詐。

「少在那邊眉來眼去了！」我忍不住悲憤的怒吼。都已經快要失戀了，還要看這兩個人互相眨眼睛，實在煎熬。「萬一我沒有成功呢？那我就搬出去！」

他們兩個聽到我的結論，驚愕的將注意力重新放回我身上。

「反正我也住不下去了，要吵架就吵吧，我真的很想跟他大吵一架！如果最後他真的不喜歡我，我當天晚上就搬行李出去！」

「黔黔姊，妳、妳不要這麼衝動。」袁妍一臉害怕的苦勸。

「反正我也已經努力夠久了，他不會還看不出來我的心意吧？」我咬著下唇，下定決心，這次一定不成功便成仁！

這次很罕見的，回到家並沒有聽到歡笑聲，害我原本想要一踏進門就用這個點爆發，卻吃了個閉門羹。

他們不在家嗎？去買菜？

脫好鞋子，輕手輕腳的進屋後才發現，他們不是不在家，而且還很安靜的靠在一起，親暱的臉頰都快貼上，笑從嘴角蔓延到額角，幸福透頂！從我這個角度看，根本就快要接吻了！

「你們在幹嘛！」我忍不住大吼，像個抓包丈夫偷吃的妻子。

莫亦海果不其然立刻從沙發上跳了起來，雙手高舉，手上抓著手機，羽琴也被嚇到了，瞪著一雙大眼睛盯著我看。剛剛的曖昧氛圍消失，取而代之的是兩個想接吻卻一臉恐慌被抓到的情侶，而我，什麼都不是！

我低著頭，快速溜回房間。

意識到自己什麼都不是還敢大小聲，實在有點丟臉。

丟臉，丟臉的徹底！

迅速抹掉自己臉上的淚，我拿出一開始來到這的包包，動手整理行李。

什麼吵架？什麼告白？都不需要了！我現在唯一需要的，就只有離開！

何必留下來當個真正的第三者呢？莫亦海還喜歡她，而且他們本來就有交往過，現在也只是復合而已，他從來沒喜歡過我，之前那些根本都只是謠言！

「胡依黔根本就是個大白癡，沒腦袋的大白癡才會相信那種鬼話！」我對著自己大罵，邊罵邊把自己的行李通通都塞進行李袋。

整理完行李，我毫不猶豫地從房間出來，意外的發現莫亦海就等在門外。

「妳要去哪裡？」他盯著我的行李問。

「我要回去我住的地方。」我說完便用全身的力氣扯著自己的行李，有點重。「你不用送我了，我會請管理員幫我叫計程車，喬安姊過幾天就會回來了，這之前就請羽琴學姊幫忙管理你的睡眠吧。」

我自顧自的說一堆，莫亦海扯住我的手，阻止我前進。「妳到底在說什麼，行李先放下來。」

「我不想留在這了！」我朝他大吼，「放開我！」

他倏然鬆手。

「學妹，妳是不是誤會了什麼？」羽琴也靠了過來，一臉擔憂的看著我問。

「我誤會什麼？你們剛剛有幹嘛嗎？」

羽琴被我問得一時語塞，沒有回答。

我提著行李越過他們，直奔門口。

「妳等等，說清楚再走！是不是發生什麼事，不然妳為何這麼突然就大發脾氣？」

突然大發脾氣？

「我說沒事！」我沒有立場跟他說什麼，也沒有資格指責他，他也只是……生病了，需要人叫他起床，充其量我在這裡的職位，也只是一個鬧鐘罷了。

「妳不說就不准走！」莫亦海強硬的拿走我的行李，高舉，就是不讓我碰到它。

「還給我！」

「我不還，除非妳告訴我到底發生什麼事！」

「還能是什麼事！」我大吼。「反正不關你的事，我現在就是要走！」

「妳到底怎麼了！」莫亦海也跟著吼回來。

這是第一次，莫亦海衝著我大吼，沒了先前的冷靜與斯文。

「學妹，妳能不能好好說，不要這麼無理取鬧？」

無理取鬧？

一把火迅速就燒了上來，行李我也不要了，轉身就跑。

我一定要立刻離開這裡，一定要！

莫亦海一意識到我要離開，馬上抓住我的手。「妳不能走！」

委屈，憤怒，忌妒，各種火焰竄上我的心口，讓我顧不得其他，用力踩了他穿著拖鞋的腳，舉起他抓著我的手，大口狠狠地咬下，直到他縮回手為止！

第四天，我對著電話發呆，今天還是只有一通電話是他打的，我還是沒有接。完全已經快要崩潰了，鬼秀也不敢勉強我去上班，給我特別的時間休息，還叮囑我不准假笑。真是打著燈籠找不到這麼了解我的朋友了。

電話一發亮，我的神經又立刻緊繃了起來。天知道幾天沒睡幾個小時的人，此刻神經會有多敏感。結果打電話給我的是喬安姊。我實在不知道該不該接這通電話，她應該是要跟我說她到台灣了，而且莫亦海極有可能會去接她，然後一起吃飯。

那我當然不能去！

想好要拒絕以後，我接了電話。

「怎麼響這麼久啊？妳在上大號嗎？」喬安姊劈頭就不悅的問。

「呃、喔，對啊。」可惡，幹嘛承認這種事！

「好吧，上大號就原諒妳，我也有過這麼糗的時候。」接著她說：「快來接我吧，我在桃機，莫亦海那傢伙說不能過來接我，只剩下妳了！」

莫亦海不能過去接她？

「但是、但是我……」

「妳怎樣？我上次不是已經跟妳說好了，我回來一定要請妳吃飯的嗎？」喬安帶著一股不容爭辯的大姊氣勢，不由分說的直接下達命令，「總之，我現在在桃機第二航廈，快來接我哦，我肚子餓死了！啾咪！」

「……。」

我無奈地看了看嘟嘟嘟的話筒，嘆口氣，起身換衣服。

喬安就站在機場外面，眼前有一堆計程車司機，但她連看也不看他們一眼，臉色已經有點不耐煩。我很快的把車開到她面前，她滿臉欣喜地朝我跑來。

「好久不見啊啊！」她朝我大喊，順手打開車門，抱著行李坐上車。

「好久不見。」希望她沒發現我的笑容有點垮。「妳的行李只有這些嗎？」

「是啊，因為我把帶回來的行李都用寄的回家了。」

「背包、背包放在後座吧，這樣妳的位置比較不會這麼擠。」

「妳是說我變胖了嗎？」喬安立刻就殺來一記眼刀。

「當然不是！」

「好啦，我跟妳開玩笑的，哈哈哈哈。」喬安很活潑很開朗，剛結束旅行的她看起來神采奕奕，不像我。

「我已經訂好位置囉，妳直接開到敦化南路就好。GO！」

她一路上都在跟我聊天，但跟我想的不太一樣，原本我以為她會一直跟我聊莫亦海，結果全是她旅行的趣事。慢慢的我也放下緊張，自在的回應她的話，和她聊天。

喬安訂的是一家高級的韓式烤肉店。店面在三樓，難怪我從來都沒注意到過。

「這家，無敵好吃，吃過的都說讚。我每次只要有國外的朋友來，我都一定會帶到這家店吃，這次我自己回國，所以我帶自己來了。」

聽到這，我們相視而笑。

服務生帶著我們到自己的座位，兩人座，但位置很寬敞。服務生貼心的在旁邊解說，還拿來一碗拔絲地瓜放在桌上。

「沒關係，我已經是常客了，我知道上面一定要放東西，銅盤才不會燒焦。」喬安姊為了要快點用餐，邊拿著盤子催促我站起來，邊要服務生去忙她自己的事。我又再度被她逗笑了。「不錯不錯，這次的笑容自然點了。」

我一驚，收起了笑臉。

「妳變得有點憔悴耶，是不是發生什麼事了？」我們才剛把東西都夾完放在桌子上，喬安便直接開口問。「跟我弟有關的話也沒關係，通通都告訴我，我幫妳主持公道！」

「也沒、什麼事啦。」

「快說。」她將肉片一塊一塊的夾到銅盤上，肉片滋滋作響，濃烈的香氣竄出，吵雜的人群幾乎沒人在注意說話的我們。「還是妳不相信我？」

在激烈的吵鬧聲下，喬安難過地望著我，我嘆口氣，「不是這樣。我也想告訴妳，但是這實在很難啟齒。」

「難啟齒？好，那妳不用跟我說了，直接讓我弟娶妳就好。」

我驚訝地瞪大眼睛：「不好吧！」

「嗯？不好嗎？為什麼不好？」

「不好是因為……我只是住在他家而已，為什麼要逼他結婚？」

「他本來就該負責啊！妳們發生關係了嗎？」喬安一點也不臉紅，甚至還有餘裕可以替肉翻面！

「什、什麼？」我驚訝得目瞪口呆。話題是什麼時候跳到這裡的？我怎麼一點知覺也沒有！

「好，我知道了，妳不用說。」

知道？知道什麼了！

「喬安姊，妳別誤會！」

「我誤會？那小子什麼德行我可清楚得很，我不會誤會他的。更何況妳的表情也已經說明了一切。」

「他根本不知道。」我垂著頭，「那過程他什麼都不知道，而且我不覺得憑這點就該叫他為我負責。我們都是成年人了，其實我自己也有責任。」

喬安聽到以後大笑，「他不知道？他怎麼可能不知道！妹妹，妳也太純情了吧！」還笑到流淚。

我緊張的捏緊自己的衣襬，頓時一點食慾也沒有，更別說回話了。

喬安看我這樣，她停止了誇張的笑，轉用溫柔的語氣對著我說：「讓我賣個莫亦海的祕密給妳，好不好？」

「祕密？」

「聽完妳再決定要不要回心轉意。」

回心轉意？喬安姊知道我現在沒住在莫亦海家了嗎？那所以——

「我知道決定的權利在妳手上，但我必須要說，從我認識他開始，幾乎沒看過他挽留誰或對誰不捨。自從他媽媽離開以後，就不再對誰的去留在意，身邊的人換過好幾個，大家都為了自己的目的靠近他，他也麻木了，而這樣的循環卻一直持續到他厭倦，主動說要到台灣去為止。」

這是，莫亦海的祕密？

「去台灣以後的他，一開始過得非常不開心，因為就算是在台灣，那些事情並沒有比較少，甚至增多了。他每天都愁眉苦臉的，個性變得越來越冷淡。就在我決定為了我弟，把學業重心也跟著轉回台灣時，他卻好像又有變化了，開始會在跟我的視訊通話裡笑，每天，都跟我說同一個女孩的趣事。比如她不喜歡吃什麼菜，喜歡什麼菜，喜歡什麼運動，還喜歡偷偷作法，做事方式總是傻傻的——」

「我沒有喜歡作法！」我氣得怒吼！

「原來妳知道我是在說妳啊。」喬安大笑。

也多虧這裡人多嘴雜，只有周圍的兩桌看了我們一下，但隨即就講得比我們還開心了。

「這些事，都是他告訴妳的嗎？」

「對啊，否則我怎麼知道的？等等呢，我還沒說完，接下來的這件事最重要。」喬安姊笑著堵住我的嘴巴，「這樣的他，我以為未來只會越來越好，因為我相信沒人不喜歡我弟，我弟這麼帥，腦袋又好，成績優秀，怎麼會有人不喜歡他？結果，還真的有人不喜歡他。」

我很想說我沒有，如果她現在說的故事女主角真的是我的話。但是嘴巴像是被膠水封住了，我掙扎著卻開不了口，只能讓喬安姊繼續說下去。

「我因為考醫師執照的關係，那段時間很少和他聯絡，依照他的個性，我不聯絡他他也不會聯絡我，所以那段時間我們就是中斷的狀態，結果卻沒想到是個噩夢的開始。印象深刻的那個月，他在我叔叔公司員工的幫助下，搭著飛機回來美國，臉色蒼白，甚至有點過瘦的情況。他反反覆覆的睡睡醒醒，沒辦法好好的清醒一整天，狀況差到幾乎快讓我放棄考取執照的時間，專心照顧他，但是我爸跟我媽還有我叔叔都不肯。」

我嚥著口水，難以相信喬安姊所描述的莫亦海，真的是我心裡的那個莫亦海。

他在大學待的最後一個月，我為了要避開緋聞幾乎不跟他見面，也不去跟他約定好的教室，我用盡一切的辦法阻隔和他接觸，因為我不想當第三者。

結果卻沒想到——

「當我問他到底發生什麼事的時候，他說，那個女孩有其他人了。」

這段話幾乎引爆了我心裡的愧疚，「我、喬安姊，這些……」

「我說這些並不是要責怪妳什麼，而是要妳相信我，他真的很愛妳。我為了要讓他忘記妳，逼著他跟羽琴交往的。」一想到這，喬安姊笑了起來，「結果妳知道那小子怎麼回我嗎？他說：如果我好起來的話，妳就讓那個莊羽琴滾離我身邊。哈哈，我答應他了。雖然答應他，不過我還是很壞的要逼他們掛穩定交往中，誰叫那時候臉書剛開始流行，用來刺激他更好。沒想到他漸漸好起來的第一句話，居然還是要回台灣。」

「馬上要回台灣？為什麼？」

「我不知道。」她的大眼睛苦惱的轉一圈，朝我眨眼，「大概是要等妳分手，然後把妳搶過來吧！就好像他現在做的事一樣。」

他回來的時候，剛好趕上顧孟然跟我求婚，最後拒絕的那一幕。

想到這我就笑了。

「所以他不喜歡羽琴學姊嗎？」

「他們是很要好的朋友。興趣、喜好都很類似，所以我才會想要搓合他們。」喬安姊聳肩。

這幾天我真的見識到了，他們的興趣喜好真的很類似，甚至有時候還很有默契地說出相同的話。

「但是他整整離開了五年！」

「是啊，他還是需要上學。其實這一大部分的原因都要感謝羽琴，她不知道跟阿海有了什麼約定才讓阿海能夠越來越好。只是結果根本偏離我原本要她幫我的那些。」我臉紅的垂下頭，喬安姊繼續說：「他為了要快點回來台灣，只用了兩年唸大學，畢業後的那一年，他進了我叔叔的公司開始當製作，穩定之後他就回來台灣了，所以工作一直很吃緊。結果，人家不都說女孩子長大了，胳臂往外彎嗎？我看我弟也差不多。我要管他那還得要三催四請，妳管他，一句話就搞定了！聽話的很。所以我後來都用妳壓制他。」

之後的喬安姊越說越起勁，我的臉也聽得越來越紅，實在沒想過原來在莫亦海心裡，我是在那樣的位置，他平常是不可能讓我知道這些的。

「但是以前我跟他相處的時間很短，每天就只有兩個小時……」

「短又怎樣？相處的時間很長，結果心都不在對方身上，這樣有比較好嗎？妳難道沒聽過我弟跟妳說，享受當下嗎？他最愛這句了。」喬安聳肩，「這樣啊，妳又勾起我一個回憶，那我就再送妳一個祕密吧！他說他每天都有最能做自己的時光，而那段時光，不多不少就是兩個小時喔，呵呵。」

喬安賊賊的笑一笑，往我的盤子裡又堆了一堆肉。

「快點吃啊，我們只有兩個半小時的用餐時間，如果超過，店家就會開始收東西了妳知道嗎？」她催促，我很快的動起筷子，準備要把所有的肉都丟進自己嘴巴裡。「所以呢，聽完我說這些祕密以後，妳有什麼想法？」

「我……」

「沒關係，不用現在告訴我，我可以給妳一些時間想清楚，等等妳去我弟家拿行李。」

「不不、不行，現在還不行。我還沒準備好要見他。」

喬安大翻了一個白眼，嘆氣，「這我當然知道啊，放心吧，他不在家。」

「他不在家？」

「是啊。總之妳快點吃，吃太晚我就不保證了喔！」

「還是不好啦，待會兒我就送妳到社區門口，不進去了。」

「他們又不在家，不信的話，我打他家的電話給妳看。」也不等我的拒絕，她立刻就撥了兩三通室話到莫亦海家，還真的都沒人接。「妳看吧！我們快點吃一吃，妳順便把行李拿回去，這樣我就不用背著那個大袋子走這麼長一段路了！」

原來是因為這樣。

「好、好吧。」

「快吃快吃吧！」

一見我答應，她就不那麼費力要勸我了，說了那麼多話感覺也很餓，吃飯的速度也就快了起來。

即使是我自己答應的，當車開到接近他家時我又開始有點抗拒。我想跟喬安商量看看，能不能我車子停在警衛室附近別進去，她去幫我拿行李就好，但這句話我到現在都還沒問出口。

「快點開進去，GO！」喬安簽完了訪客登記簿，而我卻停在這嘆氣。

「能不能……」

「他家真的好遠，我才剛搭飛機回來，很累的。」

不曉得為什麼，這次和上次莫亦海突然叫我去飯店找他的感覺很像，這會是錯覺嗎？

我很緩慢很緩慢的開，時速大概只有二十，慢到連喬安都開始呱呱叫。

「等一下街口那個騎電動車的阿嬤就會超過妳了，如果妳再繼續用這種速度開車的話，乾脆把車送給阿嬤好了。」喬安大翻白眼，但她說完我就不小心笑了。

「喬安，我必須要跟妳坦承一件事。」最後我終於受不了，在路邊踩了煞車。「我沒辦法跟妳去他家，因為我老是覺得很不安，而且我跟莫亦海還沒講開，萬一我們遇到了，真的會很尷尬。」

喬安皺眉，「啊？」

「因為我出來的時候有跟他吵架，對，大吵那種。如果真的像妳說的那樣的話，我想我有八成是誤會他了，不過他到現在都沒有想要跟我談的意思，我真的——」

「妳現在先別想太多！」喬安突然認真地握住我的手臂，「放輕鬆。妳今天呢，就是過來拿行李，如果妳真的想要他跟妳連絡的話，就留張字條給他，我也會幫妳跟他說的，好嗎？」

「但是，萬一他等一下在家呢？」

「妳別做這麼多假設嘛，就是去拿行李然後回家！舒舒服服泡杯熱牛奶或熱可可，躺在沙發上看電

視，幾天之後想要講他的事情了再說，OK？」

「真的嗎？」

「真的，相信我！我才不會做對妳不好的事呢！」喬安朝我眨眼睛，拍拍我的肩膀催促我開車。「快啊，加速，把莫亦海家衝破一個洞！」

我又笑了，認份的踩下油門，緩緩將車子開到莫亦海家的大門口停好。

喬安一到目的地就迫不及待地往裡面衝，「快點進來喔，我等妳，聽到沒有！」

等我？

還沒來得及發問，喬安已經從地毯那抓出鑰匙衝進屋內了，留下門戶大敞的莫家。

我在門口深呼吸了好幾次，好幾次都幾乎要放棄，重新回到車上加速離開，但一想到自己已經答應喬安要進去拿行李，只好勉強說服自己快點完成任務，然後一邊祈禱莫亦海真的不在家。

再度踏回到熟悉的室內，空曠的玄關只有一雙鞋子，證明主人真的不在，喬安也不知道到哪去了，但是空調倒是開著的。輕聲把門給關上，我那天走得有點及，我這次來想收拾的乾淨點再離開。

想往原本的房間走，但在經過客廳的時候，眼前的那一幕我卻先看傻了眼。

整個客廳十幾坪，塞滿了藍色紫色外加白色的玫瑰花、成群的滿天星、假樹，這畫面太美，我實在難以直視。

空間的正中央擺了一張單人的沙發，旁邊還有一條線，拉著一顆浮在半空中、裡面裝著不知道是什麼的氣球。喬安還是不知去向，而且仔細看就發現，所有原本放在客廳的家具都撤掉了，為了擺設這些玫瑰花跟裝飾物，害我幾乎快要不認得。

電視後方的牆上貼著導覽紙，那上頭清楚寫著我的綽號，胡桃鉗，還要我坐在沙發上。

我內心緊張得要死，好像有一百隻鹿正不斷撞牆。

聽話的走到沙發邊，發現那上頭躺著一台遙控器，遙控器上寫著：打開我。

看到那三個字的瞬間，我手狂抖的拿起遙控器，打開。

電視打開了，螢幕裡跑出幾幕便利貼的影像，但是都像是用照片剪輯的，我耐心地看著。那上頭寫著，他要解釋我的疑惑，還有要我耐心看完。

我只好奇，這些話是否都是莫亦海想跟我說的。

他解釋的幾乎和喬安姊對我解釋的一樣，只是差別在語句上有些微不同，但都是一樣的。我看了很感動，雖然內容並沒有多華麗，但既樸實又溫暖，比那些浮誇的話都還要好得多。

接下來的影片開始了，紀錄的是他每一天清晨早起的時候，我非常意外地看見邋遢的我出現在畫面當中，那驚訝到讓我的手緊貼著我的嘴巴！

「莫亦海！」我大叫！

隨後又開始後悔自己這樣亂叫，而且還是用那種像是要找麻煩的口氣！

手機叮了一聲，是Seame mon先生傳的，他要我耐心地看完，我羞愧到快把自己埋到沙發底下，因為他肯定聽到我叫他了。

等等，那代表他現在在這間房子裡？

畫面仍在持續，我邋遢的到他的房間叫他起床，還趴在那偷看他的樣子全被拍下來，做成一格一格像樂高玩偶一樣的影片，之後就沒有我的戲份，是羽琴喬好畫面，拍下莫亦海拿著紙走過的樣子，好像在桌

子上畫些什麼，然後羽琴不見了，只剩下莫亦海一個人，又是到超市採買晚餐食材，又是買了一堆氣球，然後回家。

他把還沒充氣的氣球裡全都塞進他開頭寫的那些紙，數量有點多，他塞得有點辛苦，看到這邊我又笑了。當他終於把汽球灌好，接著畫面是他一步一步走向攝影機，然後對著鏡頭露出靦腆的笑容，將灌好氣的氣球送到我眼前。

隔著紅色氣球後面的他，垂頭偷笑。畫面到這就定格了。

這下子燈全亮了，我還來不及反應，喬安跟羽琴倒是穿得像伴娘一樣走出來，沒有太多人，喬安遞給我一根看起來像針一樣的東西。

「妹妹，姐姐就說不會做出對妳不好的事了吧？相信我準沒錯！」

我滿腦子只想到她叫我妹妹，那語氣多麼親暱。

「我真的很抱歉，其實我只是為了要教他拍影片所以才留下來的，本來我們都想要給妳一個驚喜，結果沒想到卻差點搞砸了。」羽琴解釋。

原來、是為了拍影片。我瞬間有點尷尬，畢竟我那天對人家發這麼大的飆。

「我、我才抱歉，真的很對不起，那天讓妳看到我這樣發脾氣。」

「沒關係！」羽琴燦笑。

喬安忍不住催促，「那我弟到底能出來了沒？他一直在等妳叫他，因為怕妳生氣，所以一直都不敢出來。」

「出、出來啊……」我的聲音有點小，喬安大笑，「莫亦海，人家叫你出來啦！快點完成好不好，肚子餓死了！」

然後我才看到這整件事情的主角，出現在要進來客廳的轉角，我馬上就知道他們剛剛都躲在他的房間裡面。

他很害羞很不知所措，但仍抿著唇朝我走來。

「準備、準備好了嗎？」他站在我面前問。

「準備什麼？」

「戳破氣球。」

他的回答很簡短，我幾乎就快要因為他的緊張笑場了。

我很想問他，不戳破會怎麼樣？但這問題太壞了，所以我最後還是沒有問出口。

「戳破就好了嗎？」

「嗯。」

最後的畫面只剩下他以及音樂，雖然很短，但拍得非常可愛。我真的很喜歡。

我拿著針，轉身面向氣球，正準備要戳下去的時候，他忽然開口：「我這幾天有思索過妳可能生氣的理由，我想應該是妳回來的時候，不小心讓妳誤會了什麼吧？」

我安靜地看著氣球聽他說。

「那時候我跟羽琴正在看已經快完成的影片，所以我的反應才會這麼大，不是因為我正在做什麼壞事。」

「做什麼壞事？」我調皮地轉身看他，他立刻無措了起來，「就是比方說，調情啊，接……」

羽琴立刻受不了的大喊：「夠了小莫，你別在我面前露出這麼純情的樣子好嗎？還有，那兩個字別說出來！」

喬安立刻笑了起來。

羽琴又走到我面前，誠懇地對我說：「我的確和他交往過，但妳也知道是什麼原因，喬安應該有告訴過妳了。我可以對妳發誓，我從來沒看過這個男人對誰挽留、在意過，就算我吵、鬧著分手，他也是無動於衷的。基本上他在我眼裡就是個冷血的人，甚至可以稱之為無情，即使我真的喜歡過他。但，在我那天看到你們吵架以後，我終於知道小莫很久以前說的，我和妳不一樣是不一樣在哪裡了。我只能說，妳真的是個很好的女孩，值得他喜歡。」

我害羞地垂下頭，不知道該怎麼回應，只說句謝謝。

他們都說完了，就在我真的準備要刺穿氣球的那一刻，我又忽然停手。

「我還有一件事，真的很想知道。」我看著莫亦海問。

「……什麼事？」

「快點刺破氣球！」喬安終於受不了的大喊，接著也不管我願不願意，抓著我的手就往氣球捅了下去！氣球爆開了，無數的小紙片飄散在空氣中，那爆破的瞬間我被莫亦海擁入懷裡，掩住耳朵，他保護我的模樣讓我的心跳差點暫停。

喬安還沒來得及抱怨就被羽琴阻止，莫亦海從空中抓住其中一個飄落的紙片，微笑的張開手，要我把那張紙拿走。

我有點緊張，因為如果真的像我想的那樣，那紙條裡的內容，我不用看就大概知道是什麼了。

他的手法比顧孟然還要厲害，而且驚喜許多。

「黔黔妹妹，妳願意嗎？」喬安也不等我張開紙條，迫不及待的問。「妳也知道紙條裡都寫些什麼了吧？」

我點點頭，慢慢地走出莫亦海的懷抱。

本來如果直接點頭答應的話，那應該就會爆出歡呼，但我卻不想。「不過我不能說我願意。」

氣氛是這麼和樂又歡愉，也許喬安跟羽琴都覺得我一定會答應，畢竟我此刻的臉看起來很滿足。

我以為反應最大的會是喬安，結果沒想到，跟我無理取鬧的居然是莫亦海！

「為什麼？」他靠近我，皺著眉頭，「妳不是說用那個影片求婚一定會成功的嗎？」

我笑著，早就猜到他是因為我隨意說的那個影片，所以才拍了這些。

「對啊，但是！」我雙手舉起來掐住他的臉，滿臉不悅的一擰，「你不是應該要先問我願不願意和你交往，之後才是我願不願意嫁給你嗎？」

他痛得要命還是沒有掙脫我，反而乖乖地讓我捏，最後是我自己捨不得才放開的。

「可惡！」我朝他氣憤地大吼，「我其實最生氣的都不是這些，而是你一直不說交往卻一直佔我便宜啊！」

羽琴和喬安都笑了開來，跟著在一旁附和說對，而莫亦海則是驚慌又吃痛過後才回神，再度朝我嶄露那個燦爛的笑容，一把抱住我。

「拜託妳，和我交往。」

歡呼聲爆出，鬼秀和袁妍還有藍藍以及她的未婚夫，帶著公司一票同事從門外衝到我們身邊，全部連

環拉炮，讓整個客廳瞬間又更加的擁擠、吵雜！

「你們、你們怎麼在這！」我又驚又喜，驚是因為拉炮，喜是因為見到他們。

「小天天通知我們來的啊，我早就跟他說過了，胡桃鉗是顆古板的胡桃，應該要先求交往再求婚，結果他們都不聽我的。」鬼秀聳肩，藍藍立刻就吐槽他根本沒說話，大家笑成一團。

「黔黔啊，我們為了等妳說好真的等好久！」藍藍抱怨。浩宇站在她身邊扶著她，也不管她話還沒說完就把她扯到原本屬於我的沙發坐好。

「我、我不是故意的。」

鬼秀拍拍手掌要大家注意他，「好啦，別說那麼多廢話！妳們終於有情人終成眷屬，就算不是結婚，現在也該慶祝了齁？就即刻動身到夜店續攤吧，嗚呼～」

所有人都表示同意，但是我卻不同意。因為我剛剛吃了非常多的肉，很飽，現在滿身烤肉味讓我很不舒服。

「我一定要先洗澡，否則不去。」我下通牒。

「那我等她洗完澡跟她一起過去。」莫亦海立刻跟進說。

鬼秀更是不會放過這個好機會，「哦～沒關係，不勉強，如果洗完澡以後不能來，打通電話就好！那我們就先走囉！」眾人一陣曖昧的笑，順從地走出客廳。

喬安倒是樂觀其成，羽琴也被她拖走了，因為她說她不想當電燈泡。所有人在一瞬間都離開了這個客廳，客廳倒變得空曠了起來。

莫亦海鬆了口氣，「好了，終於結束了，妳快點去洗澡吧。」

我看著自己的腳趾，對現在的氣氛有點不知所措。

「對不起。」

「嗯？」

突如其來的道歉讓莫亦海挑起眉。

「我上次不該誤會你的，而且，還踩了你的腳。」

他噴笑，「沒關係。」

「真的沒關係嗎？」

「當然不是真的。」

我立刻裝可憐。

「下次一定要問我，直接把話挑明了問我，大吵也要問清楚，好嗎？不然……我連解釋都沒辦法做，這樣我會很懊惱。」他看起來是真的很懊惱的樣子，我笑了笑，點頭。「既然妳都開口了，那我還有一件事必須要跟妳解釋。」

「嗯？什麼事？」

「妳怎麼會以為，我完全不知道跟妳在澎湖發生什麼事？」

一聽到他的話我的臉馬上就紅了起來，「那那那、那是因為。」

「還讓喬安在房間裡不停的笑話我，嗯？要不要跟我解釋一下？」

我該解釋什麼！

他步步逼近，我步步被逼退，完全沒有招架能力。最後倚在牆上別開臉，「我、我真的以為你不知道

嘛！」

他將雙手都撐在我的兩側，認真地看著我說：「我是個男人，即使有嗜睡症，我還是個功能正常的男人，怎麼可能會不知道？」

「但是你隔天──」

「那是因為，我也不知道該怎麼面對妳。不過請妳原諒我，我不知道這件事讓妳這麼在意，我應該要更早對妳負責的才對……所以才會想要做這個影片給妳。」

今天真的聽到了好多好多的解釋，內心裡的結，也一個一個，通通都被他解開了。很感動，於是我墊起腳尖，輕輕地在他臉上啄了一下。

他看著我的眼神變得深邃，「還是說，我們就順了他們的心意，別去找他們了？」

我一驚，但退無可退，「別、別開玩笑了！」

我想掙脫，但他防守嚴謹，完全掙不開！

「妳好像也不太相信我真的記得的樣子？」

「才沒有，我相信你！真的相信！」

「真的嗎？」

眼看他就要湊唇過來，我忽然靈機一動，伸出手朝他的腋下一抓，他馬上縮手。我趁著這個好機會，當然馬上就溜了！

「妳別跑！」

他緊追在後，我們在小小的客廳裡玩鬼抓人玩得不亦樂乎，吵吵鬧鬧間，我還是因為情急之下要跨過沙發，卻因為腿短沒有馬上爬過去而被抓住了。

我們兩個雙雙摔倒在沙發上。

「抓到妳了。」他喘著氣，我也是。

「等等莫亦海，我該洗澡了！」我不知道我在害怕什麼，但就是想要快點阻止他。

「等一下再洗也沒關係。」

說完，他湊上自己的唇，吻了我。

纏綿悱惻大概都不足以形容他的這一吻，他吻得既深且長，溫柔而又不失風度，讓我完全陶醉在他的深吻裡。

「我真的愛妳。」他率先告白。

「我更愛你。」

他聽到我的回應以後笑了，最後又再度吻上我嘴巴，不時啃咬。

這樣的甜蜜讓我想起他說的，也許愛情就是短短的，但美好的讓人捨不得離開。

如果我們在學生時期都沒有逃避就好了，如果，有那麼多的如果，如果能夠永遠停留在這最美好的一刻，我絕對願意跟他就像羅密歐與茱麗葉一樣，在一起五天半以後就雙雙死去。

我真的愛你，不該在那時候接受別人還說我不愛你，你知道了嗎？

【全文完】

要青春44　PG1916

要有光
FIAT LUX

我愛，不愛你

作　　者　申緣結
責任編輯　林昕平
圖文排版　楊家齊
封面設計　楊廣榕

出版策劃　要有光
發 行 人　宋政坤
法律顧問　毛國樑　律師
印製發行　秀威資訊科技股份有限公司
114台北市內湖區瑞光路76巷65號1樓
電話：+886-2-2796-3638　傳真：+886-2-2796-1377
http://www.showwe.com.tw
劃撥帳號　19563868　戶名：秀威資訊科技股份有限公司
讀者服務信箱：service@showwe.com.tw
展售門市　國家書店（松江門市）
104台北市中山區松江路209號1樓
電話：+886-2-2518-0207　傳真：+886-2-2518-0778
網路訂購　秀威網路書店：https://store.showwe.tw
國家網路書店：https://www.govbooks.com.tw
總 經 銷　聯合發行股份有限公司
231新北市新店區寶橋路235巷6弄6號4F
電話：+886-2-2917-8022　傳真：+886-2-2915-6275

出版日期　2019年3月　BOD一版
定　　價　340元

Printed in Taiwan

國家圖書館出版品預行編目

我愛, 不愛你 / 申緣結著. -- 一版. -- 臺北市 :
要有光, 2019.03
面 ;　公分. -- (要青春 ; 44)
BOD版
ISBN 978-986-6992-10-0(平裝)

857.7　　108003324

讀者回函卡

感謝您購買本書，為提升服務品質，請填妥以下資料，將讀者回函卡直接寄回或傳真本公司，收到您的寶貴意見後，我們會收藏記錄及檢討，謝謝！

如您需要了解本公司最新出版書目、購書優惠或企劃活動，歡迎您上網查詢或下載相關資料：http:// www.showwe.com.tw

您購買的書名：______________________________________

出生日期：_________年_________月_________日

學歷：□高中（含）以下　□大專　□研究所（含）以上

職業：□製造業　□金融業　□資訊業　□軍警　□傳播業　□自由業

□服務業　□公務員　□教職　□學生　□家管　□其它_____

購書地點：□網路書店　□實體書店　□書展　□郵購　□贈閱　□其他

您從何得知本書的消息？

□網路書店　□實體書店　□網路搜尋　□電子報　□書訊　□雜誌

□傳播媒體　□親友推薦　□網站推薦　□部落格　□其他_________

您對本書的評價：（請填代號　1.非常滿意　2.滿意　3.尚可　4.再改進）

封面設計____　版面編排____　內容____　文／譯筆____　價格____

讀完書後您覺得：

□很有收穫　□有收穫　□收穫不多　□沒收穫

對我們的建議：______________________________________

____

____

____

請貼
郵票

11466
台北市內湖區瑞光路 76 巷 65 號 1 樓

秀威資訊科技股份有限公司 收

BOD 數位出版事業部

....

（請沿線對折寄回，謝謝！）

姓　　名：＿＿＿＿＿＿＿＿　年齡：＿＿＿＿　性別：□女　□男

郵遞區號：□□□□□

地　　址：＿＿＿＿＿＿＿＿＿＿＿＿＿＿＿＿＿＿＿＿

聯絡電話：(日)＿＿＿＿＿＿＿＿＿＿(夜)＿＿＿＿＿＿＿＿＿＿

E-mail：＿＿＿＿＿＿＿＿＿＿＿＿＿＿＿＿＿＿＿＿